Aminadab

布朗肖作品集

MAURICE BLANCHOT

（法）莫里斯·布朗肖 著

郁梦非 译

Aminadab

亚米拿达

南京大学出版社

天光正亮。那时,托马还是独自一人。他欣喜地看见一个男人,那人体格健硕,正安静地在自己门前打扫。商店的卷门拉起了一半。托马稍稍俯身,发现里面有一个女人睡在床上,床把其他家具留下的位置都占满了。女人的面庞尽管朝着墙壁,却依然可以窥见——柔和,带着发热的红晕,焦虑,却已经睡意沉沉,就是这样一张脸。托马站起来,他只管继续走他的路。然而扫地的男人叫住了他:

"进来。"男人边说边向门口伸出手臂为他指路。

这不在托马的计划当中。然而他走上前,想要看清楚是什么人在对他如此发号施令。那个人的衣着尤为引人注目。黑色夹克,带条纹的灰色长裤,领口和袖口都微微发皱的白色衬衣,这副装束的每一个部分都值得推敲。托马对这些细节很感兴趣,为了能在这人身边多待一会儿,他向对方伸出了手。这个动作,他本来是不想做的,毕竟他一直想要远离人群,避免建立比较亲密的关系。男人也察觉到了。他看了看托马伸来的手,回以一个含糊的礼貌性手势,然后就当身边什么事情都没有发生似的,继续打扫起来。

　　托马的自尊心被刺痛了。这时,对面那栋房子里的人也醒了,窗板摇了起来,窗户打开了。人们能看见一些小房间,可能用作卧室和厨房了,看上去又脏又乱。小商店似乎收拾得极其用心,作为一个必须适合人们休息的场所,它花枝招展,笑脸迎人。托马径直走向入口。他分别看了看左右,随后,目光锁定在一件刚才没有留意的物品上。它就摆在店门的橱窗里。那是一幅画像,艺术价值不高,在它的画布上还能看见另一幅油画的残迹。笔触笨拙的人像消失在一排城市建筑的残垣断壁后面。摆在绿草地上的一棵细长的树是这幅画最好的部分,但不巧的是,它模糊了一张脸,那应该属于一个没有胡子的男人。他轮廓普通,带着一抹恰如其分的微笑,隐约到需要延伸那些断断续续的线条才能被想象出来。托马悉心研究着画布。他辨别出几栋很高的房屋,装着许多排列既不艺术也不对称的小窗户,其中有几扇正透出光亮。远处还有一座桥和一条河,或许呢,还有一条通向山间风景的路,但它已经完全模糊了。这些层层叠叠的小房子不过是一项巨大的、恢宏的工程,建在一个没有人经过的地带。他把他刚刚抵达的村庄和它们在脑海里做了比较。然后,他的目光从画上移开了。在街道对面的某一扇窗户里,几个剪影聚拢在一起。

原本是看不清楚的,可是,一扇门被推开了,它通往比较明亮的前厅,光线照出了站在窗帘后的一对年轻人。托马偷偷地看着他们;其中的那个年轻男人察觉到自己正被人盯着,便靠向窗台撑起了双肘:他打量这个新面孔时,倒是大大方方,毫不掩饰。男人有一张年轻的脸庞,裹在头上的绷带遮住了头发,使他看起来病快快的,却丝毫不减他的朝气。他眼含笑意,令一切消极的联想都烟消云散了,无论是宽恕还是指责,似乎都不能影响到他面前的人。托马一动不动。他看见的这些,有一种令人放松的特质,他细细品味着,把其他计划都给忘了。微笑还无法满足他,他期待着别的东西。那个年轻姑娘仿佛注意到了这份期待,手上微微一动,像是一份邀请,很快,她关上了窗户,房间又陷入了黑暗。

托马十分困惑。他能把那个手势当成是确确实实的召唤吗?它更可能象征友善而不是邀请。它同时还是一种打发人的方法。他无法确定。往商店这边看,他发现那个负责打扫的人已经进去了。他这才想起了原先的打算。但他想到晚一些时候实行也可以,便决意跨过马路,到那栋房子里去。

他穿过了一条又长又宽的走廊,意外的是,竟然没有马上看到楼梯。根据他的计算,他要找的房间位于四楼,也可能更高;他急着想接近那个房间,尽可能快地往上走。走廊仿佛没有尽头。他迅速走完,并且绕了一圈,然后回到了起点。他重新再来，这次他放慢脚步，身子紧贴着隔墙，不放过一处曲折。第二次尝试并不比第一次成功。然而，在第一次巡视的时候，他就发现了一道门，装着厚厚的门帘，门的上方粗略地写着几个字：入口在此。所以那就是入口了。托马又回到那里，责怪自己竟然忽略了它。他痛苦而专注地打量着这道笨重的门，它由结实的橡木做成，厚度足够抵御任何破坏，重重地咬合在铁质的合页上。这是一个做工巧妙的细木工物件，用十分精细的雕花做了润饰，不过，正因为它有着粗犷、笨重的外形，它像是应该出现在一个地道里面，并且把地道出口堵得密不透风。托马凑近去看门锁；他试着扳动门闩，看见一个普通的木块被牢牢地插在石头里，将这道门固定在了滑槽上。对付这道门不费一点儿功夫。这一点他毫无疑问。要进去只是小事一桩，他还想为自己确认一下是否能随时出来。在片刻的耐心等待之后，他被一阵激烈的争吵声吓了一跳，声音似乎突然爆发在墙的另一边。根据他的仔细判断，事件发生在底楼，某间挖凿得低于马路平面的房间里，那里的肮脏状况让人难以忍受。噪音一开始就惹人心烦，一声声尖叫恶心地鸣响着，他不明白传到他耳朵里的声音怎么会具有如此的爆发力。这样既嘶哑又尖锐同时令人窒息的尖叫声，他不记得曾经听到过。也许，这场争吵爆发在一个和睦、友爱的氛围里，这氛围实在太完美，以至于需要可怕的咒骂来将它摧毁。

托马开始对见证这样的场景感到了厌倦。他看了看周围，打算离开这个地方。可是，一声声尖叫威力不减，竟使他有些习惯了，于是他想，现在走也晚了。他终于提高了嗓门，在嘈杂声里询问自己是否可以进去。没有人回答，倒是形成了一阵沉默，一种奇怪的沉默，比喧嚣声更清晰地表达着种种怨恨和愤怒。肯定有人听见了，他寻思着对方会怎样回应他的呼喊。他身上备着食物，尽管不饿，还是吃了一些来恢复体力。吃完之后，他脱下外套叠好，当作枕头垫在脑袋下面，整个人平躺到地上。眼皮很快就合上了。他完全不想睡觉，但他在一种平静的感觉里放松下来，这感觉将他和睡意相连，将他带离了此时此地。门外也笼罩着相同的平静。这是一种无比坚定、傲视一切的静谧，它让托马觉得，满脑子都是睡意的他净做了些傻事。为什么他待在那里什么也不干呢？为什么他要等一个永远不会到来的帮助呢？他感到巨大的惆怅，可是没一会儿，疲惫占据了他，他睡着了。

醒来时，什么都没有变。他用手肘撑起上半身，听了一会儿。这安静不使人反感，既没有敌意也不显得怪异，它让人捉摸不透，仅此而已。托马眼见屋里的人仍然无视他，便试图接着去睡。可尽管他还是疲倦，却很难找回睡意了。他昏昏沉沉了一小会儿，便突然醒来，寻思自己刚刚是不是睡着了。不，那不是真的睡着，那是静止，当时，他的眼中不再有不安，却变得更加悲伤和焦虑。他太累了，再次清醒过来时，他发现门口有一个头发蓬乱、双眼浑浊的男人在等着他，让他感到很不自在。同时他还有些错愕。"什么,"他自言自语道,"他们派来的是这个人?"尽管如此,他还是站了起来。他抖了抖外套,想要去除上面的褶皱,可是毫无效果。折腾完之后,他做出一副要进门的样子。守门人任凭他走过来,似乎直到看见他迎面靠过来,准备稍稍推开挡路的自己,才明白了他的意图。于是,守门人把手放在托马的肩上,低调地向他示意。他们彼此挨得那么近,几乎分不清是两个人了。托马更高大一些。守门人近看之下似乎更加病弱,面容更加憔悴。他的眼神颤抖着。衣服是缝补过的,尽管那针线活很巧妙,整身衣服也算干净,却给人一种粗鄙的、颓废的印象,叫人不舒服。人们不可能把这身破布当成制服。

　　托马慢慢抽身,避开了交锋。那扇门只是虚掩着。透过门缝,可以看见楼梯的前几个台阶,楼梯下行,通往一处更加昏暗的地方。隐约能辨认出台阶,一个、两个、三个,更远的地方就没有光了。托马从口袋里拿出几枚硬币,从一只手换到另一只手里,同时用眼角的余光观察着他开的价钱是否可行。守门人的想法很难看穿。"我该和他说话吗?"托马心想。不过,他刚摆出了一副亲切的姿态,还没来得及开口,对方突然一伸手,硬币就被扔进了上衣唯一完好的口袋里,那只口袋又大又深,周围绕着一圈黯淡的金边。托马愣了一下,倒是没有把这个小插曲当成坏事。他立即上前去找门闩,想把门推开。守门人站在他前面,态度有一些变化。是什么呢? 不容易看出来。他的神色一如既往地粗鄙,甚至卑微;他的焦虑似乎来自痛苦,他的眼里则闪烁着恐惧之光。他竟拦住了托马的去路。这么做既不是受人指使,也不是出于信念,他却死守在门框边。想要过去,不得不硬来了。"讨人厌的家伙。"托马想。这样的转变从何而来呢?在这之前,守门人似乎没有在看守什么,托马却在试图买通他的时候,为他创造了新的使命。

这个新障碍很快就缩小到了它真正的大小。这个人一直保持着卑微的态度,也许他只是希望,在这条他们将一同走过的路上,他能走在前面罢了。托马说了一句话来解围:

"那个楼梯,"他说,"它是不是通往四楼?"

守门人想了一下,回了一个含糊的手势就转身推开门,把脚踏上了第一个台阶。托马十分在意那个手势。它的意思不太明朗。那位守门人,那了不起的守门人,他是要承认他对这栋房子并不了解,无法给出一丁点儿信息吗?他是不是在逃避职责?又或者,他了解这些早已不是一天两天,只能摆出一个不在乎、不确定的手势来驱散他的各种思绪?托马认为,他首要的任务,也是现在唯一的任务,就是在一切都太迟之前让他的这位同伴开口说话。他叫了他一声,对方回到原位。托马又开始打量他。在这样一个卑微、低贱的人身上,他能期待什么呢?托马被孤独感和自身拮据带来的焦虑感困住了。

"您是守门人吗?"他问他。

对方用点头表示"是的"。只是这样而已。这个回应是完整的,但它等于没说。

鉴于他在守门人这里得到的帮助是那么微薄,他向后退了一步,发现自己已经靠着门了。这是个惊喜。门并非它起初看上去的那样。那些似乎固定在木头上的雕刻和绘画是由一些很长的钉子的头部组成的,它们尖利吓人的一端在另一面突出了好几英寸。在朝向走道的这一面上,这些图案看起来还是比较舒服的。人们无法立刻就看到它们,必须盯着,不刻意去发现什么,耐心等待,就会被动地接收到那些自行构成的图像。托马还看了另外一面。在尖头和铁屑的混乱排列中有没有规律呢?他盯着门板看了好一会儿,但工人想必是忽略了这项工程的反面,是巧合安排了一切。然而至少有一个细节透露了匠心:在门闩上方开着一个小窗口,涂成了鲜红,一个铁制的合页已经变形,大小也不合适,似乎嵌在了厚厚的木头里。组成小窗口的金属片最近刷过一层漆,它的光泽在破旧、黯淡的整体中格外突出。一种陌生的感觉似乎在等待着准备好俯身凑到开口边的人。托马准备去弄清楚那是什么。他试着把铁片从木框上挑起来,但他遇到了一个强大的阻力:小窗从外面打开,开口是为来访者准备的,好让他们想从外面看屋里时不需要推门。还有一件奇怪的事。打开小窗的时候,门被插上门闩关好,当那个金属片滑到锁槽顶端,它就从两个铁钩下面穿过去动不了了。因此,如果人们想看屋子里面,就暂时不能进去了。虽然这些细节已经提不起托马太大的兴趣,他仍然在那里停留了很长时间。他本想着绕到后面去,从小窗里看一眼楼梯的台阶和他要前往的昏暗的前厅。他似乎觉得,这样一来就能摸清楚不少事情。不过,现在太迟了,他必须从前面走。楼梯本身一点儿也不舒服。台阶都清洗过,石料已经磨损,有些地方留着深深的印痕,却光亮如新。楼梯两边隔着较宽的距离树着两堵墙,楼梯夹在它们之间像一条窄得可笑的路。这路很短,六个台阶,也许十个,由于末端都淹没在黑暗里,人们辨认不出它们是通向一个新的大厅还是就到那里为止。托马的心思都倾注在终点上了,没有立刻听见守门人的喊声,走上第二级台阶才停了下来。那声音很引人注意。它有一种沉重且伤感的语调,叫人无法完全相信它承载的话。一定是这声音的缘故,守门人为了履行职责选择了它。托马听着,一动不动。守门人只好重复自己的话,这一次,声音不那么柔和了。

"您去哪里?"他问,"您找谁?"

托马没有回答。其实问话在他的意料之中,知道自己没有被忽视,这倒让他放心了一些,可他还是感到了一种痛苦。他究竟要去哪里?他怎么解释他在这里出现的原因?他看看墙壁,它和他之间隔着一条真正的鸿沟。他就是在那儿,除此之外,没什么可说的了。

"您为什么问我这些?"他问道,"难道这间屋子禁止出入?"

门卫惊讶地抬起头。这个男人尚年轻,在他的年轻里,有一种难以言明的印象,关于高大、颓丧、生活,关于残酷的结局,里面有某种东西,让人不禁联想到另一个世界,一个低等的、悲惨的世界。

"当然不,"他用低沉的声音回答,"每个人都能进来,只要他有来这儿的理由。任何人都可以是房客,只要他想,而且不告诉任何人,当然了,还要遵守一切规定。"

托马激动地回应:

"我可以成为房客。"

"那么,"守门人说,"您找对人了,我就是负责租房的。"

看来这个门卫倒不是一个无关紧要的人。这时,他推开那扇只是轻轻关上的门。在楼梯上,视线不再那么清楚了。台阶似乎比刚才还要狭窄,黑夜仿佛突然吞噬了整个前厅,把它变成了一个昏暗的监狱。外面是什么时候了?托马几乎无法记起清晨遇到的事情了,对他来说,那一切都非常遥远,仿佛他失去了他拥有的一切,唯独记得店铺中间那个睡着的女人,她的脸朝着墙壁,平静、远离尘世。他感到自己脑袋空了。像是看出他有些不舒服,守门人凑到他身边,亲切地伸出手臂来扶他。

"首先,"他说,"您需要告诉我您的名字。"

他讲话彬彬有礼,举动又是那么殷勤!托马重重地倚在他为他提供的臂膀上,向前走了一步。同行人搀扶着他,台阶下降得很快。他们来到了一处圆形空地,上方亮着一盏半掩着的灯。一些蒙上布罩的椅子围着中间的空地摆了一圈,它们摆得仔仔细细,异常地有序,简直像是在嘲讽规矩、齐整和人类的种种顾虑。那儿没有人。托马甚至有种感觉,在他之前没有人来过这里,尽管他在一张椅子上发现了一个装饰着漂亮金边的鸭舌帽,他仍然这样认为。这个房间很小,是圆形的,微弱的光线所到之处留下更多的是昏暗而非光明,在这光线里,可以看见房间被严格设计成的形状。托马想,这栋房子看起来似乎比它外部的样子更加舒适和豪华,这里的一切都很干净,还做了典雅的装饰,然而,人们不会很想住在这里。墙上挂着几幅油画,上面画了太多的细节,尽管在这样小的房间里每一幅画都显得相当巨大,还是要凑得很近才能看清楚画的整体而不仅仅是细节。这些难以看清的图像没有什么重要的主题。尽管这精细的笔触需要一定的技巧,但重复观看那些相同的线条、相同的创造,感受一个缺乏条理、永不满足而且固执的灵魂的努力,这叫人厌烦。托马经过一幅又一幅画。它们都很相似,他不是那种糊涂得只能记住一些细节的人,但他觉得,它们的确是一样的。这可怪了。为了理解它们画的是什么,他费了一番功夫,在忽略了所有无用的装饰之后——尤其是画家大量运用的那些叶板——他在过分描绘的线条和形象构成的一片混乱之中,发现了一个带着家具和奇特装置的房间。每幅画都展现了一个房间或者套间。执笔者的天真偶尔让粗略模糊的象征取代了对物体的直接刻画。点亮夜晚的本该是台灯,那个位置上却是一个太阳;没有窗户,可是人们能从窗户里看到的一切,街道、对面的店铺以及更远处公共广场上的树,都一一画在了墙上。一种反感阻止了画家以真实的形态表现某些物体,由于这种反感,所有的床和长沙发在全部作品中都被换成了简易的装置,比如一个摊开在三把椅子上的床垫,又或者一个精心封闭起来的凹室。

托马仔细观察着这些细节。这一切是多么任性啊!

"我看得出来,"守门人说,"您对我们的房间感兴趣。那就立刻选一间您喜欢的吧。"

这么说,这些就是这房子的各个房间了。为了看上去礼貌,托马装作兴高采烈地观察着那些图画,现在他已经明白其中的含义了。然而,或许是在他关注那些没有价值的细节时,他的好奇心在一位洞察一切的人面前显得愚蠢并且难以忍受,又或许是在没有称赞那些值得称赞的事物的时候,他让人看出自己根本无意认真对待这件事情。他的好意似乎没能让守门人满意,对方走到几幅画前,唐突地把它们转向了墙面。托马又诧异又气恼。这样一来,那些他再也看不见的画就成了他唯一想要近距离观察的画。

"我觉得,"他说,"您催得有点急。"

他用手指着那些禁止观看的画补充道:

"我可没有说我不会从这些房间里选。"

插曲没有就此打住。似乎为了从容处理眼下被过度严肃化的情况,托马想自己把其中一幅画转回来,他本来会这么做的,如果守门人没有迅速出手阻止他并且叫道:"那个被租了。"他指的是那幅油画还是画上代表的房间?现在还没法儿知道,托马只来得及向后一闪身,才避免了突然的碰撞。出乎意料,一连串动作如此迅速,一种奇怪的情绪占据了他,令他不由自主地坐下,一不留神,他已经在一个大沙发里了。在那里,他陷入了一种真实的舒适之中。他双手扶在椅子的把手上,身体正直,两条腿放好,就像一个正义的裁判突然间找回了他本来就从未有过的权威。守门人似乎想要得到原谅,谦卑地靠了过来,弓着腰在他面前几步的地方站好,等着从这位了不起的顾客这里获得继续服侍他的权利。托马漫不经心地瞥了他一眼,心想:"我只要利用他的服从。"守门人终于转过身,顺便戴上了他钟情的金边鸭舌帽,接着,走向了一个白色的木制小家具,打开它之后,从里面取出了一个贴着白色标签的本子。"这下明白了。"托马想着,"接下来,只要按照规矩登记我的名字就行了。"守门人打开本子,每一页都是空白的,他慢慢地翻,尽管没有人比他更清楚,那上面什么也找不到。他偶尔会停在某一页上,手指划过一行行无字天书,或者回到已经看过的一页,好像在把它和刚才的片段作比较,这一页或许能解释刚才的片段,又或者产生矛盾。托马的计划就是暂且让对方相信自己被这出闹剧唬住了,他不做任何事情,任其发展。这里的一切不就是场闹剧吗？于是他一动不动，舒舒服服地坐着。不是面向在场的那位对话者，而是面向他想要搭上话的其他什么人，他以最起码的礼貌说道：

"该等多久，我就等多久。"

等待其实很短。这个小房间很快就变得难受了许多，四周的墙壁紧紧挨着，导致空气不流通，空间狭小，给人糟糕的印象，这一切迅速抵消了人们能在这个别致却狭窄的房间里找到的全部魅力。托马不得不解开上衣的扣子，扯开领口。他在扶手椅上滑了一下，努力想要保持一点体面，最后却还是由着自己摆出了一个难堪的姿势。

守门人急忙向他提供帮助，可他的动作太笨了，想阻止托马摔下去的时候，自己也没站稳，一把拽住托马，半个身子都压了上去，一只胳膊钩住了托马的喉咙，险些让他彻底喘不过气来。意外只持续了片刻。托马从未感到如此靠近守门人，可这次接触并不让他高兴。尤其是那股让人受不了的气味，在谦卑感爆发之时，守门人的身体散发出的味道简直让人怀疑这具身体的真实性。推开了这令人窒息的身体之后——他也不知道自己怎么做到的，他感到自己和一个黏着他的对手进行了一番搏斗，对方坚持不肯离开——他瘫痪般麻木地待着，忘了把缠斗中几乎整个脱掉的衣服重新穿好。但他不得不清醒过来。睁开眼，他吃了一惊。守门人钻进了一个壁橱，壁橱的门正是小房间里的一个壁板，壁橱里各种颜色的服装排列得井井有条，一直垂到地面。守门人审视了几件衣服——尤其关注了背面的剪裁——然后选定了一件十分修身的黑色上衣，款式有些过时，可是品质不错。超出长度的燕尾服和灰条纹长裤放在了托马身旁的椅子上，托马迅速脱下所有衣服。看到它们是那么破旧褴褛，他便庆幸守门人注意到了这些，平白给他提供了一套几乎全新的衣服换上。他首先套上了裤子。它不是流行的款式。各种他用不到的口袋和纽扣把这件时装变成了工作装。三条表面粗糙、开孔巨大的腰带收紧了腰身。大腿上这里那里扯出了不少皱褶。整套服装相当适合托马，他喜欢这礼服的优雅，也没有因为过窄的袖口而感觉到多少难受。

片刻之后，他找到门走了出去，进入了一间亮着强光的宽敞房间。这个房间和他刚刚离开的那间完全不同。天花板上挂着的聚光灯发出了那么明亮的光，一切东西在它的照射下仿佛都实实在在地昂贵了起来。一张反射出漂亮光泽的天鹅绒长沙发被光直射着，不过，除了一把椅子和一张小桌被部分照亮之外，房间内其他的一切都笼罩在半昏暗之中。尽管如此，富丽堂皇的感觉弥漫了全场。一个覆着画布的庞大的画架将房间一分为二，刚进来的人心里会想，要怎么才能穿过那些纵横交错的绳子、一堆凳子以及各种各样的装置，它们在中央形成了一个巨大的障碍。托马觉得，这堆东西是匆忙垒在一起的，好让画家能着手完成重要的委托，也许是一幅大型历史画。其中一条绳子上挂着几个大小不一的调色盘，每一个都呈现着由一层又一层颜料精心涂画的一小块图像。它们是很漂亮，但托马没有花时间近看——况且他本来也不确定要看——他的目光落在了一些巨大的画笔上，画笔浸着灰黑色的液体，是那几个弄脏了地板的水洼里的，散发出一股难闻的哈喇油的气味。人们不会觉得这是一种由于工作被打断而留下的值得同情的脏乱，反而会感到自己站在某个被刻意糟蹋的物件前面。在那儿工作的人似乎是在完成任务，它的任务不是绘画，而是破坏他的劳动工具，并在他周围创造出一种无益的、糟糕的环境。

尽管看得见种种脏乱和粗俗，这个房间还是给人一种豪华的印象。在装修上可真是花了大钱！画架上装着一面盖着脏布的镜子，就在画家的脸旁边，似乎他打算某天也为自己画一幅肖像。在另一边，一座日晷仪被聚光灯打上了几束光，可能它是下一幅油画的主题。这一切很难说是用来被画的还是用来作画的。有一种感觉，油画就在那里，它已经完成了，而耗尽心力进行恶意创作的艺术家是唯一不在乎它的人。人们甚至会思忖，往画布上挥洒颜料时他真的没有毁坏这幅令他反感的油画的念头吗？托马想看个仔细。一套绘画工具里有着太多有趣的东西。一个大小罕见的水晶长颈瓶里装着液体颜料，在聚光灯的照射下，溶液闪闪发亮，呈现奇异的颜色，非常纯净，眼睛看着会很舒服，就好像它并非由那些废料混合成的一样。一个弯形的铁制壶嘴封住了瓶子的开口，一根玻璃管插在颜料里。托马把整个器皿端到眼前。溶液自然是浑浊的灰黑色，但是在表面，浮现出几道金属光泽，人们也许会想，多亏了这根虹吸管，这份将会用在画布上的溶液才足够纯净。

在房间的一个角落里，托马发现了一张凳子。他把它拿过来，摆在画架前，坐上去仔细研究画家的工作思路。现在，油画就铺在他面前，他看见的是一幅潦草完成的画，和其他几幅一样，展现的也是一间带家具的房间，并且正是他此刻所处的这间。他可以感到画家在工作的时候多么注重准确性。所有的细节都被复制了。这仍只是一幅草图，可是所有不起眼的物件，以及那张大沙发，都被摆在了它们该在的位置上，人们也许想知道，一项更加完善的研究还能在忠实模仿的基础上追加些什么：可以说，油画和房间的区别，人们是找不出来的。只是，画上没有颜色。托马有些别扭地发现，他坐着的凳子也出现在了画布上。

他站起来的时候，差点儿撞到了守门人。这么说来，守门人还在这儿。一看到他，托马忍不住叫道："是谁？"因为发生在对方身上的变化太让他意外了，他甚至受到了惊吓。守门人换上了一件宽大的灰色罩衫。也许是因为罩衫的长度，又或者别的什么原因，他看起来更加瘦长，身体的畸形也被掩盖了。在他由于视力不好而仍旧别扭的脸上，竟然有了一抹讨人喜欢的精致的表情。可是托马立刻就对这令人不悦的转型失望了。站在他面前的还是原来那个卑微的人,只是这卑微不再低声下气。他给出某种类似诱饵的东西,让人感到被吸引了,尽管这份诱惑里毫无高尚的成分,人们却似乎对它的源头亏欠了许多感激和赞美。托马觉得自己认识这个形象。但他在什么时候见过呢?他在外面经历的一切已经如此遥远,而在这里,他还未见过其他任何人。这时,守门人以一如既往的方式对他说话了。他只是稍微健谈了一些。

"画板在这儿,"他说,"我们现在就要开始了。您想要站着吗?您看躺到沙发上去不是更好吗?画画时间倒是不会太久,可我看出您身体有些不适。"

尽管疲惫,托马还是对他的建议有些迟疑。他后退了一点儿。这房间太拥挤,才后退一步,他就踩到了几片油洼,然后不可避免地摔了跟头,一把勾住了守门人的胳膊。

"您瞧,"守门人说,"您还需要休息。我来给您带路。"

这路复杂得难以置信。要穿过一层层缆绳,跨过一张张板凳,绕半个圈子以免踩到画家画在地面上的那些画像。这场旅途仿佛永远不会终止。抵达沙发旁边时,托马相信障碍已经扫清,与其说是平躺在了天鹅绒垫子上,不如说他任由自己摔了下去。这一摔,结结实实,因为沙发非常矮。产生的撞击过于猛烈,他一下子懵了。守门人伸手扛住他的胳膊帮他起来,把他扶进一片用来装饰而非提供舒适的枕头堆里。然而,这个姿势不适合他。守门人又把这个模特扶起来,以便让礼服多露出来一些，解开了他的背心，最后还把他的两只手交叉放在胸前做沉思状。托马开始还在抱怨这个折腾人的家伙，最后终于感激他的细心照顾。托马感到了一种奇怪的安逸，仿佛此时发生的一切都已经发生过一次。聚光灯的光线温柔地浸沐着他的身体，这光似乎也赋予了这身体某段记忆的形态，似乎用更加沉重的、如同大理石、如同贵金属的东西把身体变轻了。这一切难道不是曾经发生过了吗？曾经双手交叉，睁眼闭眼，曾经在昏暗里被光淹没而不是照亮，他曾经经历过这个场景，这个场景有过它本不会有的感觉。他试图合上眼皮，因为落在他身上的明亮灯火正灼烧着他，然而画家招呼他：

"您就那么累吗？就不能坚持一会儿不要转动眼睛？您这样，我的任务可完成不了。"

这些话听起来并不舒服，托马却不难受。他不会再被有些激烈的言语惹恼了，何况在这间屋子里，那些话也不算是恶言恶语，而是大实话，在大实话面前人只能服软。他盯着画家。这个人，如此强势地要求模特集中精神，自己的眼中却似乎没有了专注。他只顾着摇晃长颈瓶里的东西，那东西是由一些颜料残渣胡乱混合而成的，那不是他想要的色调，于是他动手在玻璃皿上铺开了一层暗红色颜料，那是从地上的水洼里收集来的。"多么邋遢的工人，"托马心想，"就给我这么一个画师。"尽管如此，他还是忍不住带着兴致去观察他的各种动作,这让他想起艺术大师们孩子气的举止。他们被自己严肃的工作压抑得太久了,他们做出各种消遣,用这种轻浮的态度让大众明白他们工作的崇高,而这崇高又使他们身陷那些愚蠢的癖好。不过,这位画师没有一直忽略他的画布。有几个短暂的时刻,他在上面狂热地画着,甚至真的连模特都不关心了。托马觉得自己不在那里,或者,正因为他就在那个位置上,他成了画的一部分,于是,再现他的轮廓就变得无关紧要了。时不时地,画师从口袋里拿出一个模型来仔细观看,然后照着它画,全然不觉得不妥。这份拷贝似乎是他最爱的作品。他总担心会遗忘一些细节,花了四分之三的时间去疯狂地比对,结束时显得既满意又忧虑。托马为了保持他的姿势吃了不少苦。除了疲惫之外,他还一直企图稍稍变换一下姿势,以此验证画师的专注程度。没有人关心他,可他却不能自由地做任何一个想做的动作。最后,他败给了一份轻微的睡意,不过他很注意,眼睛一直睁着,暗淡无神地看着他的刽子手,任何休息的希望都没有。

"完成啦,"画师叫了起来,"现在就看您了。您什么时候说行,我们就什么时候收工。"

这是在问托马的意见。可怜的托马还没有清醒,就看见在距离他脸几厘米的地方展示着一张似乎完成了的画。完成了?他一眼就注意到这幅草图有好几处地方都被污渍弄糊了,太明显了,沙发也画得很笨拙。可这不影响画师良好的自我感觉，他无比欢快地用手指出某些细节，仿佛它们体现了一种独一无二的艺术。托马礼貌地赞同了。服装的确得到了精确的再现，它们画得过于真实，人们会在这种细致入微的复制里体验到一种怪异的、相当别扭的感觉。这些衣服就这么重要吗？至于面部，托马怎么也看不明白，画师是如何能够把这幅画当作他这个模特的画像的。没有一星半点的相似。这是一张悲伤而苍老的脸，在这张脸上，线条是模糊的，仿佛被时间擦去了一般，丧失了所有意义。眼神也值得一看。它在画家的笔下呈现出一种怪异的感觉，它不鲜活，因为它倒像是在谴责生活，可它又通过残垣断壁中逝去的模糊的记忆与生活的回忆相连。这种眼神对托马来说并不像画上的其他部分那样陌生。他想到了谁呢？他看了看周围。他无疑想到了守门人，他那双浑浊的眼睛在看东西时总是保持着一种疏离感，就好像，他们是依靠着一种内在的光来看的，这种光的反射可能会在这一刻或那一刻熄灭，只能通过一种邪恶的坚持才能使它长久。画师没有沉浸在对自己作品的欣赏之中。他从对作品的凝视里汲取了欢乐，这份欢乐让他年轻、强壮了起来。他并没有因此变得更加英俊，然而，尽管他的举止如此不妥当，从中流露出的一种激动和狂喜却是无法忽视的。

托马看着他来回踱步，画像或是被夹在腋下，或是被放在灯光下面，又或者被投入黑暗里。显然，肖像和现实并不像他所以为的那么相似，能认出来的只有服装，因为它相似得令人叫绝。此外,细节对他来说没有实在的意义。唯独只有他的行为举止体现着他对它的重视,这是一种由他古怪的行为方式表达出来的重视。片刻之后,画师冷静了下来。他把画放进一个画框,用一块布盖住了它。然后他脱掉罩衫,重新露出了一身旧衣服,上面有着金边和褪色的条纹装饰,他第一次露面穿的就是这一身。接着,他把屋子里的几件物品排好,把长颈瓶里的水倒在了地上,又把笔刷放进水洼里晃了晃。他做的这些毫无争议,这就足以照亮房间本身。光线让房间看起来非常舒适,也不显得凌乱了。黑暗几乎完全笼罩了这里。守门人在沙发上铺上一层磨毛的布套,又从滑竿上降下一块巨大的布,把画架罩了起来。其他的家具用布盖住了。最后还有一幅挂在墙上的画需要遮,然后就完成了。

托马知道自己该走了,这房间已经是空荡荡的了。然而他却问道:

"您能让我再待一会儿吗?"

就在这时,他听见有人敲门。守门人扯着嗓子回答:

"来了!"

"我也来了。"托马大声说,好像他有事要说似的。

门没有立刻打开。一阵钥匙声回响在墙边——显然所有钥匙都挂在了一起;感觉上,这个陌生来客没有打算用这串钥匙,而是仅仅把它们当成了玩具。直到他把那一大串钥匙噼里啪啦地弄掉在地上,这场游戏才终于结束。托马打开门,陌生人一惊，当时他正弯下腰去捡那一串没拿住的铁玩意儿。这是个结实的壮汉，年轻，带着自负的神色。他看起来不高兴，用几个灵活有力的动作就圈住了托马的手腕，托马觉着自己被铐上了手铐。皮肤接触到冰冷的钢，让他感到不舒服，但他没有做出任何反抗。"顺其自然吧。"他心想。

他跟着这个年轻男人，被带进了一个昏暗的走廊里，黑暗没有减慢他的步伐。走廊的两边有几扇门，通体覆盖着黑色，从黑暗里凸显出来。托马看不到什么东西。他的一只手和那个陌生人的左手腕连在一起，对方毫不客气地拽着他向前。踉踉跄跄地走了几步之后，走廊变得很窄，不能再往前了。"趁着这个歇脚的时间，我要问一问旁边这个人。"托马盘算着。就在这时，一声钟响吸引他抬起了头；他没理由觉得这个信号是针对他的，可是当钟声停止，他看见那面钟仍然在旁边的那扇门的上方摆动着，于是他走了过去。是谁让他摆动的？守门人没有留给他时间思考这些，他手拿一把钥匙，插进了锁眼。门开了一点儿，他就用脚把它踢开了，自己则站在一边。托马眼前出现了一个简单的房间，装配细心，照明也很柔和。房间的豪华全在于并排摆放的两把扶手椅和两张床上了。它们的颜色不一样，微弱的差异在光照下凸显出来，看上去和谐而互补。挂毯的选择就没那么好了，不过墙中央有一幅画，是托马喜欢的，他决定如果有空一定要好好看一看。就在他大概看了几眼的时候，门关上了，守门人走了。于是，他走动了几下,小心地不去撞到那些凳子和小号的桌子,还有地上那些堵住了通道的架子,上面摆满了廉价的瓷器。这个房间从左右分别看去,会有不同的效果,站在门口远远地望一眼或者朝走廊的方向看过去,它也会改变模样。当然,整体上变化不大。当人的面前有门,就会只想着往前走,所有家具都不重要了。提心吊胆地行走让托马有些不悦,他停下来,坐在一张扶手椅上,他的同伴则默默地坐在另一张椅子上。他们还没有进行过任何交谈。托马继续看着前面,就好像他的视线无法从那扇紧闭的门上移开。坐着或站着,视线总是会回到那个充满诱惑的地方。

他感觉光线在变弱,即使亮度没有真的减弱,空气里也有什么东西在吸收着光线。黑夜仿佛穿过空气弥漫开来,它似乎就在那里,并不是因为那悄无踪迹的黑暗,而是因为黑暗在笼罩之时孕育出的那种感觉。此时此刻,托马感到眼睛疲惫,睡意模糊了双眼。他费劲地站了起来。还好,床离他很近。他倒在上面,好几分钟里,那个和他连着的年轻男人都在试图调整姿态,要么蜷起身子好让扭着的手不那么难受,要么花大力气从托马身上过去,爬上另一张床。最终他只好跪着,把头埋在布罩里。

托马非常惊讶,自己竟然没有睡着。他必须忍受这种在场?他闭着眼睛,却仍然能看见这个房间的样子。他能清清楚楚地辨认出每一个细节,他能看出同伴拱起的背部,他能看见门板在他眼前被光照亮。这个房间太古怪了。在失眠的时间里,他无事可做,只有让眼睛到处游走,机械地环顾周围。他还感觉到,他所看到的并不是可见事物的真实面貌。一切都是那么遥远,那么表面!他试着侧过身子,但和他连着的男人让他转不过去。那个家伙怎么就能睡着呢?他睡得很沉,作为睡眠的附加条件,他还发出了轻微的鼾声。托马猛烈地摇了摇他,把他从昏沉中拉了出来,就在这个可怜的家伙试图弄走蒙在他身上的布的时候,托马向他问道:

"我们当中谁是囚犯?"

然后,他用空出来的一只手帮他掀掉了布罩。一得到解脱,年轻人就像准备跳起来似的,用前臂慢慢地支起身体,一点一点地靠近了托马的脑袋,他脸上凌乱的线条和憔悴的皮肤都能看得清清楚楚。托马先是转了转眼睛,然后渐渐习惯了那张脸,他最先确定了两只耳朵,它们好像想再一次听见刚才落到耳边的话语。它们恭敬地伸向他,要不是他保持着一段距离,它们就会一个接一个地贴到他嘴上,只因渴望更好地接收他的气息。于是他把话重复了一遍——其实他自己也很愿意再听一遍——然而他做错了。他不仅没有得到任何回应,还给对方造成了强烈的不满,仿佛"这种器官正需要听见某些说给它们听的话"的想法是一种误解。他的视线扫过脖子;那颗脑袋,也许是因为被鼓鼓囊囊的衣服包着,像是直接从肩膀里钻出来的一样;至于脸上,有些被他当成浮肿和疤痕的东西,那是某个刺青师画出的第二张脸,他很可能听了一位艺术家的建议,把这张脸本身的肖像重构在了这张脸上。仔细去看,这手艺十分灵巧。这幅画有大量的错误——比如,两只眼睛不一样,其中一只在右眼下方,似乎才刚刚成形,而另一只在左上方夸张地睁着——然而,它有一种触动人心的强大的生命感。这第二张脸并不是叠加在第一张脸上的,根本不是。倘若人们从正面观察这位被囚者,只能看到那些粗略加工出来的线条,但若是把头迅速地从左往右转,并且一直盯着嘴巴看,就能发现许多精细的线条,似乎反映着一种古老的美。

托马完全沉浸在这样的凝视里。他离这张脸太近了,偶尔就会碰到,他还闻到了一种呛人又温热的味道。还是离远一点儿比较好,可是过了一会儿,他抵不住疲惫,把脸贴在了对面那张脸上。他认为这样就能休息了,由于半个身子都不在床上,他重重地靠在了对方的肩膀上。他只遇到了帮助和善意。年轻人的姿势非常不舒服;他的脚尖半抬着,双膝岔开,身体前倾,能一直保持这样的姿态真是不可思议;托马贴得更紧了,他们粘连在一起像一个整体。这种亲密无间带来了许多不便。首先,他要忍受越来越难闻的恶臭。其次,由于这种纠缠的状态,他们的呼吸不得不混在一起,两具身体以一种精疲力竭的方式紧紧相连,这很是尴尬。托马清楚这一切,但拥抱并没有放松。事实上,这不仅仅是为了帮助自己勉强适应这种拥抱,他想到的是,一定会有一场坦率的交谈来终结这样的亲密,等到那时,他就能提问了。他就这样看着时间流逝,保持着姿势,满脸黏腻,全身发麻,眼睛盯着墙上的一个点。他看见了一个模糊的斑点,然后认出它就是一开始吸引他的那幅画。

"那画是什么样的?"他心想。

那是一幅年轻女人的画像,只看得见半张脸,因为另一半几乎被完全磨掉了。她的表情温柔,虽然算不上是无忧无虑,但她脸上绽开的那抹微笑却令人着迷。怎么会有这样的笑容呢?这时应该凑上前去好好看一看。可托马做不到。他没能松开自己的胳膊。他回过头,对身边的人赌气般地抿起嘴唇。因为累,他不得不忍受这个姿势,就这样,他打起了瞌睡,经历的一切仿佛是一场感官之梦。因此,他没有立刻听见年轻男人的呻吟。年轻男人只得继续叫他,好唤起他的注意。

"你能不能挪一挪位置?"年轻男人说,"宽敞一些,空气就好一些。你在我旁边实在是不舒服。"

托马需要听得非常仔细,因为他的声音断断续续,淹没在嘈杂的鼾声里,嘴巴开着的时候,鼾声就更响了。为了听清楚,他又费劲地把身子凑了过去。轮到他说话了:

"你怎么称呼?"

"你为什么要这样挤我?"声音痛苦地说,"让我喘口气吧。你就喜欢折磨人吗?"

"你这么想?"托马说。他并不在意自己说的话,但他关心对方怎么说。"你希望我怎么做?你想和我睡一张床吗?"

这几句话让年轻男人不太愉快,他的回答却更加平静:

"我想我对你没什么好感。"

这下两人都闭嘴了。托马怕惊动了边上的人,便没有换姿势,他感到汗水透过整身衣服,带着另一个身体上的强烈的体味浸透了他。

"和我说说画像吧。"托马对他说。

回应有些迟疑。年轻男人抬起头,试图看看托马,好像要从他的眼睛里弄清楚问题背后的意味。

"显然,你想要离开。"他说。

托马没有直接回答他,而是说:

"你应该待了很久吧。你肯定知道这栋房子的规矩。就不能和我坦率地说说吗?我比你更强壮,更健康。我会帮助你的。"

年轻男人似乎被他的话打动了。他又一次问托马是否会离开,坚持要托马告诉他自己的计划。

"时候到了我就会走,"托马说,"但我会首先完成我的职责,尽管我知道,我会遇上的困难比预想到的要多。"

他确信自己听到了一声轻微的钟响,就是它把他召唤到房间里来的,他有些害怕。已经到离开的时候了?他是否不应该抱怨呢?有人要处罚他了吗?他竖起了耳朵,可一切都很安静,他问自己是不是在做梦。

"你没有听到什么声音吗?"他问,"钟没有响吗?如果是我听错了,请告诉我。"他又说:"不过也许你就希望我难受吧?"

托马说话的时候嘴唇就凑在对方的脸颊边,对方想要把头转过去一些,好让自己的嘴靠近那张和他说话的嘴;这么做,像是能缓解他的痛苦似的,但与此同时,如果他不巧碰上了他的嘴唇,他便猛地转过头去,仿佛这张嘴让它本该治愈的痛苦再次复苏了。托马等了一会儿,想看看有没有回应,然后他发话了:

"既然你不想说话,我也只好闭嘴了。"

可是,情况在这一番交谈之后已经发生了变化。尽管他很不情愿采取这样的方式,但他还是凑到对方耳边,声嘶力竭地喊道:

"你就一个人待着吧,我可走了。"

托马也没有想到自己会突然爆发。他的声音大到似乎整栋房子都能听见;这声音如此尖锐,只是一声利落的呐喊,无视了所有屏障,仿佛宁可一下子就结束一切,但这并不是因为他自信。声音肯定传遍了整栋房子,可就在这个房间里,话音立刻就收住了。年轻男人终于回答道:

"我会和你谈到那幅画的。我们所在的房间比人们一眼看上去的更大。这是这栋房子最美丽的房间之一,你不知道能住在这里是多么令人开心。墙壁是浅色的,家具简单而舒适。这里的一切都是为了能够舒适地居住。"

托马点头表示赞同,又问道:

"那幅画像难道不是一位年轻女人的吗"

"请等一等,"年轻人说,"我想先给你看几件有趣的家具。你躺的这张床是新的。它没有被除你之外的任何人使用过。床垫都为你重做过。为了让你得到真正的休息,人们什么都考虑到了。"

"这些小摆设也是?"托马指着架子问道。

"它们有它们的用途。"年轻男人回答,"你要不要一个个看过去?你还没好好看过它们,你不知道它们会对你有什么用。"

"那就看看吧。"托马说。

"等一下。"年轻男人说,"关于它们,我有些话要说。"他用更轻柔的声音继续说道:"当然,在你之前,这里还有过其他房客。你不能指望自己是第一个。人们已经尽了最大努力消除之前的房客们留下的痕迹,可是没有时间把一切都归置好。所以,就算东西都堆在了一起,你也别见怪。它们每一件都有自己的功能,你会从里面找到之前那些房客们的使用习惯。"

"真的?"托马问,"这里还有其他房客?你没弄错吧?"

"这不重要。"年轻男人傲慢地说,"先坐下,我会给你展示那些小物件的。你能看得很清楚。"

托马没有动。

"不可能。"他边说边摇头。

"那好,"年轻男人说,"我就不说什么了。反正你过会儿再看它们比较好。"

托马料到了这个结果,却还是被激怒了。不是话里的意思让他难受,而是这话本身让他反感。或许他该把这一切的原因归咎于他们两人身体的亲密接触?起初,他的眼睛捕捉着对方嘴唇上吐出的每一个字;然后,他的注意力完全被吸引住,他的嘴巴开始重复对方嘴巴的动作,发出一些音节或者辅音;最后,他的舌头也克制不住了,开始在上腭的下方寻找那些它从对方那里接收到的词语。某些话里让人不悦的地方也许让他不知所措了。一些根本无关痛痒的话裹挟着难闻的气味向他袭来,对他来说,它们似乎意味着一个悲伤的、令人反感的未来。接下来的话也没有好一点,一些无法理解的东西溜了进来,妨碍着托马去理解对方说出来的一切。至于结论,他根本不在意什么结论,它就像是他所能吸收的极限,整个谈话本来可以在更积极的氛围中结束,而不是让他这么平静。他有一段时间没有和对方说话。他只把头稍微转过去了一点儿。之前还无法从那张脸上移开的目光此时闪烁地望向远处。它落在了那幅画像上。"了不起的画像。"他心想。一被那幅画吸引,他就不想离开了。画上是谁?他抬起手,然而,画面黯淡了,线条也模糊了。一切都变暗了许多。灯似乎因为无人看护而熄灭了。如果说还能看清那些大件家具,那些各有用处的小物件则全部消失不见了。托马用能活动的手拍了拍同伴。

"你怎么不让灯继续亮着呢?"他生气地问。

他拍的不重,只为了引起对方的注意,根本没有想要弄疼他。年轻男人却很是激动。他的脸上露出惊愕的表情。

"你对我太苛刻了!"他回应的声音弱得难以听清,"不是所有事都可以由我们自己解决的。如果你讨厌和我待在一起,如果和我一起时的麻烦事让你感到后悔,可以叫守门人来,他也许会做主,把你和我分开。"

"我不需要守门人,"托马说,"我不打算乞求这个人或那个人。""不过,"他又说,"你好像还不如我自由。"

"在这里,所有人都是自由的。"年轻男人答道。

托马听见这话有些不高兴。这种看问题的方式有些卖弄的成分。有时,这个年轻男人好像受困于漫长的监禁。有时,他又表现出傲慢,从折辱他的事情中端出了他的荣耀。如果不是出于反感,托马应该会对这番话感到满足。对他来说,这些话是那么遥远,那么难以琢磨,它们在现实面前过于诡异,却又如此专断。那么,他在这里干什么呢?托马又想到了那幅画像,他告诉自己,沮丧的时刻到来了。灯光熄了。沉默牢不可破。他比没有同伴的时候更加孤独。他松开此刻囚禁他的怀抱,又一次平躺在床上。他的左脚踝上绕着一个环,它被细致雕刻过，与之相连的另一个大一些的环则连在那个年轻男人的脚上。有了这一层束缚，他的姿势仍旧不舒服，但他几乎感觉不到了。夜很深了。旁边发生的一切都不怎么重要。他不耐烦地听见同伴为继续交谈做着努力，正提起这栋房子。他该听吗？换作别的时候，他不会一言不发。可是经验告诉他，这栋房子里的住户说的不总是实话，即使他们不在说谎，也很少说出有用的话。何况，他有可能听不懂；那些话是用一种剥夺了话中所有含义的语气说出来的。任何意义都无法匹配这样一种包含着巨大伤感的言语。每一个简单的词都必须完全失去它轻浮的透彻，才能承载如此多的绝望。多么令人忧伤的词语啊！多少悲痛连连的话啊！托马时不时会听到"房间"和"原因"这两个词，他拍了拍同伴，好让他停下。

"全是些废话！"他对他说，"说得够久的了。"

他向他头上扔了条被子，然后就休息了。

第二天早上，他从浓厚的睡意中醒来，看见灯亮着。即便没有被打扰，他也不可能继续睡多久了，因为对他来说，休息这么久已经够了。他听到了几声谨慎的敲门声。

"我们进去。"有人在走廊里说。

门突然被打开，一下子，三个人同时抢着空隙就要冲进来。托马看见他们半认真半玩笑地互相打了几下，不知道他们是急着要进来还是害怕跨过那个门槛。终于他们协商一致了，手挽着手进入了房间。

"来的是你们啊。"托马看见他们之后说道。

他们彼此相像,但他们没有忘了制造区别。每个人的上衣纽扣上都有号码,似乎这样还不够,他们的袖子上还有一条白色的细长的带子,上面写了几个字。托马本想把它们认出来,可这帮人一直动来动去,看起来躁动不安。刚到门口,他们就发出了一声尖利又低沉的喊声,冲向他的同伴,同伴此时正要扯掉头上的被子。

"上啊,把他的手拿开!"他们叫道。

看上去会有一番狠狠的修理,但当他们看见那年轻人的脸时,就爆出了一阵大笑,并且开始对着那张还没睡醒、仍旧浮肿的脸互相指指点点,开心得手舞足蹈起来。托马很少碰见这种场面。在他看来,这三个陌生来客的表情不像是在玩游戏。他们的眼睛又小又长,毫不掩饰地看着一切,而且,他们坚定的眼神锁定在哪里,哪里就变得可疑,然后,成了错误。被他们忽略也不是一件舒服的事情。托马受够了一直旁观。他暗暗发现这三个人穿成了领班的样子,既然他们都没有留意自己,他便告诉他们他就在这儿。

"我是新来的房客。"他说道,"你们是这里的员工吗?"

他讲话很大声,听见他的话,他们向后跳了一步。他们交换了几个眼神,好像在犹豫,不过这种不确定和他们刚刚说的几句话倒是很相配,也很适合他们接下来准备好的回答。

"这栋房子的吗?"他们齐声说道。

"这些人可能来自底楼。"托马心想。三个人都思考了一阵,眼睛半闭着,像是等着去听几句特别难懂的话。见对方没有继续说话,他们便仿佛全然忘记了他的存在,渐渐恢复了不管不顾、兴高采烈的样子,只是稍微克制了一些。

托马跳下床。由于有同伴,他不得不弯着点儿腰,不过他也一直死死地盯着那三个人,他们一个跟着一个排好,带着孩子一般的玩乐心,又或者可能是出于嘲讽的目的,他们不想完全暴露在陌生人面前。这样,尽管另外两个人没有站齐,偶尔会短暂地暴露出来,托马看到的几乎一直都是第一个人。他想要一个一个地打量他们,弄清楚他们是谁。他眼前的那个人穿着优雅的上衣,可是太宽,又太长,他的手伸进衣服的皱褶里,让缺陷更明显了。另外两个人好像穿着粗糙一些的布料。托马伸出手想抓住其中一张扶手椅,就立刻被这三个领班围住了,他们推挤着向他的位置扑过来,然后对他的同伴一阵拳打脚踢。托马舒服地坐着,而那个年轻人由于一条腿卡在了第二张椅子的扶手里,只好用手撑住地面来保持平衡。他呻吟了起来。

"够了,"托马说,"我们得谈谈。"

另外几个人采取了行动。他们只想要囚犯保持安静,但由于他们下手不知道轻重,呻吟一声比一声长。这噪音让人受不了。

"让他闭嘴。"托马大叫。

他离囚犯太近了,感到那声音就像从他自己的胸腔里发出来的一样,令他也几乎要忍不住跟着一起哀嚎。那三人中的一个小心翼翼地把上衣解开了一点儿,从里面掏出一块折了两折的手帕,和同伙们对过眼色之后立刻威胁年轻男人,说要堵住他的嘴。"多蠢的主意!"托马心里想,"这什么都解决不了。"他摇头反对,却还是没能阻止对方的行动,因为手帕掉在了地上,领班就用手捂住了那个倒霉蛋的嘴。另外两个人站在一起,托马第一次看清楚他们。他暗自思量,他们和身边这个人有什么不同。他们的年纪更大,头发接近灰色。他们没有他那种眼神,尽管他们目光所到之处也会催生出一种令人不悦的感觉。

"我是无意间进入这栋房子的。"托马对他们说,"我在路上走着,有人冲我示意,我只想在这里待一会儿。不过现在情况很尴尬,因为我一个人也不认识,也没有人想到我会来。"

他发现那两个男人听得很专注。这已经令人欣慰了。

"我的情况,还没有人正式地告诉过我。"他又说,"作为房客,这对我来说没什么,不过,我会被接受吗?我要履行什么条款?我会有什么保障?我到这里没多少时间就已经见到了不少事情,我不敢轻易住下来。"

他飞快地看了一眼他的听众,他们点了点头。

"我也可能会回到外面去。外面是有一些困难,有时候走路也不舒服。但至少我知道我要去哪儿。你们是负责带我去什么地方的吗?"

两个男人讨论了一下,好像要准备一个统一的回答,然而他们依旧没有说话。

"很显然,你们不能回答我。"托马本以为会得到解释,他接着说,"我不该问你们这样的问题。从现在起,我只回答。"

他说完了。他说什么都是徒劳,他甚至要怀疑自己的话是不是真的被讲出来了。那两个男人一直站在他面前无动于衷。"他们站在那儿难道不是为我服务的吗?"他心里想着,不禁叫起来:"你们到底是谁?"

他们一起伸出手臂来回应他,只见手臂上有一圈哥特体的文字。那是一句座右铭。这次托马看清楚了。"我独自侍奉"。第三个人看见同伴们亮出了身份,也不想被落下,他一边用手挡住囚徒的脸,一边展示自己的铭文。是同一句话,但不是绣上去的,而是用墨水潦草地写在了一条白色带子上面。

"你们侍奉什么?"托马问道。

"侍奉?"他们异口同声地重复。

其中一个人从怀里取出一个小本子,随意翻到了一页,手里还差一支铅笔。"现在是问讯时间。"托马心想。可以喘口气了,他只要服从别人的意愿就行了。然而,由于其中一个人没有准备好开始,等待变得十分漫长。说话不是他们的强项。第二个人一直低垂着眼睛,悄无声息地挪向门边,像是要逃离一场讨厌的测验。然而他撞上了一个架子,被茶托和杯子相碰的声音吓得往后一退。他的同伙们冲向了他。托马料想他们会把东西都给打碎,事实上,凭借他们的粗手粗脚,两个大花瓶摔到地上碎了,里面的水也一同洒了出来。这场意外没有困扰他们。他们当中有人成功地抓住了一个茶杯和一个茶托,并且放到了桌上。然后,他们跑向门口,大喊着:"去厨房。"

门猛地关上了,钟被震得当当响。托马很高兴摆脱了这帮人,但他不知道自己有没有从这次碰面中获得他期待的益处。显然,他们来自底层,所以确切来说,他们对这栋房子一无所知,不过,发生在底楼的事情往往是至关重要的。他转过身对年轻男人说:"你认识他们?"

对方此时正坐在扶手椅上,试图模仿同伴的手势和姿态。他摇摇头,一脸惊恐。

"那就是不认识他们咯?"托马继续问。

可他没能得到一个表示肯定的信号。他试着猜想那些从底楼来的人是干什么的,他们是否能自由出入,是否负责照看一众人员以及其他事情。所有的一切都难以想象。

几声微弱的钟响把托马从思绪里拉了回来。他听到第一声,很远,仿佛它还从未进过人的耳朵。他又听到第二声,同样的寂静。他头一次感到了安心,在这里也许不能休息,但他的旅程会有一个结尾。钟响着,一声接着一声。声音在空气中散开,空气也成了一架柔柔作响的钟。接着,钟声越来越频繁。这召唤来自每一个楼层。连这栋房子建在哪里都不知道,也不知道为什么没有人做出回应。过了一会儿,走廊里响起了脚步声。一扇门开了。一段谈话刚刚开始,墙太厚了,托马竖起了耳朵,却什么都没听到。其他的门有些开着,有些关着。木板在脚步声中咔咔作响。一架升降梯的噪音让墙体都震动了,仿佛这墙是空心的一样。托马惊讶地看着房间里传来噪音的地方,灯光跳动着,没有规则地忽明忽暗。他的目光在墙上寻找着什么新的东西,然后,他又一次注意到了那幅画像。他因此感到烦躁。他就不能发现点儿别的什么吗?况且,那也不是画像。那是一个狭窄的开口,从里面透出一缕光亮,上面还蒙着一块薄薄的云母片。

他毫不迟疑地起身向那个窗口走去。这样,年轻男人也必须站起来。他紧紧抱住那张他正坐得舒服的沙发,用手指了指链子,只见链子上的一个环滑到了桌脚下面,这条链子把这两个人都困住了。托马只好用力推开桌子,茶杯翻倒在茶托上,把边缘给磕碎了。然后,他把同伴拽到床边,自己跪在床垫上,想迫使对方上来。这并不轻松。年轻男人陷入了绝望,发出了彻彻底底的吼声。

"你为什么号哭?"托马也叫了起来,"你在害怕什么?"

有什么可怕的呢?他看了一眼此刻离他很近的那个小窗口,无视同伴疯狂的抵抗,又爬上了第二个床垫。他的右腿和右手还吊在后面。尽管这个姿势非常难受,他却不觉得被捆绑的东西拖累，他感受着肆意的行动，它让他能够前进，仿佛摆脱了一切束缚。那个囚徒最终顺从了。他听见床在他沉甸甸的体重下发出了断裂的声音，感到伸长的弹簧在嘎吱作响，就快断了。几秒之内一片嘈杂。床垫严正反抗着。喧嚣持续了很久，托马才在床上找回了平静。

"你在哪儿？"他叫道。

他转过身，立刻看见了那些破损的地方。弹簧几乎穿透了布料，它瞬间变成了一块旧床垫，由于摩擦而破损，一碰就要塌了。铁环在光线下闪着光。几块光滑发亮的铜片像一把把匕首，从床单下面刺了出来，还有一些则贴合着布缝，仍然掩藏在床单下。他沮丧地看着这个精巧器械的残骸，他曾给他带来了非常优质的休息。他从这张床的裂口里发现了一个装置，全部的零件似乎一个挨着一个无休止地运转着。没有打扰安静的氛围——不仅如此，这种安静似乎更静了一些——一种律动使床上的物品都有节奏地摇晃起来，那是一种令人感到温柔的、催眠般的节奏，但时间久了就会上瘾。托马感受着它回撞的力度，感到一阵恶心，他不得不以一种精确的摆幅，一会儿摆向左，一会儿摆向右。

那位囚徒面朝着他。这个可怜人一定相当受罪。弹簧插进了他的肋骨，他正躺在小刀和剃刀的刀片上。

"我不想弄疼你。"托马对他说，然而这时，他用手指着那个小窗口，对他做了一个要起身的姿势。

碰到那扇窗比他们想象中要容易。他向囚徒伸出手,他的手指和对方粗大的手指交叉相握,他帮他站了起来。他的身形让他吃惊。他真高大啊!简直像是把两个人糅合成了一个,因为他实在是一个大块头。他向墙边走去,此时托马只能从窗户里接收到一点儿光线,他却能毫无困难地透过云母片往外看。他看到了什么?托马问不出口。光线柔和舒适,但它不是白天的光,人们可能会猜想,它是由一团十分温和的火焰发出的光芒,它仿佛只是偶然照进了这里。那个窗口本身也只是一个偶然。它是建筑师的突发奇想,又或者是为了某个后来就被放弃的计划而开凿的。它近看比远看时还要小。要从里面往外看,就必须聚着眼睛,在一个恰当的角度朝这个沟槽里眺望。托马攀着同伴的肩膀。伤口留了血,但血已经干了。现在,他们俩紧紧地靠在一起,像是合成了一个人,而托马感觉到,他们再也不会分开了。

透过这道窗,他清楚地看见了某个房间的局部,它的墙壁用的是利普林白漆,地面也是白色的。这个房间位于低处。它被深深地埋藏在了房子的下方,似乎其他所有楼层的存在都只是为了进一步压垮它。那不是一间地窖。相反的,它被精心布置过,仿佛总有一天会亮相于世人。托马立刻就认出了一些炊具。壁炉里,火烧得正旺。墙上挂着几个平底锅,看上去状态不佳,一个上了年纪、身体残疾的男人始终注视着它们。也许,就是由于残废,无法胜任其他工作,他被派来看守这些工具,然而他将自己全部的自豪感都投入到了这份工作中,仿佛除他以外没有人能做这件事。当然,这项工作可能确实很重要。他时不时抓过一件东西,通常是破破烂烂的,他会从头到尾查看一遍,摇一摇,再靠近鼻子闻一闻,然后百般小心地把它挂回去。显然,这个男人职责重大。但经验不足的人是无法意识到这些的。几位小学徒站在他身后,身上扎眼的白色制服是他们唯一可以骄傲的地方,他们模仿他的动作,认真得夸张。他们从口袋里取出一件根本不知道有什么用的小东西,看着它装出思考状,把手搭在额头上,然后慢慢地把它放回口袋里。几秒钟后,他们把它扔到地上,就逃走了。托马无法理解他看到的一切,他本来会需要一个解答。可是窥视带来的愉悦盖过了一切。

尽管他和这群骄傲的家伙之间距离不远,他倒没有很不自在,他被一种鲜明、诱人的希望牵引着,睁大眼睛看着地上所有物体中他最方便看到的那一个。有人把一辆搬运车推到了房间中央,上面有几盘菜正冒着热气,一个可活动的盖子可以任意盖上或者打开。热气很厚。站在这流动厨房边的厨师转动手柄,打开阀门,热气就腾腾升起,形成一团团金色的烟云。热气一圈一圈缓缓上升,然后就被一根管子吸走了,管子可能通到楼上,锅子里煮着的东西也许不如这热气宝贵,因为一个笨拙的男孩隔三差五就把锅碗瓢盆里的东西倒进几个粗劣的容器里。厨师穿的制服也不怎么好看,还穿着似乎沾上了污秽的硕大长靴。然而,他庄严的仪态,缓慢的动作,尤其是他靠近炉灶时脸上展露的光彩,带给他一种存在感,人们一眼就能认出他。他令托马止不住投去无限的敬佩。站在那里,那么近距离地看着自己的工作,他该多么愉快啊!他全心投入的事情表面上枯燥乏味,而且也没什么技术要求。他一直站着,手臂交叉在胸前,脑袋稍稍抬起以便闻到菜肴散发的蒸汽,而当他暂时放下工作回到大环境里,他的脸上就失去了所有表情,既没有开心,也没有难过,他不过是一位老人,呼吸和移动都伴随着痛苦。

托马闭上了眼睛,心想:"我还是回去比较好吧?"他感觉自己胃口大开,担心人们真的忘记来招待他。

"我们什么时候吃饭呢?"他俯下身子轻声问同伴。

他没有等到答案,于是又继续去看厨房。此时的景象和先前不同了。一张餐桌边上有几个人全身穿着宽大的白色围裙正洗着餐具。餐桌中间有一个盛着水的洞。人们往里面胡乱丢进各种各样的器皿,没一会儿又把它们取出来;每个人都做得很仔细,可是水太脏了,尽管他们动作迅速,那些器具还是在各种垃圾里浸泡了太长时间,蒙上了一层再也擦不掉的油污。这些器具吸引了托马的注意,因为它们和他家乡那里使用的器具不一样。它们都更加周到。所有的碗都有一个凹口供嘴唇倚靠,碗的边缘还固定着一个面具,当嘴巴喝着里面的液体时,面部可以闻到滚烫的蒸汽。面具十分精巧地上了色,人们看到它,会觉得也许根本不需要一位宾客来使用它。

一些锅子——各种大小都有——在熊熊的火光中熠熠生辉。它们各不相同,又都像是一个重要的机体的组成部分,人们试图将它模糊地表现出来。人们会幻想出一个金属构成的漂亮整体,有小齿轮、齿轮组以及链条。它也许不再和厨房有关了。就在这时,走廊里响起了脚步声。接着,门被打开了。跳下来也已经不是时候了。这两个人摔作了一团,托马趴在地上,快要被同伴巨大的身躯压扁了。他受了些挫伤,更让他难受的是受到了这番惊吓。他怎么会如此任性行事呢?这太吓人了。没想到年轻人轻轻松松就站了起来,他自己也迅速站了起来。在他面前的是其中一位领班,每只手上都拿着一个咖啡壶,带着称得上阴沉的表情看着他。托马严厉地看了他一眼,在这里,只有严肃的事情站得住脚。他们一坐下——此时,年轻男人乖乖地跟从着他的一切动作——领班就过来把杯子倒满了。饮料很烫,它散发的气味仿佛遍布了整个房间。托马忍不住露出了微笑,这芳香是那么沁人心脾。

"饮料是在底楼准备的吗?"他问。

他很快就不笑了,因为他脑子里只想着把茶杯端到嘴边。液体烫到了他。攻击他喉咙和内脏的不是温度,而是呛人的气味,一股强烈的、腐蚀性的气味。他一饮而尽,连杯底的残渣都没有剩下。尽管他隐隐意识到自己行为粗鲁,但此刻,他拒绝一切小心谨慎。

"我能再喝一杯吗？"他急着问道。

没人回答他，然而，这就是一个他求之不得的回答。他还没来得及抬头看领班一眼，杯子就满了，热气如雾如烟，他只要接着喝掉就行了。

"再来另一杯？"那人一等他喝完就问道。

他没察觉这问题中有什么不妥。这回，饮料对他来说清淡、温和。他的唇间只留下了一股在空气中放久了、走了味的液体的味道。在他对面，领班的身体微微向前弓着。他没有第一次出现时那么易怒了。他像是一个完成了自己的任务并为此倾尽努力的人。托马觉得，现在他可以很容易地与他聊聊了。他迟疑了。问什么问题？想要什么解释？某种意义上，一切不是都清楚了吗？他转身面向同伴，对方用一双惊恐的大眼睛注视着他。悲伤的眼神。仿佛是他自己在凝视着自己的孤独和寂寞。他注意到门还半开着，一个单薄的影子在地面上晃动。有人待在走廊里，不想被人发现？走廊四处都是静悄悄的。人人都回到了自己的房间，也过了允许散步的时间。他定神看着前方。他不那么关心那个影子了——影子有时会和走廊的阴影弄混——他关心起微微上了颜色的门板。它们几乎是白色的，上面显现出几行字，字体普通但十分细小。他知道，前一天，他的眼睛就被这简洁的告示吸引了，他的目光不停地扫过它，却很难认出来，他缺少把目光停留在那里的魄力，可是现在，光线让他更好地看见了那些字的大体形状。它们很小,而且斜得厉害;不过,有几个字比较突出,他能轻松地认出来:是"邀请"和"规则"。剩下的都无法辨认,好像除了这两个字之外其他的都不重要似的。

托马又有了一个想法。既然领班总是向餐桌探着身子,也许是在等一个指令,那指令只可能来自这幢房子里的某个人。于是就可以这样想:他不关心房间里发生的任何事情。也许真的如此。这里有谁能引起他的注意呢?可是托马也感觉到了他阴险的眼神,那是一种不展现任何内容的眼神,它仅仅停留在事物的表面,这眼神影响着托马,让他无法看完那些字,但同时,托马又从眼神中感知到对方建议他全部看完,一个字都不能遗漏。是时候问他了。

"门上写的是什么?"他问。

领班突然站直,恢复了一点儿原来的轻快。他跑到门边,假装解读着一行行文字。真是装腔作势啊!好像那些字对他来说从未烂熟于心似的。接着,他走回来,用难听的喉音大声为他重复他之前看到的东西。那是一则布告:您受到邀请,依照规则中的条款,勿忘员工。真的吗?托马还不至于认为对方篡改了这段文字,但他的确强调了某些词——按他的说法,只有最后几个词是重要的——领班也许赋予了布告完全不同的意思。关键词难道不是"规则"吗?人们没有注意"邀请"这个词吗?它或许是为了阐明对规则的遵守是非强迫性的,又或许是为了强调自愿原则,并引入了义务之外的某种内容。

不要忘了"员工"这个词,这不言而喻;况且,员工自己就精通不被人遗忘的方法。

读完之后,领班就待在门边看着他的客人,毕恭毕敬却又透着轻蔑,因为他的谦卑似乎只是站在他面前的那位极其谦卑的人的映像。托马忍受着他的眼神。他被这个老男人脸上的表情震住了。对方有没有发现房子里的怪事?他依然用空洞、狭隘的眼神看着托马,可是他的表情变得严肃了;人们能看见他的脸在颤抖,人们很可能会以为,他对别人的那种怀疑现在落到了他自己头上。楼梯上有一阵急促的脚步声,然后是走廊。一切都像在回应一种召唤,现在,托马确认自己曾经听到过它。这召唤和他有关?有人推开了门,第一位领班的脑袋出现在门洞边。他对托马稍微打了一个友好的招呼,接着对同伴做了一个手势,两人就十分利索地消失了。显然,他们没有工夫关门。这是他们的疏忽。托马看见走廊里有位年轻女人,正拿着顶端盖了块抹布的棒子努力地掸着灰尘。发现有人看她,她便走了进来。

"他们去哪儿了?"托马不假思索地问。

"去集合了。"年轻姑娘一边回答,一边把拖把推进房间。

"果然是集合,"托马说,"集合做什么呢?"

"大家看指示,听从命令。"她说。

"那小姐您呢?您不需要去听命令吗?"托马表情愉快地问。

年轻姑娘笑了起来,仿佛这个问题不需要担心,根本用不着回答。

"命令不会下达到我这里,"她回答的同时用手指着房子的上层。

托马完全放心大胆起来。他问:"那么,是谁在发令?"

"怪问题!"年轻姑娘似乎只关心自己的工作,她说,"如果不是他们自己给自己安排任务,他们又怎么会执行呢?"她在两张床垫前面停下,接着说道:"呀,瞧瞧这好床!"

她看着血迹斑斑的床单和被捅破的床垫,惊愕写在了脸上。

"这仗可真激烈。"她说。

她把拖把和桶搁在一边,两三下就拉好了床罩,把一切都整理好了。托马愉快地看着她的一举一动。她和别人不同,她经过哪里,就掸落哪里的灰尘,清除不干净的痕迹。显然,她的工作只停留在表面。仍有垃圾留在角落,床也只是被罩了起来。但这个房间总算是能住得舒服些了。

"您有活力,您年轻,"托马对她说,"我敢肯定您有很多优点。这栋房子对您来说一定畅通无阻。您能不能在空闲的时候带我参观一番呢?"

她又笑了。她让人愉快的地方就在于她能立刻理解人们话里的意思。

"您是不知道这栋房子咯?"她叫道,"那您为什么会来?

您难道没有从外面好好了解一下它吗?"

她正在摆放桌上的茶杯和杯垫,却被托马抓着围裙拉到了身边,她朝囚徒看了一眼,突然发现了他那些伤口,便大叫了一声。

"啊,可怜的家伙!他怎么会是这个样子!"她说。

靠近后,她看见血已经干了,背上留下了一个厚厚的血痂。

"他吃了吗?"

她在用眼神问托马,托马表示"没有"。过了一会儿,她自然是把一切都安排好了。她从走廊里拿来了一小瓶喝的,把杯子推到年轻男人面前,然后倒上了一种甜烧酒般开胃的饮料。

"喝吧。"她说。

年轻男人的手太大了,只会把饮料弄洒,那位娇小的女子只好踮起脚尖帮他的忙;尽管她努力踮高,还是只能勉强够到对方的嘴,而他呢,盲目得像一只饥肠辘辘的动物,把整个杯子都倒了过来,也只是尝到了几滴罢了。不过,他也满足了。

托马一开始还好奇地看着,然后就不管了。他急着想要继续和这位年轻姑娘交谈,更想要离开这个房间,因为他担心,在某个不确定的时刻又会有人突然出现。囚徒像一个小孩一样表达着自己的满足。他时而盯着托马,时而盯着年轻姑娘,时而又盯着房间里的各种东西,像是要为他的快乐寻找见证者,这份快乐的来源也因此不是单一的。他容光焕发。人们几乎看不到他脸上粗糙的线条了,那张遮住了他本来面目的、呈现出野兽般表情的拙劣、粗俗的脸,现在也消失不见了。他的眼神多么狡黠!

"您认识他?"托马问。

"他问我们是不是认识。"年轻女人却转而对囚徒说。

这句话逗乐了他们。他们俩笑个不停,不过囚徒的笑更像是在模仿年轻女人,他第一个停了下来。

"抱歉,"她说,"这没什么好笑的。我今天第一次见他。"

她拿起她的拖把、桶和饮料瓶,把它们带到走廊。她把茶杯和杯垫扔在了一个角落里。这个房间就弄完了。托马还有很多话要说。尽管最后的小插曲让他失望了,他仍然在看这个年轻女人,几个问题还留在他的脑子里,要不是她刚才在这儿,他是不会想到这些问题的。在他脑袋上方,响起了震耳欲聋的脚步声,夹杂着几声尖利的话音。应该是女人的声音。

"那是领班的集会?"他问。

年轻女人只是耸了耸肩,看起来心情不好,不知道是这个问题不受欢迎,还是她认为那些集会很可笑。她微微示意,准备关上门。

"我和您一起。"托马喊道,他起身的时候太急,都把桌子给撞翻了。

走廊里到处都是黑暗。不过眼睛逐渐就习惯了,不是习惯这样昏暗的夜,而是习惯于视力的缺陷。这里的黑暗刚好在他们尚能够应付的程度。托马能够认得出,那个年轻女人就站在他身边的角落里。在他看来,她是那么柔弱!他凑了过去。

"我们从哪里开始参观?"他问她。

她抓住他的手,像是要给他带路,可他们却仍然停在原地,他焦急地等着。不会有人发现他们吗?为什么要浪费时间?会不会有人过来帮他们?他一直能感到,他手里那只小手正在焦躁不安,于是他开始领着她走,她没有反抗,囚徒也被他带着。几步之后,他们停住了,因为一道门封住了走廊。他想找到锁眼。手指抚过了门上每一处高低起伏,搜过了每一处沟槽,仍然一无所获。他转过身,这回,他决定要让年轻女人给他一个解释,不仅要解释眼前的事情,还要解释他们离开房间后她的态度。他摸索着她,听见她正抓着同伴的胳膊在笑。他厉声质问道:"您不能回到您的本职工作上来吗?"

这倒没有惹怒她,她只是更亲切地靠在囚徒身上,身子半转向他,询问似的说道:

"人何曾摆脱过工作呢?"

她的注意力很快回到了托马这里。

"别管这道门,"她说,"只有街上来的人才能打开它。这是行人的事情,而那些行人也有他们自己的安排。"

年轻女人告诉他房子有四层,每层六个房间,另外还有一些给仆人住的阁楼,不过事实上没有人住在阁楼里,因为员工们都更喜欢住那些空房间。他的确希望有人给他解释这栋房子的结构,可是年轻女人说完这些以后,他却不听了,因为他感觉到,她也是道听途说,又或者她没有说实话。

他们只能往回走。大家又听见了楼上的声响。这栋房子有时就像是一个贪睡的人,努力想醒过来,却在几番折腾之后又睡了过去。黑暗也散去了。房子里似乎迎来了白天。仿佛刚才的烦恼已经一扫而空,小女人开始不着边际地闲聊起来,她最大的乐趣之一就是用一种毫无意义的孩童般的语言对囚徒说话。然而囚徒似乎不太喜欢这种对话,当他们经过原来那个房间的门口时,他突然做了一个动作,想要进去。

"来,多姆,"她说,"右拐,一直右拐。"她说。

托马注意到她知道那个年轻人的名字。

"我们给对方取了名字,"她说,"就在您认真寻找门锁的时候。他叫我芭布,我叫他多姆。"

也许这时应该问她到底叫什么名字,但托马什么也没说。他有其他事情要担心。这条路会把他们带去哪里?现在,他已经熟悉了它的每一个转角,关于它的记忆那么清晰,他很难相信最后还能发现什么新鲜的东西。走着走着,他知道他就要撞上小画室的门了,并且很快就会回到出发的地方了。等待着他的就是这些?他慢慢走回去,在他身后跟着的两个同伴被他失望的情绪感染了,似乎也管不了他。路还是那条路。

他看了看几扇门——都在右手边,敞开着——完全不想进去。还是回到他自己的房间去比较好,但从他决定除非迫不得已,否则绝不回去的那一刻起,他就只能在走廊里游荡,直到疲倦让他倒下。不过他不需要走多远。年轻女人叫住了他:"托马,我这里有您的口信。您想在房间里等我做完工作,还是跟着我?"

"我跟着您。"托马说,这份邀请让他很快乐。

年轻姑娘重新拿上拖把和桶,他们又走了一遍老路,年轻姑娘边走边擦拭墙壁,轻轻擦去地板上他们走路留下的印记。托马感觉到,在她工作的时候,他更加自由,同时又离她近了一点儿。他向她寻求一些问题的解答。

"您怎么会知道我的名字?"

她的笑容里有些为难的神色。

"我看了油画。"她说,"每天早上,我会去接待室,接待室的小伙子是我儿时的伙伴,他偷偷给我看了所有新访客的画像。"她又天真地补充道:"这是被明令禁止的,一旦有人发现他的行为,他会受到严厉的惩罚。不过这里那么乱,人们不会发现的。况且,不是所有画都值得一看。不过您的那幅很成功。"

托马对她脸上漫开的表情感到惊讶,他觉得,她对待真相不该比对待规矩还严谨。于是,关于那个口信,他也只是形式上向她随口一提。

他问她:"您为什么不早一点告诉我?"

她说:"我没时间和您说话啊。"

工作很快就结束了。多姆拎着桶,年轻女人把她用来擦地的布浸在里面。托马只是在一边看着。当一切都干净明亮的时候——地板和瓷砖闪闪发光,光仿佛能在上面照出自己——芭布用尖尖的嗓音叫起来:"现在,开门!"然后,她就跑去打开了所有的门,连气都没有喘。

"跟我来。"她对正在迟疑要不要跟上来的托马说。

就这样,他看到了一个又一个房间。第一眼看去,它们似乎都是同一个板型的。大部分房间只有一套破破烂烂的家具:一张椅子,一个放在地上的床垫,一张餐桌,上面摆着大大小小的餐具,就这些了。人们一定把最舒适的房间给了托马。从外面几乎什么都看不到,只见一段燃烧的残烛,淹没在烟雾里。吸进的空气好像久未流通,进入嗓子时散发出一股药剂的味道,可能是为了更好地去除杂质吧。这些房间收拾得太差了,托马感到不适,可他还是抑制不住好奇,跟在年轻女人身后。这里就没有人吗? 他用眼神询问芭布,芭布就把一个在床上睡觉的人指给他看,那人的脑袋几乎整个被床罩盖住了。是个老头儿,留着络腮胡,嘴巴大开着。年轻女人远远地看着他,并说道:"他还能活不少日子。"

托马思考着她话里的意思,因为表面看来,显然不是这样。这甚至有些反常,因为对那个老头儿来说,这已经不能算活着了，他的身体状况已落得如此虚弱，无法想象在他死前还能再怎样糟糕下去。这里的空气令人窒息，但是蜡烛不时地蹦出一簇火苗，周围笼罩着烟雾，零星透出几点红光。年轻女人走进角落里，拉开一道帘子，后面是一幅画像。她看着它，托马也倾着身子从她的肩膀上方看过去。与其说那是一幅画，不如说是一张被多次修整过的照片的放大版。上面有一位年轻男人，正朝远方一位挥动披肩的少女奔去。至少，托马看到的是这样。少女的身影用铅笔粗略地划掉了，年轻男人反而很显眼，画师为了美化这张照片，还特意在他手里放了一大束红色的绣球花。

"他变了。"托马说。

芭布摇了摇头，不知道这是否代表着她为此感到惋惜，也许正好相反，她是在遗憾地表示他原来就是那样。

"没有眼前的变化大。"最后她说。

托马转身面向那个老头儿。

"是您在照顾他？"他问年轻女人。她先给了一个肯定的眼神，然后，没有继续这个话题，她自顾自地补充道："他不需要照顾。"

也许吧，但托马不信。

他指着堆在桌上的那些空了一半的小瓶子说："可是这里有药。"

芭布说："那是一开始的时候。我的见习期还没结束，我很容易改变主意。"

她把托马带到床边。

"我甚至为他做了一件罩衫,是这里的人给病人穿的那种。他每天都和我提它,于是我就答应他,从我的一条旧裙子上裁一件下来。我一定是疯了！最后一刻我醒悟过来,尽管他一直指责我,我也只许他看看它,偶尔摸一摸。"

她拿给托马看。那是一件极小的罩衫,最初应该是全白的,然后绕上了几圈黑色条纹。他是无论如何都穿不上的。托马对这块布一点儿也不感兴趣,他关注的是那个病人。尽管病人把脑袋转向了他,用一只尚且灵活的眼睛盯着他,但他似乎并没有注意到他,即使他在看他,也像是看着某个根本不会干扰到自己思绪的人,因为这个人在造成干扰之前就会被遗忘。

托马说:"你们为什么要在这里收留病人？你们不能把他们送回家去吗？普通客户的工作就已经够多的了吧？"

芭布耸了耸肩。

"您这些问题说到我心上了。"她说,"病人的工作永远做不完。有些日子,我真是筋疲力尽,直接累瘫在墙角,我恨不得这栋房子垮掉。倒不是因为这里的病人要求太多。自从他们病了,他们就没有任何要求,大家也随便他们做什么。可是,您也看见了,大家不知道他们会怎么样。"

"那还有什么好担心的呢？"托马问。

"都是因为那些医生。"少女说,"除了处理所有琐事之外,医生们通常还有别的事情要做,如果一位病人不幸被传唤了——这向来是随机的——而他身上又没有病历,那就真的惨了。"她强调说:"不管怎么样,我都不会犯这样的错。我总是小心谨慎。只要有人登记为病人,我就把他的病历纸缝在他的衬衣上,它就再也不会离身了。他从早到晚都把它拿在手里,看着它,摸着它。他还想要什么呢?"她又一脸狡黠地补充说:"对那些没有生病的人来说也是一样。"

她用手指着别在老头儿破衣服上的一张皱巴巴的纸。那纸显然是空白的。托马并不想一直被这个年轻女人牵着走,她说的东西吸引着他,她的解释也很清晰,但他也希望独自去弄明白一些事情。他坐上了椅子,多姆只好蹲在他旁边。

芭布说:"可是我们结束了。"

那个老头儿正朝左躺着,为了不让他们消失在视线里,他立刻使出浑身解数要转到右侧。当他边喘边咳地刚转过来一点儿,他的脸就埋进了枕头里,这个姿势比他刚才想放弃的那个更糟了。

"您不是应该去帮他吗?"托马对年轻女人说。

芭布帮他把脸从枕头里解放出来,在他脸颊上拍了几下,还用她孩子般的语言对他说了几句。这就结束了。这时,老头儿稍稍缓过来了,从被子下面伸出手来虚弱地挥了挥,也许是为了展示这只手,也可能仅仅想说:"我在这儿。"那是一只修长、白净的手,一只艺术家的手,但缺了一根指头。不过人们几乎注意不到这个缺陷,因为人们欣赏的是这只手的优雅、年轻,以及说到底,这只手整体的真实性,至于细节,它们不重要。

"他伸出手想做什么?"托马问。

芭布耸了耸肩。

"您不觉得奇怪吗?"她说,"他的断指,这就是他目前身上仅有的算得上疾病的东西。"

托马又看了看那只漂亮的手,它代表的不仅仅是疾病和不幸,还有历经种种苦难之后依然保有的生机和生命。然后他站了起来,想要终结年轻女人和多姆在他不注意时的各种幼稚的行为。年轻女人从她口袋里拿出一支铅笔来玩,是那支用来写档案的笔,她蘸湿了笔尖,把刺青的轮廓描黑。尽管这样的笔触一定会让那个年轻人难受——皮肉总是痛处——他却愚蠢地伸着脑袋,直到脸上的第二张脸重现出它的千百个细节时才心满意足。年轻女人的脸都红了,双眼放光。这一定是病了。

托马站在那儿,一时间无法决定要不要离开。老头儿的存在帮了他的忙。他问他能否在房间里等年轻女人完成工作。问题问的是芭布,但同时也在问老头儿。

"您真没有定性,"芭布吐了口气回答道,她又抚摸了一下年轻男人的脸,然后就走了。

蜡烛被蜡熄灭了，光线开始变暗。不过，反正光线也没什么用了，因为这个房间里也没有其他可看的了。年轻女人一走，老头儿就在被子下面蜷缩成一团，无论是和他说话还是看他，都成了一件毫无意义的事情。托马离开房间，轻轻地关上了门。在右边的房间里，那个小女佣正在唱一首歌，更准确地说，是在哼一首歌；他向左转，转得很慢，仿佛他一边走路一边还要思考，他独自进入了走廊。他又一次从原来的卧房前经过，门是关着的，但他听见了说话声。很可能是在谈论他的失踪。走了几步路之后——短暂的休息似乎恢复了他许多的体力——他到了走廊尽头，站在了那扇他已经研究过的门前面。现在，他看得更加仔细了。门板都是最近做好的，从上面流出一股树脂的气味，就好像那棵树被砍掉之后仍然在抽枝发芽。不过，木头又有着长期使用下磨出的那种光滑，手摸上去不会受到任何凹凸痕迹的阻挡。当他说服自己不可能找到门闩或者门锁后，他立刻用脚踹了一下门。令他大吃一惊的是，他马上就得到了回应。

"您是谁？"一个威严的嗓音大声说。

"我是新来的房客。"托马说。

门立刻开了。

"您走错路了。"说话的男人正站在门前，在一道楼梯的底部，脑袋上裹着厚厚的风帽。

看见他，托马吓了一跳。这不是守门人吗？然而他回应说:"不,我没有走错。"他忍不住又问:"您是那个看门的?"

男人脱掉了风帽,不是为了让人看清楚他,而是想让视野明亮一些。

"我是另一个守门人。"他简洁地回答。

这么说,他认错人了。但依然很像。托马看着眼前的这张脸,要区分他们两个人着实不容易:他们有一样的眼睛,一样瘦削的脸颊,一样病弱的身体;不过,这一位缺少了那个守门人身上某种吸引人的东西,这也许让他看起来更令人生畏,但又让人想和他有更多的接触。楼梯被这个人挡住了一半,他就站在门前,好像不打算离开。好在这小小的台阶是不一样的,否则人们也会把这个入口和之前的那个弄混。之前入口的台阶延伸向下,现在的这个则攀升向上,但它们各自都像是从虚空里冒出来的似的,那样纯白,那样干净,仿佛从未有人敢踏足。发现又是一个前厅,托马起初觉得被那个小女佣骗了,因为看守这道门的并不是外面的什么人,而且跨过这门槛之后,也不能通向大街。然而,虽然这道楼梯一头扎进房子的深处,像一座桥飞跨在一个无法逾越的空间之上,和房子融为一体,仍旧有几丝光线从房梁之间透了过来,日光、真正的日光似乎并不遥远。托马一边打量着守门人一边思考。他从未打算一个人走完这栋房子;他这么走,能得到什么呢?他只想要靠自己的力量找到路,不必再盲目地跟从别人。尽管如此,他还是转向他的同伴,叫他往前走。

"您要去哪儿?"守门人不耐烦地叫道。

他不确定这是否是一个问题；这语气里有一种尚未言明的威胁,这威胁是否发生,取决于托马的决定。

"我们去哪儿呢?"托马问年轻男人,他更像是在问房子里这片未知的地方,问他面前像陡峭的窄巷一般攀向高处的楼梯,它通向一个宽大的阳台,然而从那里望去,除了想要爬上去的人们付出的艰辛而可笑的努力之外,恐怕什么也看不到。

阳台的外观就像一个哨岗。

"也许,"托马仰着头说,"您通常只待在那上面?"

"不。"守门人回答,"但这不重要。"他又重复了一遍问题:"您想去哪儿? 这边是通往顶楼的路,那边那个,是通往地下室的楼梯。"

所以还有另一个楼梯? 托马向守门人的胳膊上方探出身子,守门人伸着手,主要不是为了阻止他上前（毕竟那段虚空已经是很好的屏障了）,而是要防止他不小心摔下去。第二个楼梯仿佛只是第一个的倒影,但它深深地扎进黑暗里,向地下延伸的部分消失不见了。到达楼梯要先通过两级覆盖着地毯的小台阶。就在托马还斜着身子眺望的时候,阳台上出现了几个人,倚在阳台的铁栏杆上。他们漫不经心地看了看四周,没有留意底下在发生什么。总之,对于新房客的致敬,他们毫无反应。这是一群衣着考究的男人,胡须刮得清爽干净,脸上透出健康的气色。其中一位有些敦实,他正在慢悠悠地抽一支烟，似乎舍不得让烟雾散去。这个场景持续不了多久，至少在托马的感觉里，这只是一闪而过的瞬间，于是他完全沉浸在这一刻里，其他什么也不看。

"那几位先生是谁？"他问守门人。

对方慢慢地垂下视线，没有回答，也许他只愿意谈谈有关服务的问题，也许他离得太远，没听见他说的话。窗户再一次打开，又有一些人来到阳台上透气。窗户里散出一股雾气，应该是室内温度较高的缘故。这里的房间都太热了。托马大着胆子把问题重问了一遍，这一回，不只说给守门人听，其他人也能听见。当然，他没有得到回应。不过，既然答案就在他眼皮子底下，那么有没有回应都不重要了，他关心的是有没有可能和上面的人搭上话。然而，这种交流是存在的。他拉着多姆踏上了楼梯的第一个台阶，他在那儿停住，好让守门人来得及阻止他。他预想着自己会被粗暴地抓住，还可能被扔进虚空里去。可是守门人甚至都没有转身，径直关上了走廊的门，那道配着一把巨锁的厚实的门，然后，他把风帽压低到眼睛下方，重新站回岗位。托马只能往前走了。他慢慢爬着楼梯，两三级台阶一停，不让自己向上看，以免给勇往直前的举动增添粗心大意的成分。爬上去之后他才重新站直了身体。房客们正一个接着一个离开，就从他的身边经过，他简直可以触摸到他们。这么说，他们发现他了，他们看着他爬上了楼梯。真是出乎意料！窗门半掩着。一束强烈的光线在玻璃上打出一道道反光,玻璃表面覆盖的黑暗却愈发浓厚了。唯一能辨认出来的是人影,这些影子从窗户经过,又往往很快离开,对他们来说,外面似乎已经不再存在了。

过了一会儿,托马稍微回过神来,便推开窗门,走进了大厅。这个房间很大,估计有整层楼那么宽,在另一头,很可能就有一扇面向大街的窗户。左右两边各有一排人想往中间挤,他们完全堵住了通道,围出了一个半圆形。钻进这两个队伍里的房客看起来人数很多。因为他们衣着统一,看上去都差不多,所以数不清到底有多少。有些人没能在人群里占到位置,他们在不同的人之间奔走,停下来也仅仅是为了拾取一言半语。大厅里喧嚣震耳。没有人高声讲话,甚至人人都在压低声音窃窃私语,然而最微弱的喘息都演变成了雷鸣般的巨响,一阵阵轰鸣在房间的各个角落里此起彼伏。

托马尽管被喧嚣声烦扰着,但庞大的人群又让他感到安心。他可以相信,他的存在已经淹没在这嘈杂的人群里了。然而,这人群并不嘈杂。相反,一切都是按照精细的顺序排好的。即使是那些没有得到位置以及游离在人群之外的人,也遵循着一种秩序。

"安静。"有人在落地窗后面喊道。

这是在对托马说吗?整个大厅都收到了指令,谈话声立刻变得晦涩;尽管声响依然很大,却什么内容也听不见了。有人凑过来轻声问:"您想要什么?"托马往后退了退才明白对方在对他说什么。

"找乐子。"他回答。

那人对他默默地审视了一番。结果可能不太乐观,因为对方摇了摇头就走开了,仿佛他已经看透了这个回答的意思,无法将它藏在心里。托马追了过去。他不知道怎么称呼那个人;他抓住了他的胳膊,用洪亮的声音说道:

"我有个口信。我只是要从这个房间穿过去。"

尽管面对着这么庞大的人群,他的声音仍然令几个人回过头来。他们打量着他。有人叫道:"嘘!"无论如何,他的介入有了效果;那人一心想要抽身,回音般地重复了他的回答:

"找乐子?当然了。为什么不呢?"

然后,那人便不再说话,试图消失在一群人里。托马盘算着自己能否在这样拥挤的情况下穿过大厅。这个大厅仿佛无边无际,队伍里似乎没有任何一个人会向前迈出任何一步。假设这种停滞里包含着由人群的庞大带来的某种错觉,人们就只好寄希望于一种不能确定的、总之无法察觉的前进。然而这种希望本身在事实面前更加渺茫了,因为要加入一个队伍必须等待队伍里的人发出邀请,这种邀请不知道是由怎样的善意决定的,而且至少和集会的总体规定有关。那些跟着人群跑的房客基本上从未得到邀请,至少托马一次也没有看到。他们在内心深处也许有一些支撑他们等待下去的理由,这些完全没有向外界表现出来。可是,尽管他们离目标很远，他们也不是最可怜的人，他们毕竟还能够表达出他们的请求，他们向别人的耳朵倾吐他们在内心悄悄说过千万次的话，以此获得满足感。有的是比这更可怜的人，那些人不知去向何处，不发一言，漫无目的地游荡，因为永远无法触及真正的目标，他们似乎更加不在意自己要寻找什么了。托马看着他们，反而很羡慕。他的目光只能在他们身上停留。一些人在为他们准备好的座位上坐着。他们的脸透露着精疲力竭。他们闭着眼睛，张着嘴巴，像是人们只允许他们装睡似的。另一些人站在几张和肩膀一般高的书桌后面。疲惫可能妨碍了他们走动，但他们并不只甘于坐着。其中有些人仍然拖着机械的脚步在走，沿着地毯一路晃到窗边，有时会搀一搀同伴的胳膊。

托马心想，他的身体状况绝对更糟。然而，就在他微微发抖的时候，在大厅中央，一个男人站起来——他不得不站在一张椅子上面——宣布安静。已经安静了。有人熄灭了顶部的大吊灯，大厅陷入一片令人窒息的黑暗。托马在多姆的手臂上靠了一会儿，然后他竖起了耳朵。他听见一种低沉、发涩的声音，平时很少听到，是一只轮子在缓慢转动，这只轮子似乎一直被那只让它摆动起来的手握着，但它成功地滑了出来，想转完一圈。终于，轮子停了。

"这不对，"几个声音大叫，"我们要控诉。"

吊灯重新亮了起来。托马被灯光晃晕了眼，他看见大厅里的一切都变了。那两波人群解散了,人们挤到那几张书桌旁边,那些靠墙边坐着的人似乎指挥着所有人。托马发现刚刚和他说过话的人就站在他身边,这着实出乎他的意料。对方怯怯地看着他。一开始他躲着他,而现在,似乎是他在找他。他凑到多姆身边,带着笑容轻声说道:"我没那个运气。"

然后,他就站在那儿,一动不动地,在等着什么,也许是在等对方的肯定。尽管托马并没有被明确地允许加入这场私人谈话,他还是忍不住问道:"什么运气?您失去了什么?"

那位赌徒对着多姆说:"别说'运气'这个词。用'它',或者别的您想用的词吧,我受不了从别人的嘴里听到这个词。"

他的笑容减轻了他话里让人不舒服的感觉,不过,他皱着额头,咬着嘴唇,无法掩饰自己的焦虑,也许他是病了。

"那好。"托马说,"人不可能总是赢啊。"

在一张书桌的周围,一场讨论开始了。一个年长的、疲惫的男人——他挂着一根拐杖——终于摸到了写字台边。这真是一个奇迹。现在,他再也不想离开了,尽管他拿到了一张白纸,却从喉咙里挤出了几声叫喊,紧紧地抓住了桌子。人们抬着他的肩膀和脚,把他放到了一个角落里。

"发生什么事了?"托马看着坐在墙边的一个男人问道。"发生什么事了?"他又激动地重复了一遍。

那个男人在他突兀的目光下一跃而起——可真是易怒!——他推了一把那个赌徒,还用棍子威胁他,把托马晾在了一边。

他说:"对您周围的人尊重些! 我们不喜欢这么吵。"

有人关注他在做什么吗? 托马不加掩饰地看看周围,发现有几个人被这里的状况吸引,正聚在一起。

"算了,"他说,"我根本不想耽搁。我只是迫切地想要穿过这个大厅。"

那个男人表示同意,却又说道:"您会不会弄错了? 人们起初几乎总是误会自己,以为自己只有一种欲望,想要离开,尽快地离开。可事实完全不是这样。"

托马仔细地听着这些话,它们被温和地讲出来,人们不会被它惹恼,然而它到底还是讽刺。他回应说,他不知道过一会儿他会怎么看待这些事,但目前他很确定自己要的是什么。

"我不想反驳您,"男人叹了口气说,"有什么好处呢? 这是事件们要扮演的角色,不是我的。事实上,我要做的只是把那些固执地想要留下来的人从大厅里赶走。"

看来,这是一位负责管理秩序的员工。他在这栋房子里肯定握有一定的权力。

托马问他:"那么我要做什么呢?"

男人的手做出了一个动作,像是要说:"那您现在在做什么? 您还想做什么? 您为什么想这么多呢?"而他看上去也被这些忧虑感染了,抓住多姆的胳膊,三个人试图从人群里开出一条路。人群没有那么密集了。在某些地方,它看上去很稀疏，但在其他一些地方，人们还是无法自由行动，他们像一个黏着一个似的，分也分不开，尽管周围的场地是空着的。托马不耐烦地发现，领路人几乎一直在推着他穿过一拨又一拨人群，这造成了一种非同寻常的混沌，一种实实在在的让人找不着北的混乱。在这混乱里，他们必须克服人群的迟钝，因为那些几乎睡着了的人要用很长很长的时间才能明白别人的要求。托马很快就感觉累了，可路还长着呢！领路的人搬出自己的种种指责为自己辩解。

他还说："很快就好啦。"

真的吗？这只是一句打气的话吧？越往前走，就遇到越多的死路，还有更加不可理喻的人群。这太匪夷所思了。那些人脸贴脸肩碰肩，紧紧地待在一起，也许他们尝试过推开彼此，可一旦背靠着背，他们就瞬间失去了力量，于是现在，他们安稳地待在一种无望的平静里。领路的人自己也终于绝望了。他好几次拍着手大叫："给员工让路！"没人有反应。他把哨子放到唇边，从里面传出了十分柔和的哨音，也没用。

"瞧着吧，大家多配合我的工作。"他一脸满意地看着托马。

多姆搅和了进来。或许在他和人群之间存在一种天生的共鸣，又或许他的粗枝大叶让他不会在种种威胁和暴力的手段面前退缩，在那些挡道的人里，有几个人注意到了他，他甚至把他们变回了某种生命体。他们大叫着："我们在哪儿？"又或者:"我们准备好了。"不过,这三人经过之后,人群立刻又恢复成疲惫、麻木的样子。

即使有了这样的帮助,托马要跟上步伐也很是困难。闷热的程度越来越严重。他穿的衣服是用一种粗厚的呢料做成的,当他看见别人的服装所用的细腻、亮丽的布料时便意识到了这一点。他问他们是否还有很长一段路要走。没有人回答他,但他的那两位同伴停下了,大厅再次被黑暗淹没。

"我们到了。"男人说。

这可能吗?这里面一定有什么误会。他们所在的位置是房间里最昏暗的地方,两步之外就什么也看不见了。托马在一个巨大的台子旁边绊了一下。临近的位置传来窃窃私语。另一处角落里冒着厚厚的蒸汽,天花板上的吊灯发出的微弱光线根本无法穿透它。托马向前探了探身子,看见一个深深的凹洞,里面有一只轮子,在一根铁轴上缓慢、无声地转着。人们就是在那儿赌博的。那只轮子似乎有一半都隐没在凹洞里。里面有废纸以及其他各种各样的碎屑,很可能是人们精神失常的时候扔进去的。

托马蹲下来,想要清楚地看一看机器如何运作。它被放置在一个巨大的基座上。设备和地面之间大概有好几米,他的目光似乎要跨过好一道深渊才能触及它。

"也许您不喜欢这机器?"男人凑过来对他说。

"为什么呢?"托马没有转身,直接说道。他刚刚透过轮子的缝隙看到一个小球,它被全速射出,反方向滚动,一会儿沿着轮缘,一会儿沿着某条轮辐,遇到木头上凸起的树瘤就会弹起来。

看着这颗小球,托马想,他的面前是一场运气的游戏。这台机器看上去很像那么回事。除去简陋的外表和粗糙的机件,它和城市里的那种机器简直没有差别,他以前就欣赏过它的运转。不久,轮子停止了转动。小球又滚了几圈,但动力已经消散,托马也无法勉强自己关注到最后了。小球还未停下,他就抬起了头。多么令人难受的沮丧感!带他来到这里的男人已经离开了,而就在几步远的地方,一位房客正坐在餐桌前,他之前曾在阳台上看到过托马。托马不出声地唤了唤多姆,可多姆看上去心不在焉,他正盯着人们挂在吊灯上的一面镜子,镜子在凹洞的上方,正好照出了轮子的映像。灯光照耀着陌生的访客,照亮了餐桌和一堆摊开的文件,周围的一切都是暗的。一份文件引人注意。那是一大张透明的纸,上面大致画着这栋房子的地图。员工用手指循着红墨水标出的路线经过了一个前厅和一条走廊,在一间卧室停下,最后迷失在了各种线路混杂而成的迷宫里。这条路线不通往任何地方。这张地图一定还未完成。房子里没有被红线穿过的那些部分覆盖着淡淡的灰色阴影。

员工对工作进行了漫长的思考,这工作似乎没能让他满意,随后,他慢慢坐直,正好迎上了托马的目光。他没有留意两人之间隔着的那条鸿沟,招了招手让托马过去。然后,他双手抱在胸前,眼睛半闭。很可能他是在继续思考,他坚持不懈地挖掘着难题,他试图弄清楚一个严峻的问题,这个问题就是眼下新房客的到来。最后,他推了推桌子,站了起来。人们等不及他离开,十个人扑向了那堆纸,随便抓上几张就往墙边立着的书桌飞奔过去。托马绕了一个弯才走到那儿。桌子自然是空了,甚至都没有人看管墨水瓶和笔。这并不奇怪,然而,当别处的人都喘不上气,为了一点点空气你争我夺,甚至当场死掉,这里的孤独和宁静真是令人无法忍受。他对那片将他拒之门外的区域产生了强烈的渴望,他拉着多姆进入了围在书桌边的那群人里。

"你们还在大厅里呢。"之前的那个守门人对他说;他又是在一张椅子上坐着。

托马别过头去,他不需要忍受无用的傲慢。他感觉自己需要在这一大群人里找到一个人,一个能让经验为他所用而且不会隐瞒真相的人。如果他能将命运赐给他的伙伴们留在身边,也许他的需要会不难实现,可是,他必须为了不被扔到外面而奋力挣扎,必须自己推走那些站在他边上的、大有可能抢走他位置的人。一个矮小、干瘪的男人勾住了他的胳膊,不是为了和他结盟,而是要通过这种接触让他知道,他有着和托马一样的对空间和空气的权利。托马对他说:"您要找什么?"

"您又要找什么呢?"旁边这位回答说。

"我啊,我对这里还很陌生。"托马说。

"原来您不是这里的人啊。"对方说着就离开了托马。不过,在前往人群的另一边之前,他艰难地回过来说:"等您不是外人的时候,我们再谈这个。"

托马没有泄气,他只是更加强烈地渴望着听到有人能回答他的问题。他的表情一定大声宣告着这份渴望,因为有人狠狠地盯着托马,仿佛这样强大的求知欲使他无法专注于自己本应专注的事情,继而惹恼了他。他喊道:"您想做什么?"

托马想做的恰恰就在托马对面。托马也喊起来:"到书桌那儿去。"

一个已经站在书桌旁边的人被逗笑了,而他周围的人都摇了摇头。

"您很清楚,谈话是被禁止的。"其中一人对那个和托马说话的人说道。

这很奇怪,明明大家都在窃窃私语,人群中有时还会传出叫声。

"有什么不被禁止?"对方反驳道,"赌博也是被禁止的。"

这时候,有人在桌面上连敲了几下,尽管在托马和书桌之间仅仅隔着几排人,但那声音仿佛来自十分遥远的地方。

"好了,该闭嘴了。"身边的一个人说。

"怎么回事?"托马问。

看起来,这是个意料之中的问题,它让在场所有人都记起了他们等候和争斗的原因。每个人都热切地望向那张书桌。托马踮起脚尖,看见一个体型瘦弱的男人正拿着一个放大镜查阅几页纸。有人说:

"他今天心情不错。"

"是吧。"托马的回答里有些怀疑。

他从那位工作人员的相貌中看不到任何吸引人的地方,只见对方沉着脸,神态病恹恹的,举止挑剔,还时不时地向人群投来厌倦的一瞥。就在托马观察他的时候,听见他叫到一个名字。那不是他的名字吗?他几乎可以确定,那是在叫他过去,于是他举起手表示顺从;然而其他人也全都举起了手,或许他们不想让他占了积极主动带来的便宜,又或许每个人都陷入了相同的错觉。那位工作人员自己也举起了双手,来嘲笑这些有求于他的人。既然所有人都想来,他便重重地敲着桌子,发疯似的命令所有人靠过来。

"他今天心情的确不错。"托马说。

"是的。"旁边的人认真地说。

于是,人人都再次试图往前走,但没有用,前排的人毕竟花了那么多努力才站到了那里,当然都不愿意离开。托马开始失去耐心了。"这值得等吗?"他心想。他差一点就要走了,但旁边的人几乎用双臂围住了他,神秘地盯着他嘟囔着:"您为什么留在这里啊?"

托马点点头,像是要说:"对啊,这正是我关心的问题。"但这只能让他看上去很多疑。

"赢了的人几乎都走了。"对方接着说,"其他人有可能在最后一刻被选中,不过工作人员只选择脸熟的人。所以您没有任何机会。"

托马听得漫不经心。这还不是那个会告诉他真相的人。

"这么说,"托马问,"赢家是由工作人员指定的?"

"不,"那人回答,"赢家的名字都写在文件里了。"

托马说:"那么,选择权不在工作人员手上咯。"

那人说:"当然。工作人员只是鉴定获胜的人;他照着写好的来;不过剩下的就由他做主了。"

"这样一切就都解释清楚了。"为了结束这场对话,托马说道。

其实他很明白,什么都没有说清楚,而且就算那人的解释已经很好了,他也没办法给予他一丝一毫的信任,这当中的一切似乎都在企图误导他。然而,对方却以为自己给了他一个狠狠的打击。

"赢不了也没什么。"对方用充满希望的语气说,"那只是暂时的失败,机会还在。只要别输掉就行。"他压低了声音继续说:"我可能不应该和您说这些。"

"没事,"托马回答,"反正我来这里也不是为了赌博。我是来找我房间的地图的。"

"太好了,"对方说,"如果是这样的话,您下一轮就会被赶走。"

托马很难理解对方的话，那个人借着和他说悄悄话的机会将他越推越远，他得和他对着干；许多声音在他周围嗡嗡作响，时不时地还会听见工作人员嘲弄的声音在说："过来呀。"而他也无法保持沉默，因为他害怕被遗忘。

"您看上去吃了不少苦头。"他说。

"是这样。"对方回答。随后，这人就陷入了迷思，他斟酌着字句，仿佛每个字对他来说都是危险的，对托马也是一样。他说："每个人都耗在自己的事情上。"

就在这时，人群里发生了巨大的骚动，应该是第一排的人受到驱逐而引起的，局面混乱不堪。多姆被狠狠地推了一下，链子都差一点断了。托马感到一股反冲力传遍了全身。一声巨响爆发在他耳边。他试图转身辨认声音的来源，可是轰鸣声从四面八方围住了他，是某种警报的信号。这份嘈杂还在不断升级，变得尖利刺耳，他觉得这是为了点名而特别准备的。他该做什么？别人在和他说什么？这警报声意味着什么？尽管他感到耳膜刺痛，噪声依然十分模糊，仿佛来自很远的地方。

"再大点儿声，再大点儿声。"他喊起来。

没想到，他立刻得到了回应，回应他的是一个又低又沉的声音，从十万八千里之外而来，轻飘飘地就到了他的耳朵里。

"叫到您了，"有人在他耳边说，"工作人员念了您的名字。

您还等什么呢？"

那堵挡在他面前、将他困住的围墙仿佛轰然倒塌了，他的眼前忽然一亮，空间宽敞了。几个跨步，他就到了书桌前。这里的布置完全不是他想象的那样。桌子高耸在他眼前，他必须抬起头才能看见工作人员，而当员工想要和客户说话的时候，则不得不把身子往前倾一倾。这是一张上好的黑色木制书桌。它像是直接从作坊拿来的，但当托马凑近去看的时候，他看见了一些粗糙的文字，有可能是那些长期受到忽视的请愿者们用小刀刻上去的。其中有一段是一幅还未完成的图画的配文，那幅画表现的正是那位工作人员。作者画了一个站在高台上的男人，手里拿着一大张白纸。在底下，托马费劲看了好一会儿，终于认出了那几个字："我公正。"他被这些幼稚的行为完全吸引住了，工作人员不得不连敲好几下桌面才唤起了他的注意。托马不情愿地把目光移向工作人员。他的长相说不上特别糟糕，最多是不讨人喜欢，只要一不看他，就记不起他的样子了。另外，他的话让托马很费解。是分心的缘故吗？托马想着刚才一转眼就消失了的人群。看起来，集会已经结束了。在远处经过的人们甚至不会朝他这里看哪怕一眼，好像这里发生的一切都变得无关紧要了。现在的盘问是为了什么呢？他尽量站直，好让自己不那么处于弱势，顾不上别人跟他说了什么，他问他怎么解释这一切问题。工作人员把身边的纸往外推了推——那可真是好大一堆纸——接着就从口袋里拿出了放大镜,时而照照托马,时而照照多姆,就好像遇到了一份无法辨读的手稿。

"我没见过您的脸。"他说。

他们要被赶走了吗?托马急忙表明他想要这栋房子的地图。

"啊,那大名鼎鼎的地图!"对方这么说着,却不忙着去找。

他似乎一点儿都不急着完成审问。何况这是审问吗?他的目光敷衍地停在托马身上,仿佛是为了不用再见到他才勉强看一看,与此同时,他的目光又牢牢地守着托马,仿佛托马的存在能让他从其他更痛苦的思绪中抽离。他悄悄地说:"多美的大厅啊!"语气里带着赞美,也带着遗憾,因为就凭他那糟糕的视力,无法将这一切尽收眼底。

看见托马只是低着头,他寻思应该再说点儿什么,好让他的赞美不至于像是隐藏着对其他房间的批评。他说道:"这座房子也美。"

托马仍然不发表意见。

"我是个老员工了。"那个男人说道,"人们都是从我这儿打听消息的。您需要任何解释,都可以来找我。我们乐意在此把大家可能想要知道的关于这栋房子的各种规矩都解释明白。"

托马没有表态,而是评价说:"您可不是容易亲近的类型。"

工作人员哈哈大笑。

"不是这样的。"他说,"您只需要试我一试,如果您觉得这有必要的话。"他轻柔地摸着旁边的那些纸,接着说:"不管您问我什么,我都能告诉您,任何情况都被预见好了。我们什么都能回答。"

托马不想要一个已经准备好的答案,而且他也不相信所有的问题都能被预见。于是他转过身,面对着眼下空了四分之三的大厅说:"就我所见,这里有许多人需要咨询,而其中只有很少的人问到了结果。"

"那纯粹是表象。"男人边说边向托马伸出手。但他想了想,又说道:"几乎所有人都认为自己有什么想问的,他们憋着好多个问题,想要全都弄清楚。我们在那里替他们解答,非常友善,甚至会站到他们的位置上替他们提出问题。""您觉得他们好好利用了吗?没有。一旦到了这里,"他用食指指着桌子说道,"他们就再也听不进任何话了,他们看着我们,好像我们存心要和他们大吵一架似的。"

"时间就是这么过去的。"托马评价道。他的双眼盯着那只向他伸来的瘦骨嶙峋的手。然后,他突然转身,看着整个房间。"这是一间赌室。"他说。是在陈述,也是在询问。

"人们确实习惯用这个名字来指代它。"工作人员说。

"难道这不是它的本名?"托马说。

员工答道:"是本名。您还想知道什么?您想不想知道我们的小秘密？我和我的同事们，我们私底下叫它大礼堂，因为对我们来说，没有比它更大更漂亮的房间了。这当然只是一己之见啦，毕竟这房子里的每一个房间都很出彩。不过，既然我们生活在这里，这个房间就是我们心目中最好的。"

"可它就是一间赌室。"托马评论。

"它还能是什么呢？"工作人员说，"它的外观不称您的意吗？它难道看起来不够新，保养得不够好吗？"他又惊慌地补充道："也许，您希望它添置些其他的机器和赌桌？这种愿望没有用，任何改变都是不被允许的。"

"您不用担这个心。"托马回答道，"我不想要求什么改变。但我也还是很惊讶，对于能给这里带来一些改进的计划——这些改进也并非多余啊——你们似乎很不喜欢去考虑。"

工作人员难过地摇了摇头。

"您不知道的事情太多了。"他说，"您在这房子里才待了短短一段时间，又怎么能插手我们中间资历最深的人才能参与的讨论呢？"

"那就什么都别跟我说。"托马回答。

工作人员叹息道："这样的回答像是早就准备好的，您很清楚，我会说，即使我不愿意说，我也没办法不让您知道。我的脑袋还能想些什么呢？如果不谈这些，我还能和来这里的人谈什么呢？还有别的话题吗？"

他看着托马，面有愠色，好像托马自己没有权利去担心别的事情。

托马说:"如果可以,我想问您一个问题,这个问题很冒昧。"

工作人员一声不吭。

"我就知道会这样。"托马说,"那我不问了。"

"就是这样,"工作人员说,"和他们所有人来到这书桌前一样。一沉默,他们就不问东问西了,他们按照自己的想法去解释沉默。我允许您说话。"

托马说:"您在这房子里服务多久了?"

"好吧。"工作人员往后一退,集中力量说道,"如果我回答了您,您能向我保证,在我们以后来往的时候,忘记我这个答案吗?这承诺不难,因为您多半不会再有机会见到我了。"

"这个要求可真让人意外。"托马说,"您的谨慎显然有您的道理,我以此判断,您的话必定会给我留下十分深刻的印象,既然这样,我怎么能向您保证我能忘掉它们呢?"

工作人员不耐烦了,他说:"我能告诉您的事情和您一点儿关系也没有,可它对我却举足轻重。我不能忍受把我的这些话交给一个有可能随意处置它们的陌生人,何况它们回答的还是一个服务问题。"

"您必须回答我吗?"托马问。

"是的,"工作人员说,"但我不需要容忍您的冒犯。要知道,我是这座房子里资历最深的员工。"

托马说:"这我似乎并不知道。"

"我没告诉过您吗?"工作人员突然站起来叫道,"承认吧,要不是您,我怎么会留在桌子这儿?这时候,集会都结束了,别的工作人员再怎么训练有素、聪明能干也已经扛不住疲劳,连说句响话的力气也没有了,我还站在您面前,而您呢,盯着我的脸像是要偷走什么秘密似的。想要我为您的疏忽负责,这可真是无礼到极点了。告诉您,我对您没有任何隐瞒。"

托马沉默地看着工作人员。

"您为什么看我?"对方说,"您想让我后悔对您客气?您非要轻视我为您准备的解释吗?它们都是好意,而且本不在我的职责之内。您听着就行了。"

"好吧,"托马说,"是关于什么的?"

工作人员怒气冲冲地看着他,语气却软了下来:"是一个很简单的故事。在过去,您所处的这个大厅并不是一间赌室,它是完全留给我们员工用的;人们来这儿只是为了打听消息,见见那些负责资料工作的员工,以及透口气——这满足了大部分有事相求的人。然而有一天,我们接到命令,它要求我们安置一台赌博机,把我们的办公桌都变成赌桌。谁下了这个命令?我们无从得知。这命令就这么简单地给出来了?它是出于什么样的考量呢?显然,我们每个人都很快想出了一种解释。我们改变了这个房间的用途,在此之前,我们的工作已经荒废多时,大厅里一直空荡荡,只有几个人会带着他们的草垫过来取暖睡觉。所以,这项改造是为了让这个房间恢复从前的人气,从这个角度来说,它是好事。可另一方面,它又是坏事,因为从那以后就不再有人想着来咨询了,也不再有人急着想要获得官方的认证。要求进行这样的改造是不是错了,又或者是对的?人们可以为此无休止地争论下去。毕竟,这个房间的确没有了过去的声望,通往这里的路也被遗忘了。我们整天谁也见不到,就待着不动,也不说话,在高温和心冷中麻木着,没人来,一直没人来。如果偶然有人进来,也许是打算向我们咨询——谁知道呢?这种情况也是有可能发生的——我们也没有力气和他说话,我们只能慢慢转过头看他。当时我们内心深处正燃烧着热情和使命感,眼神里却尽是冷漠,于是那人什么也不挑明,直接走掉,并对那些说我们快死了或者患了重病的谣言更确信了一分。显然,从这个角度来看,进步是不可否认的。日子又回来了,房间甚至还吸引了并不了解它用途的人,比如您。我们又拾起了说话的习惯,能受得住没完没了的认脸,尽管这种耐受力和我们从前相比还是差远了,每场集会最后,我们当中资历最浅的员工几乎都要昏过去了。这一切,我们也是一点一点发现的,一开始,我们只看到了我们的不幸,即使是现在,我们也不知道这一切的好处是否只是意味着一场在我们身上作用得很慢的灾难罢了。因为,在我们竭力想要记起、以便与今天相比较的那段过去里,如果说这个房间已经废弃到房子里其他的人都不知道我们是否还存在的地步,这个房间也至少还保有它存在的理由。它还是完好的,它还是咨询室,甚至可以说——这是我们之间公认的说法——如果不再有人到这里来,那是因为不再有人需要来了,因为这里已经很好地完成了它的职责。它只需要在那儿,房子就有了光明,房客们能舒服地住着,而不是在黑暗和无知当中寸步难行,这种情况在他们松懈之时是很可能发生的。这就是这个房间、这个大礼堂所代表的一切,同时也是它所失去的一切。至于我们,我们的情况表面上也许好转了,实际上难道不是糟糕了百倍?如果说我们感觉到了活力,我们找回了说和看的特权,难道不是因为我们付出了真实的生命并且放弃了一些更为重要的权利?我们疲惫不堪,是因为我们的工作吗?还是正好相反,是因为我们沉重的心情,因为白天结束,我们却没有完成自己的任务,我们失职了,或者更糟,是因为我们用尽了一切努力把完成任务变成了不可能的事?就是这种心情,在几个小时后,使我们当中最不强壮的那些人陷入了一种完全虚弱的状态。他们还不是最可怜的。由于精力好、岁数大,我被迫从各个角度把这件事情颠来倒去,探究它的每一个细节,不断地创造出新的解释,在身体抱恙的情况下得不到片刻的休息。"

工作人员一直站着,现在慢慢坐了下来,仿佛那些话是出自他人之口,他是礼貌地等别人说完才坐下来的。托马转身面向房间,它是空的,黑暗吞噬了它,尽管在深处,仍有一线光

亮打在镜子上,镜子里映出了那台机器。他说:

"那么这只是一间赌室咯?"

"您这是什么意思?"工作人员抬起头,表情审慎地说。

"我很感谢您为我做的讲解,"托马说,"对这样的好意我怎么会不感激呢? 但是,虽然我很感兴趣,可我不能掩饰我的失望。我失望透了。"

"怎么了呢?"工作人员傲慢地问道。

"您看,"托马说,"一切不都很明白吗? 我来这里是为了咨询这座房子的用途、规矩以及要办理的手续。我还能选出更好的地方吗? 您的能力值得赞许,您熟知所有的规矩,而且对工作十分上心。这正是人们梦寐以求的。可惜这是一场美梦。毕竟这一切都属于过去。您怎么被一点一点地剥夺了职权,怎么从一个咨询室的光荣员工沦为一个赌博场所的办事员,我并不想执着于这些不幸的起因。您已经做了生动的介绍,我能明白那种无比沉重的情感。您令我豁然开朗。的确,我明白您此时此刻正受着巨大的煎熬,而我更加明白的是,我是迷了路才走到了这里。是我搞错了。我得告辞了。"

"您错了。"工作人员打断他。

"错在哪儿?"托马问,"我看这一切就是个误会,它把我带到这里,让我充满了希望,看起来我能在这里遇到一个兴旺的部门,还有许多见多识广的员工,然而我只看到了一个活动室,过去的痕迹全都荡然无存。"

"您错了,"工作人员摇着头说,"错得离谱。您的眼睛还没有习惯去看。"

他盯着黑暗,不说话了。

托马说:"您当真这么想?"

工作人员说:"非常认真。"

"那么,我漏看了什么呢?"托马问。

"这个房间。"工作人员柔声说,"表面上,一切确实如您所说。房间变了,这里已经没有体现它过去用途的东西了。它不再是过去那个房间,我们也不再是过去的我们。所以从某种意义上看,您是对的。您也许比您以为的还要正确,毕竟您其实和这个房间毫不相干,也永远不会有联系。但从另一个角度来看,事实完全不同。人们想要改造这个房间,不仅仅是改造,而是要完完全全地摧毁它。多么乱来的计划。人们傻傻地刮了墙面,给地板铺上地毯,还可笑地加高了我们的办公桌,特别是在一个坑里安置那个晃动了地基、熏臭了空气的要命的机器。花这些功夫有什么用?这番改造改变了房间的外观,就为了那些从来没有发现过这个房间的真实本质的人,那些人依然什么也发现不了。而其他人呢?他们看到了什么?在他们眼里有什么变化?他们睁开眼睛,一切都和过去一样。您怎么解释这个呢?以我们的工作为例。我手里的这些文件似乎和我以前的工作没有一点儿关系,由于这里到处都是混乱,它们大部分时候都毫无价值,有时候我会把它们撕碎,来告诉自己它们真的没有意义。更何况它们来自那台机器，那就更不用当回事儿了。做出决定的是那台机器，我们只管操作它。看起来，机器搞定一切。但果真如此吗？不，完全不是这样。那台机器，那台该死的机器，它在我们这里投入使用，成了工作的主要工具。某一天，某一个任意的时刻，有人推动那个轮子让它摆动。这件事不是由我们来做的，我们只是像下级员工一样安静地坐在那儿，什么也不看。但当我们听到轮缘在壁板上发出的摩擦声时，我们就知道，机器在为我们工作。这时，一位秘书会从他扔到桌上的一堆文件中取出留给我们的文件。这些文件和那台机器的运转结果相关吗？它们可不可能在结果出来之前就已经写好了呢？这是我们无从得知的。那个秘书，他只想着弄完自己的任务。他把这些文件交给一个侍者，侍者装出一副一丝不苟的样子，其实也只是把它们随随便便地分一分。表面上，这些文件没什么可以挑剔的地方。它们写得很清楚，每个号码都有各自对应的名字。可是，一旦我们看上一眼，就会发现它们其实就是一些没用的废纸，只要我们无法读懂它们，它们就一直没有意义。您看看。"说着，工作人员拿出一大张白纸，上面写着几个名字。

托马只能远远地辨认它们，工作人员不让他靠近。

"这字体一点儿也不优美。"工作人员自己也端详着那张纸，接着说，"看了它，大家就知道还有一大堆工作要做了。"

"什么工作？"托马问。

"我对您没什么要隐瞒的。"工作人员说,"但我无论如何都不能让您知道我们的工作方法。况且,那些对您来说也没有意义。会发生的事再清楚不过了。为了不引起人们的抗议,那台机器一直工作着。不过它显然无法自己表达它的判决。它需要相关人员来阐释,或者说翻译。于是,人们必须面对我们,排在我们的办公桌前,希望我们的目光在他们身上发亮。有时候,我们会点其中一位的名字,要求他过来。这意味着他被选中了吗?不。这意味着更多。我们会在他的记录卡上写下许多新的信息,会对他脸部的描述进行补充,让他的身份更加容易辨认,这一切都是为了扩充这份文件,它会被交到负责阅读赢家名单的员工手上。"

"您不负责这个工作?"托马问。

"这个工作不重要。"工作人员回答,"谁从这个房间经过,谁站在我们面前,都知道得比一次粗略的阅读能告诉他们的要多。总之,没人关心这个。"

托马离开了几步,想看看他的周围。他的眼睛真的令他无法看见全部吗?这个房间在他看来又大又漂亮,从头走到尾应该会很愉快。它给人的印象不差。叫他失望的倒是那些工作人员。

他回过来说:"现在,是时候告辞了。"

"那您走吧。"工作人员怯怯地说。他从他那张高高的办公桌上下来,由于太久不动,腿都麻了,费了好一番功夫,他才站到了他的来访者身边。他又瘦又小。托马要弯下身子才能和他一般高。

"您可能不相信我和您说的话。"工作人员用低沉的声音说着。

托马什么也没有回答,他急着要走,起码要走到这个房间的尽头。只是,周围的黑暗阻碍着他在无人帮助的情况下出发。

"您不该太快地评断我的话,"工作人员说,"我还没解释全,我可以把我这故事再讲一遍。别怕累着我,有些人要听到第七遍才能理解。"

"谢谢您,"托马说,"您的解释已经让我明白了。"

他开始慢慢地走。黑暗几乎笼罩着整个房间。远处似乎不时闪着微光,但黑暗没有受到一丝影响。他们现在在哪里?他们又回到房间中央了吗?他们离机器远吗?托马看见一个笨重的金属柜子闪现了一下又消失在黑暗里。为了不让工作人员失望,他问他:

"那些窗户正对着大街吗?"

"没有窗户啊。"工作人员说。

"那我们要去哪儿?"托马说。

他不需要回答,黑暗里,回答是多余的。他又走了几步,然后,他摸到了墙壁,感到了那令人安心的弧度,他叫了叫他的同伴。对方用虚弱的声音回应了他,好像行走已经夺去了他最后的力气。

"您还想和我解释什么吗?"托马问。

"您不是要离开吗?"工作人员说。

"是的。再说,我也没有权利留下来吧。"托马回答。

"那好,您走吧。"工作人员说。

注意到这突然的语气变化,托马转身抓住了对方的胳膊,他想留住他,可他们又继续走起来。然而,他感觉到自己仍然需要听听对方说话。他几乎是喊了出来:"您是谁?"同时,他猛烈地摇晃对方的胳膊。他听见了锁链的声响,是他和多姆之间连着的锁链。他身边的人是多姆。工作人员已经走了。

这个误会情有可原,但他为此感到羞愧。他完全忘记了锁链还没有断开。他感觉自己像是从一场严重的失眠里走了出来,在失眠时,没有人能和他交谈,他也无法表达自己的想法。工作人员就这么离开了?他没能留住他?或许他最后是可以理解他的语言,听他说话的。而现在,已经来不及了。缓慢又艰难地走了几步之后,他们到了房间的尽头,那里有一面巨大的十字窗,透出微弱的光亮。他们试图看见些什么,但也是白费功夫。外面有什么?是晚上吗?是大街吗?他们打开窗,冰冷的空气从外面扑面而来。这里多么平静啊,仿佛远离了一切!他们继续向前,尽管黑暗始终没有消减,托马还是认出了那个阳台。他没有失望。可能,他走错了路,但黑夜改变了一切。阳台在他看来更加宽敞,更加孤绝。它就像一个辽阔的平台，人们在上面走动不会撞上任何的障碍，然而这份辽阔不会让人感觉迷失。因为已经迷失了。托马沿着栏杆平躺，把外套盖在身上，多姆那庞大的身躯因为怕冷而紧偎着他。

有人过来摇了摇他。

"大家在等您。"那人对他说。

他好不容易起身，沉着嗓子说道："为什么来打扰我？"

夜晚已经结束了？他又躺了下来，寻找睡意。又有人摇了摇他。这是一份威严的召唤，站在那里的人相信人们都会服从于它。托马等着那人向他解释来这儿找他的原因。他一直蜷缩在自己的外套下面，耳朵却认真地听着，他什么也不做，这会让别人以为他睡着了。然而，来找他的那个人保持着沉默，不一会儿就走开了。在这黑夜里，他有一段时间都在迈着单调的步子。人们每隔一会儿就听不见他的声响了，似乎他已经完全地消失了，可再过一会儿，一阵阵脚步声又重新响起，仿佛没有什么能打断它们。这个现象让托马心生了些许疑问。最后，他钻到外套下面，闭上了眼睛。

一阵动静从一扇打开的窗户外传来，把他从昏沉中拉醒。他迅速起身。那声音来自上面的楼层。但他没有向高处望去。因为在阳台边上，正亮着另一扇窗户，那场景令人好奇：一个男人拿着一个罐子用尽全力地摇着，似乎想要把它暴露在冰冷的空气里，好让沸腾的液体冷却下来。托马对他说：

"这里太冷了。我能进去待一会儿吗?"

那人盯着他。

"您想进就进来吧。"他说。

这是一个空洞的回答。要从哪里进去?托马对他做了一个手势来表示自己的困惑。

那人说:"您是怎么到这里来的?"

托马没有回答。已经过了提这种问题的时机了。

"您是谁?"那人又说道,他嗓音干涩,听不出任何友善,"您在这个房子里待了多久?"

这么多问题!托马却不觉得有人在认真询问自己。没人期待他的回答,仿佛只是为了突出回答的无效性,只有问题才是重要的。

这时,楼上有人在给地毯拍灰。一定是在做大扫除。水会从玻璃上淌下来,扫帚碰撞着墙壁,抹布在风中哗哗作响。在这个时间?简直疯了。到底怎么回事?人们终于想起现在已是早上,这个大厅从来都照不到太阳。托马抬起头,可他什么也看不见。然而,尽管他不能穿透这黑暗,他依然站在那里,听着这平静、规律的生活的回声,在这完全宁静的状态里感觉到了种种希望,他曾为它们放弃了一切,他冒的风险是值得的。他小声说道:"有人在楼上等我。您能为我指路吗?"

"当然。"那人说,"可首先,这里也有人在等您。"

语气里带着威胁,很难相信对方是真的答应了。无法进一步地反驳。托马暗自放弃了。

"我能否不经过这个礼堂就到达二楼?"他问道。没有得到回答。他又转身对那人问道:"也许这就是二楼?"

他惊讶地注意到那只罐子上闪过一道光。就他所见,对方相貌俊朗,双眼像是深深地嵌在浓眉下方似的,一层短短的胡须遮住了下巴。托马打量完毕,觉得有必要说一句:"抱歉,我不相信真的有人叫我了。"

"过来吧。"那人生硬地说道。奇怪的邀请,因为他关上窗户就走了。

托马不再想着离开阳台到上面的房间去了。他应该首先获得在上面工作的人的帮助。他走到栏杆尽头,审视这片黑暗。黑暗未曾消减。他喊了一声。一个狡猾的声音回应了他。有人立刻开了灯,一位年轻女孩出现在窗口。是芭布。她似乎没有记恨他丢下她不管。他离开,她就忘记;他回来,她又接受。正是这样,和她交谈成了一件愉快却无用的事情。这个时间和地点本该让她收敛一些,可她却欢快地叫了出来,当她看见托马的同伴,这种欢喜就变得实在让人受不了了。

"我的宝贝在哪儿?"她尖叫道,"多姆在哪儿?"

托马看见阳台的窗户打开了,那个男人向他走来,这让他有些高兴。对方又高又壮,仪态威严。只有芭布不为所动。

她挥着双手说:"再见了,再见我的宝贝。"

就在男人跨过门槛的时候,她又叫了起来:"多么英俊的先生啊!"

听到她这么说,托马感到脸红,那个男人却对这稚气的行为一点儿也不在意。他走在前面,托马几乎要在后面追。更麻烦的是,多姆还半睡半醒,刚刚意识到女仆的殷勤,却已经迟了,他不停地扭头想要回去。他们很快穿过了大厅。每隔一段距离都点着一些蜡烛,照亮了桌子和地毯。即使这样,人们也是勉强才认出了它们的位置。他们离开后,一切都乱了。一定有人来清扫过这个房间,不过,正如这栋房子里经常发生的那样,打扫工作中断了,只看见桌椅倒在地上,文件乱糟糟的,更不用说窗帘就铺在了地上。在房间尽头,一扇华丽的大门——它和窗户应该是一套的——是开着的。一些沉重的雕塑装饰着它的表面。金色的铰链闪耀着。这是这个房间里最富丽堂皇的部分。

"进来。"男人说。

这就到了吗?托马狠狠地撞上了一面墙,弄倒了一个放扫帚、刷子和抹布的小架子。这不过是一个可能被用作杂物间的狭窄的过道。当他身处自己扬起的厚厚的灰尘之中,试图把那些工具归位的时候,男人打开了走道尽头的一扇门,他用比较温和的语气请托马稍等片刻。托马起初不觉得这请求里有什么古怪。身处这样一个对污垢和臭味都需要狠狠抱怨一番的小角落,他怒气冲冲。"真是个垃圾堆。"他自言自语道。随后,他觉得没必要再等了,就敲了敲小门。

"进来,进来。"有人对他喊道。

他进去一看,感到自己置身于一间咖啡厅里。沿着墙摆放着几张桌子,许多人坐在玻璃杯或者白色的大碗前面。房间的中央空着。右边的一个角落里有一个台子,应该是为乐队准备的。一个年轻人来到托马面前,把他请到一张餐桌边坐下,已经有两个人在那里等着了。人们淡淡地向他打了招呼。他旁边的人歪着脑袋,额头沉向桌面,正在过分激动地说着悄悄话。他们的脸颊发亮,可这种生命表征给人的感觉并不健康,使他们躁动的那股狂热透露出他们的渴望,他们要在疲惫感将他们拉回惯常的混沌状态之前把什么都说完、看尽。陪在他身边的那位年轻人,可能是一位侍者,给他在一个大杯子里倒了一些浓咖啡,那香气令人精神振奋。托马旁若无人地一顿猛灌,他从来没有喝过这样可口的东西,突然,他觉得非常渴,这种感觉难以消解。侍者在桌边站了一会儿,可能如果托马想要,他就会为他倒上第二杯,托马只示意了一下,那美妙的饮料就又流淌在他面前了。

这时,邻座的一个人说话了,他一半是在发出通知,一半是在结束谈话:"我们要开始工作了。"

工作这个词慢慢地进入了托马的脑中。他还没理解它的意思,其他人就夺走了它,每个人都在重复这个句子或者类似的句子,嗓音此起彼伏,这种方式让他无法集中思考那句话的意义。然后,有人敲响了帷幔遮掩下的那扇小门,他就是从那里进来的。那阵干涩的敲击声以一种奇特的方式回荡在房间里。这群充满好奇和渴望、对一切都评论个没完的人竟对这样的到访如此冷漠,这是托马意想不到的。

"有人敲门。"他忍不住对邻座的人说。

对方用发亮的眼睛看着他。

"是的,"他说,"这是在杂物间工作的侍者们开的一个玩笑。最好别理它。"

他神气活现地说完话,眼睛不再从托马身上移开。仿佛他就等着这个机会打量他、观察他。他默默地盯着托马,没人知道他想要怎么样。托马被惹恼了,并且一点儿也不想参与这种无礼的行为,于是他转向侍者,把空杯递给他。然而侍者没有理解到,他应该接过杯子离开,反倒凑了过来,离得那么近。托马为了逃避他的殷勤服务,只好把椅子向后推,他发现自己和邻座几乎并排靠在了一起。对方从好奇中回过神来,友好地笑了笑,摆放好座椅的靠垫,他在这上面花了不少技巧。然后,他再次看着托马,低声说道:

"我什么时候能和您谈谈?"

侍者突然很感兴趣地向餐桌压低了身子,托马只好用姿势来表示完全私人的交谈是多么难得。

"没关系。"年轻人说,"这里所有的侍者都守不住秘密。"
"您注意点儿。"他对侍者说道。侍者完全没有被这个建议影响心情,在原地笑了起来。

托马麻利地转了转椅子，一下子撞开了他。

"现在我们可以讲话了。"邻座说，"我叫杰罗姆，我的同伴叫约瑟。""您是新来的？"他问道。事实上，这算不上是在询问，更像是为了展开谈话而对托马身处的情况做出的重申。所以托马没有回答。

"因为这样，"他继续说道，"您忽略了这里的一些事，而且您很容易以严厉的方式去评断您所见到的。所有的新人都是如此。他们怎么能够踏入这间又昏暗又脏乱的房子却没有不愉快的印象呢？这里只有让他们抱怨的理由而已，太多理由了！他们只认识自己住的房间吗？他们刚一住下，就有人强迫他们搬走。我们常说，这些房客是永恒的流浪者，他们甚至不知道自己的路。这有一点儿夸张，但根本上确实如此。只有几位特殊的房客能顺心顺意，其他任何人都不能保证自己两次都睡在同一张床上。是人们在来来去去，他们有时候从酣睡中醒来，胡乱地穿着贴身衣物就出现在走廊里。"

"我没经历过这些问题，"托马说，"我还没分配到住所。"

"我在和您说什么？"年轻人回复道，"这太难以置信了。怎么能忍受这样的状态呢？不是说您的情况是最糟糕的，根本不是这样。显然，没有房间而且要去习惯碰运气是很难受的。一开始，人们很有信心，这样的自由有它的魅力，人们相信自己总会有办法重回他们离开的那个房间。然而这些幻想很快就烟消云散了。当人们认识到如果不预先了解自己的住所会惹来多少麻烦,当人们被一次又一次地拒之门外,甚至那些空着的房间也对您紧闭房门,人们便不再享受一开始的不确定了。自由成了一场灾难,如何补救都是枉然。从早上开始,人们满脑子想的就是夜里的安身之处,他们只想着黑夜,而每过一个小时,黄昏就离他们更近,对于黄昏的顽念萦绕在他们脑中,房客们甚至不再能察觉到白天,他们活在了无止境的黑夜里。这样的生活削弱了那些最强壮的人。一开始无时无刻不在进行的调查被放弃了。既然探索新房间是毫无用处的事,那么那些令人精疲力竭的行走还有什么意思呢?于是,人们整天都待在一个角落里,反复念叨一些可笑的希望,有的人把房屋的地图,或者说他们所谓的地图熟记于心,毕竟那些房间的布局对他们来说是陌生的,那张随意画过几笔的无比简陋的纸片就能满足他们了。大部分人甚至没有力气去盘算,他们既不动也不思考,沉湎于回忆里的成功,那时他们还住着似乎理想的居所。他们不是这一天倒下,就是那一天倒下,到时候得把他们带回来,这是要偷偷去做的,为了不损害这栋房子的好名声。"

"令人悲伤的图景。"托马说,"这就是我将要遭遇的事情吗?那么好处在哪里呢?"

"人们几乎想象不到。"年轻人说,"但真的有好处。这要怎样向您解释呢?就我凭借我的一点鉴识力所能体会到的来说,好处在于人们相对于员工所享有的一种自由。您没有得到房间,员工就没有责任为您服务,您没有正式加入这个房子,您就因此不能要求获得那些真正的房客所专享的照顾。不过当然,这一切操作起来并没有这么严苛,侍者们有时也会愿意给您一点帮助。"

"抱歉,"托马说,"可我一直没发现那些好处。"

"别急,别急,"年轻人说,"我们就要说到了。不过首先您得回答我。您已经和员工打过交道了吗?"

"我想是的。"托马说,"如果不是您的问题让我产生了一些疑问,我会回答得更加肯定。他不就是服务的一部分吗?"他一边问一边指向侍者,侍者正舒舒服服地支在座椅靠背上,听着他们的谈话。

"或许吧。"年轻人微笑着说道,笑容里带着自然而然的优越感。"您听见这位先生问什么了,"他转向那个仆人接着说,"您觉得您属于服务的一部分吗?"

这个问题对侍者来说似乎是一个绝佳的笑话,他被逗得发出一阵大笑,手舞足蹈了起来。年轻人没有融入这份欢闹,而是用一种悲伤又严肃的表情看着他。

"他就是太服务、太员工了。"他说,"看他的脸就够了:大大咧咧、懒惰、高傲,员工们都和这边的这位一样。可他又是最最低微的,是微不足道中的微不足道。因此人们很难说他是这个房子的服务的一部分,他不过是那些真正的仆人们在远处的倒影罢了。所以他也只有一些相对细小的不足。人们勉强能忍受他,毕竟当他不在那儿的时候,人们就不记得他了。对待那些掌管房子事务的人,又是完全另一种情况了。他们是十足的孬种。那些家伙几乎一直不露面,根本不必去叫他们或者幻想遇上他们。大家知道他们住在底楼,于是,一些为了白白等待而恼火的房客有时就会下去,去他们的老巢里找他们。发生了什么?他们看到了什么?他们回来时反感极了,甚至无法回答问题,人们也就不再问了。后来,他们解释说,他们发现了一些空着的大房间,里面堆着各种垃圾和碎屑。这很可能是真的,因为人们了解他们的习惯。但另一些人声称侍者们从未住过底楼,他们散布这条谣言只是为了摆脱客户。"

"这我倒不意外。"托马说,"到现在我只和员工打过很少的交道,确切地说,也许一点儿也没有。但我所看到的已经让我受够了。因此,我觉得我必须问您一个问题。告诉我吧,房客们为什么会忍受这样的混乱?"

"我们不需要忍受啊,"年轻人叹息着说,"我们是不是因为它而痛苦都还不一定呢。我们能指责他们什么?房子打理得太糟糕,房间从来不收拾好或者只收拾到一半,三餐有可能任何时候提供却从来不预先通知我们?这一切到底只是些鸡毛蒜皮,我们习惯对许多事情睁一只眼闭一只眼。""不,"他又说道,"不能说我们承受了太多。如果说我们痛苦,更多的是因为我们承受得还不够。"

"我不打算评价，"托马说，"正如您所说，我是新来的。您一定在我之前就考虑过这个情况。然而我无法赞同您的理论。看看那些房间。您明白的，它们基本上要么没人收拾，要么收拾得很糟，这还是我婉转的说法；事实上，它们就是猪窝，人们很难再找到更脏乱的房间了，里面的空气根本不能吸，在里面待上几个钟头都是一种酷刑。您不这样认为吗？"托马问向年轻人，年轻人一直都只是听着，没有搭腔。

"我明白，我再明白不过了。"对方回答，"我的体质特别脆弱，这对我来说确实是个折磨。"

"既然这样，"托马提高嗓门说道，"您为什么没有投诉呢？为什么不反映情况呢？为什么不联合其他一定抱有和您相同的看法并且乐于看到改善的房客呢？"接着他简直叫出来了："难道人们没有考虑过投诉吗？难道，其实并不是不考虑，而是人们把投诉都推到那些有勇气大声说出想法的人身上了吗？这倒真的不让我意外。"

"嘘，不要大声说话，求您了。"年轻人惊惶又痛苦地说道，"如果您动怒了，就绝不可能把我的话听完。事情不完全像您判断的那样。投诉？谁不投诉呢？这太轻巧了，那些个官爷决不会为此感到困扰。正好相反。他们说不定乐意被投诉缠身呢。好像有人听见他们在开会的时候唱歌。要取悦他们没有更好的办法了。除了这个结果，这些似乎被您视为上策的抱怨还会有什么效果呢？我只能看见糟糕的结果。倘若您不幸通过官方渠道传达了您的申请,您就完了。因为,在您的申请被核查期间——天知道它会不会被仔细对待——您的房间会被查封,以调查进行中为借口,您没有权利住在里面,如果您无视禁令,您就会生不如死。不仅您的房间不再享有日常情况下随仆人心情而定的简单的清洁服务,每天还会有侍者偷偷带来好几堆新的垃圾以及恶臭难当的碎屑。他们这么做有什么目的?他们这么做完全出于热忱,人们无法责备他们。这些侍者把人们的控诉记在心里,他们一心想着帮人们获得胜利,因而努力让丑闻更加显眼,好吸引更多的关注。人们只能鼓励他们,即便感到恶心和失望,还是请求他们再加把劲。还能怎么做呢?如果人们不感谢他们,不鼓励他们,他们就会变成您最可怕的敌人,投诉将以和解告终。无论怎样,您都完蛋了。假设您有足够的精力面对申诉后的一连串麻烦事,并且假设——这简直不可能——当邻居们看到您与这栋房子进行抗争,便把一切争吵都交由您来申诉的时候,您没有被那些诉求压垮,即便这样,您也绝对不可能撑过搜查环节,通常来说,这是申诉的必经环节。之后会发生什么?这一系列程序操作有什么用?就我所知,没有人能在这样的考验中撑到这个时候。那些战胜了其他种种苦难的人,无论多么冷静、多么强壮,也无一不在等待的焦虑、当天钜细靡遗的筹备以及由它带来的种种不便面前崩溃了。您多半会偶然得知官爷们要亲自过来视察的决定,从知道的那一天起,您就不能离开房间半步,您不能坐着,只得站在房间中央,即便吹风、受寒,也要敞着窗户,以便听见他们从远处过来的声音。此外,您一般不能穿鞋,也几乎不能穿衣服。这些措施显然是夸张了,但如果相信人人都是员工中的一份子,并且在此基础上认为,他们在面对重症病人的时候会重新变成一流的侍者,那么这些举动就不过分了。这是由房子里各种经久不衰的谣言催生的种种疯狂的臆想之一吗?或者这就是真相?这样的思考令每个人都无法自拔,而那些没有被这番思虑所折磨的人则逃不过疾病和疲惫。"

"这就是那些侍者啊。"托马停顿了一会儿说道,"这就是这里的弊病。尽管您跟我指出了各种不便,我还是由衷地庆幸自己没有固定的住所,毕竟这种情况让我不必和这种下人打太多的交道。人们没办法和他们保持距离。感谢老天,我直到现在都一直避开,不让他们接近我,而现在,我多一个字就多一项服务。可不是我在追着他们跑。"

"您错了。"年轻人突然厉声说道,"您完全错了。您抱怨什么呢?您和员工有过许多接触,我知道的,您碰到过什么我都知道。您和他们当中的几个人聊过,他们给您建议,给您引导。无可估量的恩惠,闻所未闻的服务。而您想要从今以后都躲着他们,不和他们来往?疯了吧。做这种蠢事就完蛋了。"

"真的?我不明白您的话。"托马说。

"抱歉，我没有控制好自己。"年轻人说，"但这里面的确有让人失去理智的东西。我发现您轻视，甚至可以说是糟蹋了一件事，那是一个人的人生中独一无二的机会，同时也是您这个处境里少有的特权，这个时候我不可能还保持冷静。多么可悲的错误啊！多么大的无知！不过，从现在开始我会一直冷静到最后。只要您坦白回答我的问题。您和侍者说过几次话？"

托马说："这我怎么知道？我可能确实非常无知，这一点您已经说了，在无知的名义下，这也没什么可惊讶的。因此我毫不介意告诉您，我有时候会意识不到自己和员工之间的来往。"

"的确是这样，"年轻人一边回应一边用手掩住脸，"我的头脑哪儿去了！这些都是希望不经过大脑所造成的幻觉。"他继续说道："听我说，尽管我给您指出了那些事，您也一定不会明白我们和侍者们的往来，不会明白他们给我们造成的痛苦，也不会明白我们从心底里滋生出的不满，即使我告诉了您，您也永远无法理解这一切。只有经历能教会您。况且我还能怎么跟您说呢？本质上它真的没什么可说，什么也没发生，什么也没有。我曾提醒您员工在大部分时间都是见不到的。这样的话太愚蠢了，是我经受不住骄傲自大的诱惑，我为此感到脸红羞愧。见不到的员工？大部分时间见不到？可其实我们从来就没见过他们，从来就没发现过他们，哪怕只是远远地；我们甚至不知道'看见'这个词和他们产生关联,这意味着什么,不知道是否有一个词可以表示他们的缺席,也不知道这种缺席的概念是否就是令我们期待他们出现的最后一点可怜的依据。他们置我们于不顾,这在某些方面是超乎想象的。我们可能会在发现他们对我们的利益漠不关心之后发出抱怨,因为许多人或是失去了健康或是为他们服务的失误赔上了性命。然而,如果他们时不时给我们一些甜头,我们就全都不介怀了,只要一点点甜头!有一天,一位房客发现他的水罐装满了热水。显然,他迫不及待地跑去把这个消息告诉了他的朋友们。整个房子的人都知道了。一连几个小时,我们都沉浸在狂热之中,拟定了许多计划,要求得到解释,幻想着那位忽略了他们几个世纪那么久之后突然记起了自己的职责的侍者。我们的喜悦里没有妒忌,好像每个人都从这温热的水里分得了一滴,重新暖和了起来。当然,事情的结局不好。那是一场误会。是那位房客的一位朋友想要给他惊喜,尽管他害怕自己的行为会带来一些后果,但他还是承认了一切都是他做的。多么煎熬的日子啊!在我们所有人之中,只有他在狂热之外,我们的快乐越是强烈,他越是变得阴郁。尽管在盲目之下,我们都没有意识到我们的喜悦是不理智的,但我们却发现了他的沮丧并因此感到不快。他后来对我们说,比起他给我们制造的混乱,这沮丧更多地来自他无法和我们拥有相同的信念。见识到这种全体的疯狂后,他努力说服他自己,一切都像我们所想象的那样发生了，某些时刻他差点以为自己是被员工利用的工具，以为自己本该毫不知情地完成他们的计划。幸运的是——真的是幸运吗？——他天性积极，他不承认看见的那些事，于是，理智又回来了。怎么和您描述当他让我们认识到自己的错误时我们的失望呢？我们拒绝去听，我们宁愿聋掉也不想让他那些可怕的话进入心里。我们一开始的想法是怎样的？我们觉得他受到了精神错乱的影响，想要消除我们在数年的抱怨和诅咒之后对员工的加倍的赞赏，要通过完全否认这股殷勤的冲动来贬低他们，他企图把我们拖入绝望中，去过一种头顶不被任何光明照亮的生活。我们当中的一些人曾想要他死。倘若他真的犯下了这样一种罪行，还有其他什么惩罚更适合他吗？然而，就在最为激愤的人们要求惩罚他的时候，另一些人则心存疑虑。他们审问那位被告，逼他在大家面前重复一次之前的举动。我们都到房间来看他倒水，水是他从底楼取来的。那令人心碎的房间，我们曾经用花朵装点它，满屋都是芬芳，它曾拥有的迷人的气氛不知不觉地就消失了。唉，也该认清我们的虚妄了！我们只能回到公共大厅，其他人在那里等着我们，大家都坐着，一言不发，喉咙发紧，被我们匆匆破灭的希望以及失望压垮。说真的，很多人都不肯相信我们，这段痛苦的经历不断受到各种猜疑。作为主人公的那位房客到处寻找同盟、目击者、新的证据，人们听见他在自己的房间里吼叫，他日日夜夜地关着自己，盼望得到其他的恩泽。后来,其他房客们已经把事件的具体情况给忘了——幸好遗忘总是来得很快,这让他无法忍受,尽管他保有着全部的理智,人们还是把他关进了特护室。"

年轻人看着托马,接着说:"这个故事对您来说十分荒唐。有许许多多的理由来说明它的荒唐,故事的后续发展则更加不可理喻。它掀起了一种强烈的情绪,虽然就它本身来说,它因为自己造成的误会而近乎可笑,但它至少证明了我们被弃于不顾之后狂热和虚弱到了怎样的程度。尽管一些年纪和经验都受到尊敬的老房客要求大家不再谈论那件事,仍有一些人一直在思考它。他们始终觉得那件事有些蹊跷,它背后有一些计划,而计划的意义则有待深究。于是,他们便每天聚在一起,有时各自思考,有时做一些讨论,讨论到最后常常大打出手,他们想知道从这样一个事件中能得到哪些结论。一篇又一篇报告被写了出来,人们在这里写了非常多的报告,并且集结成册保存起来,反复阅读以求完全领会。这诸多的研究得到了什么结论呢?结论大概有许许多多,阐释各种各样,无法统一,这也是这个房子里的弊端之一。不过,有一个计划几乎被一致通过了。既然一个来自朋友的善意之举就能让每一个人都重拾生活的兴趣,在心里重新燃起希望,人们便想到何不从那个事例中吸取灵感,如果一些人愿意代替员工,为大家提供他们苦苦期待的真正的侍者的那些服务,那么生活会变得比较不同。为了不让大家误会这种举动的源头,人们决定公布这个计划,将它告知所有的房客。但同时,人们也刻意不去泄露志愿服务者的名字。这满足了那些承担着从某些方面来看不太体面的工作的人的心理需要,也保护着服务者,使他们不受某些过于苛刻的房客的残暴对待。总之,后来每个人都可能被召唤成为这个热忱团体的一员,由于所有人都会收到加入的邀请,所以所有的房客都可能是侍者。就这样,大家决意遵照规定来。第一天,盛况空前。人们在一个十分华丽的房间里召集了好几位房客,他们自然都没有来,其中有几位过于年迈,还患着重病,他们一向都不露面,其他几位生性孤僻,也极少出现,以至于很久都没有人想起他们了。这个房子就是为了隐居生活而设计的,因此,人们甚至无法笼统地知道这里住户的人数和名字。每个人都狂热地互相打量着。似乎有什么前所未有的事情要完成了。有人颤颤发抖。他们赞同的难道不是一种亵渎神圣的行为吗?那难道不是一种会被惩罚的不知羞耻的模仿吗?人们只好用饮料来安抚他们。然后,人们宣读誓言,每一个房客都保证不会把自己将要享受到的服务当成是员工的功劳,即使某天知道了代替者的名字,也绝不会透露出去。人们宣了誓,熄了灯,进入了黑夜,的的确确是黑夜啊,谁知道一项如此胆大妄为、违背常规的工作会怎么样呢?最初的成果还算喜人。除了一些应该闭嘴的冒失鬼,大部分人都很懂事,人们努力团结在一起,互相帮助,房子里因此弥漫着一种崭新的氛围。然而,如果说几乎所有人都高高兴兴地享受到了以前从未享有的舒适，但没有人是幸福的。缺了点什么。厌倦感使每张脸上都是黯淡。人们不知道为什么每一天都是空虚，为什么起床时就会抑郁地想到在睡眠的安慰到来之前要度过的漫漫长日。与此同时，人们发现了一些奇怪的现象，至少在游手好闲的人们眼里是这样的。首先是热情和纪律的松懈。您可以说，这很正常。狂热过后就是微温，慈善和殷勤过后就是惰性。服务因此出现了一些违规和失常，让人们想起了员工的作风，尤其是长者们口中的，在十分久远的过去，在员工们还未抛弃职责时做事的风格。怎么回事？这很容易想象。某些人笃信，房客们的新态度对侍者们造成了一种责备和惩戒的效果，刺激了他们的自尊心，他们于是决意重掌服务工作，至少在一定程度上履行他们的职责。人们指出了一些不寻常的表现。有些人声称，从开凿在某些房间上的气窗里见到一些高高壮壮的人点燃了地下室的炉灶准备做饭，当然，人们从来没尝到过。不过从原则上讲，地下室已经废弃了，要进入那里十分困难。还有人表示，病人们受到了一些特别的治疗，只要去看看他们，就能在他们的脸上发现一种满意的神采，那种神采不可能来自一次普通治疗。由于病人们什么也不说，人们只好把自己的幻想寄托在他们身上，不过，其间的流言蜚语也是不少。此外，人们采取的匿名制度成为了含糊和迷信的一个根源。起初，人们不可能不认识帮助自己的人，但随着参与这项工作的人越来越多，假设真正的侍者并没有混进代替者们当中，并且出于监管的目的，也可能是为了毁掉大家的努力，他们没有配合代替者们的工作，很快，人们就不会认识那些服务者了。这并不是不可能的事情，人们自然都这么想。人们对此更加深信，因为某些志愿者被一种说不清道不明的欲望驱使着，千方百计地效仿我们当中算得上代表者和发言人的那些人的品性。他们变得和那些人一样卑鄙、虚伪、专横。他们因为倦怠而疏忽了工作，这本来情有可原，可他们是故意的，他们对混乱和疾病有着特别的追求，这也似乎是侍者们所酷爱的。有些人在这种堕落里感受到了一种机敏和大胆，简直可以和他们的模仿对象相匹敌了。是工作令他们堕落吗？是仆役影响了他们吗？又或者，侍者们回来了？这些都有可能。总之，情况又变成了老样子。人们不想看着遗憾不断累积，疾病和混乱肆意发生，毁坏比修葺更加迅速，但这时候，秩序已经无法重建了。人们已经不能较为准确地知道是哪些人在以帮忙为借口破坏这个房子了。人们有的只是一些线索和推测。那些被要求停止演戏的人会装成吃惊的样子，看起来什么也不知道，或许他们确实什么都不知道。或许他们自己也忘记了，他们和他们代替的那些侍者们的形象之间没有了明确的界限，两者最终混淆在一起，成为了一个无法摧毁的整体，人们再也不能把他们和那些模仿对象区分开来了。无论如何，已经太晚了。人们只能对这些转变的原因做出猜想。全部审核一遍也不可能了,因为理智已经无力面对这些,而且,随着时间的推移,那些真实的情形也从记忆里消失了。当人们回顾并不遥远的过去,当人们试着重现过去的日子,当人们将他们以为自己了解的侍者们的堕落、阴险的形象和他们亲密无间的朋友们的面孔相比对,一股眩晕就充斥了脑海。那些转变引起了无穷无尽的思考。有时候,变化似乎毫无准备地就发生了。片刻前还被友善看待的人,人们不敢再多看他一眼,害怕他已是一张可怖的脸孔,有着一副居高临下的表情,至少在人们的想象中,那是混入房客们当中的侍者们的面具。于是人们都躲着他。哪怕是从很远的地方见到他,人们也会恐惧,这荒唐的恐惧扰乱了人们的所见所闻。有时候,这种恐惧严重到让人没有力气走开。人们带着难以克服的惊恐,眼睁睁地看着那个人走过来,他也曾讨人喜欢过,但恐惧产生了一种幻觉,让他的脸上逐渐呈现出一种陌生的、异常的模样。那是人类吗?为什么他有两双眼睛?嘴巴怎么不见了?赋予侍者与我们相异的外貌是我们的迷信之一,我们首先相信,他们没有嘴巴,这就解释了他们难以理喻的缄默,我们还相信,他们当中最老的那些已经完全丧失了感官,听不到,看不见,闻不出,有些人说他们很恶心,脑袋是干瘪的,或者像蛇的头部。这一切都很疯狂。人们迷失极了,当无法躲开那个向自己靠近的怪物时,人们就向他跑去,冲到他面前,抽搐式地抱住他,精疲力竭了才镇定下来,这才发现大部分的变化都是臆想,从前那张亲切的脸不过是因为疲惫、饥饿和仆役才变了模样。不过,这种程度的认知还无法唤回理智。它能证明什么？在被我们扣上侍者帽子的这些人当中,有一些不过是和我们一样的房客,一样惊慌,一样迷茫？我们明白,我们太明白了。我们不可能通过真正有信服力的线索把侍者和他们认为的被服务的对象区分开来,这将我们渐渐引向了另一种信念,它造成了更大的混乱。我们相信侍者们是不存在的,他们从未存在过,是我们的想象创造了这个该死的群体,好为我们的痛苦承担责任。这是一种启示,在拯救我们的同时,险些给这栋房子带来覆灭,这栋房子则在我们各种荒唐的举动之中屹立不倒,仿佛在蔑视它们,把它们扔进了虚无。当'我们愚弄了自己'这个想法占据了大脑——这里从来不缺大规模的集体运动——怒火使我们盲目,我们陷入了可怕的暴力发泄之中。假如我们还有一丝理智,我们就会把愤怒的矛头指向我们,指向我们自己,指向那些配合这出可悲的闹剧的人。然而,理智已荡然无存。仅仅是几个我们讨厌的病人——我们讨厌所有病人,但那几个人,神情满足又平静,仿佛获得了幸福,这让我们都疯了——受到了虐待和折磨。我们想把他们从自己的秘密中拉出来,想让他们也知道那个真相,我们所没有的那些令人安慰的想法他们也不能有,这样,他们就不再是精神污染的传播中心了。折磨对他们不起作用,我们没能让他们理解一帮发狂的人通过一连串的殴打和呵斥试图向他们揭示的东西,很快,我们就采用了其他更可怕的方案。我们都有一个想法——为什么？是什么导致我们做出了这种可怜、荒诞的行为？谜。——那就是必须彻头彻尾地改造这个房子；有人说我们被这个房子的结构缺陷给害了，那些昏暗的房间、走不通的过道影响了我们，还说不应该再把楼层隔开，我们要再开一些新的窗户，推倒一些隔墙，类似的疯狂事情还有很多很多。这真是疯了，因为这栋房子不属于我们，而且正好相反，在那之前我们一直觉得它的布局非常好，语言都不足以赞美它的和谐，我们从早到晚为它唱着赞歌。可是这些看法都被忘了，一瞬间，我们心里只有一种破坏的狂躁，它支使我们去摧毁我们挚爱的东西。然而，当我们看见几个狂热分子冲到门前把它们砸破，拿起椅子拆毁隔墙，甚至用脚和手去破坏墙壁的时候，我们毅然阻止了他们。这景象叫人心痛。它怎么就没能让我们警醒自己的错误呢？它反而让我们构思出了另一个更宏大、看上去更合理的计划，然而在我们荒唐和无用的反抗之外，它本身更多地包含着我们的疯狂，按照它的要求，我们要对一个结构松散的团体施加一些合理的规定。为了避免特殊行动造成的混乱，我们想要绘制一张整个房子的地图，它能向我们揭示那些需要修改的错误，并且帮助我们全面了解我们的任务。真的是这样的想法在引导着我们？这是可能的，毕竟我们已经失去了方寸和理智。可是当我们给自己立下这样的计划，我们也看见了自己内心是多么地渴望它。我们的脸上写满了羞愧。我们当中有人说：'怎么！我们就没有权利了解这栋房子吗？我们为什么不可以参观它的各个部分？我们难道不是这整座楼的房客吗？'由于每个人都承受着同样的自责，我们都没有底气说他是对的。事实上，我们怎么能说他是对的呢？难道我们不清楚，在我们的租房合同最重要的几个条款里，有一条就规定了我们只能住一个房间，必须谨慎使用公共活动室，必要情况下才能到同楼层的其他房客的房间里留宿？我们甚至从没想要去讨论这条规定，一直以来的习惯使它变得无可指摘，它就这样在我们身上施加了一个义务，要我们绝对不去不属于我们的楼层。它不许我们到别处去也不让我们从别处来，只准我们待在地图上分配给我们的住所里。上楼和下楼都是被禁止的。然而实际上，规则也有破例的时候。比如，我们被认可拥有所有会议室的使用权，而它们几乎都位于底楼，因而人人都去过那一层。在集中了大部分住房的二楼也是一样，那里的格局诡异，可能经过了多次修建，有着相当数量的楼梯，和一楼没有明显的分隔，这就促使大部分房客把他们无法遵守的禁令抛到了脑后。人们一直清楚自己是住在二楼还是一楼和二楼之间吗？难道就没有循着那些了不起的走廊的不易察觉的坡度从一个地方走到另一个地方吗？就是这些理由放宽了合同的限制，我们很少会感觉到它在我们身上强加的种种不便。况且，或许本来就无须深究那些细节，对房屋的布局有一个大致的了解就能明白，理智的房客应该始终与不被允许的好奇保持距离。先说说底楼。连接底楼的通道非常糟糕。只有一个被潮气侵蚀了大半的楼梯通向那里，而且，那楼梯在空中陡然下降，我们可不愿意为了去一个对我们来说反感多过吸引的地方而让自己摔一跤。底楼的名声也确实不好，一直不好。也许是由于那里布置了几个厨房，也许是因为那个地方太阴暗、太偏僻，住的尽是些不讨喜的人，大家最后便认为住在那里的人不属于这个房子，他们离马路太近了，他们的生死注定离我们很远。然而我们并没有正式地与底楼隔离，那些厨房尽管早就废弃了，却可以让我们自由出入，正如我和您说过的，这个权利曾被人利用过，只是当时没有让更多的人产生模仿的念头。对于更高的楼层却是另一回事了。禁令特别针对它们，实际上，也只针对它们。我们一向被驱逐在它们之外。奇怪的禁令，是吧？但其实，我们不觉得它怪。因为那两层楼以及建于楼上的那些阁楼完完全全地与建筑的其他部分隔开了，它们的入口离我们的那么远——它们和毗邻的房子通过楼梯相连——以至于我们不会想要住过去，连去参观的念头也没有，除非我们因为自己住在这条街上的一栋房子里，就以为自己对街上所有的房屋都享有权利。这个观念足以让我们，至少，足以让那些年纪较大的房客们照着合同过老实的日子了。我们呢，就是因为已经感觉到那些服从的理由正摇摇欲坠，我们不得不在这样的一种保护基础上增加了更多更可怕的禁令。关于签署的那份契约，我们闭口不谈。相反的，一想到有人给我们留下了违反契约的便利条件，我们就惶惶不安。因为虽说房子的两个部分之间平日里的确没有往来，但更确凿的事实是，它们之间存在一个楼梯，可能在以后的某个时刻就会恢复使用。一旦房客们循着他们脑中挥之不去的路线走得太远，越过了理论的准线，就没有什么东西能让他们想起他们将会受到的惩罚了，连警示牌也不能。有时候，我们会停在那个楼梯前面，你看看我，我看看你。然而，可以这样吗？我们有权那样看吗？视线所及的地方早就被想象力超越，而这想象力仍不断尝试着登上更高的地方。我们的渴望之所以一直都处于缓和，是因为我们不能确定，在我们当中没有人住在楼上。这很难叫人相信，但也不是不可能。合同怎么说的？它说每个人各过各的，这是基本的道德准则，允许住户与住户之间在必要的时候相互往来。这很容易解释，一方面是出于对邻里关系的担忧，一方面是为了促进邻里互助。所有的会议室都可以自由使用。于是大家认为，参与了公共集会的某些房客——您也看到了，我们有这么多人，怎么能全都认识呢？——来自特权群体，就等着我们发现他们，审问他们。当然，有几个人试图让自己被当作我们口中的陌生人。但我们很快就识破了他们。同时，尽管反感，我们仍然秘密地监视着楼梯，看是否偶尔有人下来。从来没有人下来。说实话，这算证据吗？我们的监视并不全面，我们太容易受到惊吓了，一有风吹草动就躲起来，而这恰恰是需要监视的时候。总之,关于楼上之谜的各种不知为何令所有人都难以置信的风传该到此为止了。可能说法实在太多,数都数不过来了吧。每个人都有自己的一套解释,自己并不相信,却誓死捍卫它,如同捍卫自己的生命。我姑且给您列举其中几个吧。有些人认为,一场流行病污染了楼上的住所,那些楼层在那之后便废弃了。另一些人认为,一些重症病人住在那里,疾病的传染性使他们一直被隔离着。这些都是相当普遍的观点。此外还有许多。有人说,楼上的公寓比我们的不知道要漂亮多少,配备也更加高级,禁止去那里参观是因为不想吸引过多的房客,也是为了避免那些无法住在那里的人心生妒忌。人们说,那些房间是为需要安静和沉静的氛围来做学问的学者们准备的。又有人说,禁令不过是员工的一个诡计罢了,好让他们安安静静、舒舒服服地住在那里,绝对没有人敢拿事情去烦他们。也有人说,那些公寓是不存在的,那些楼层也是不存在的,外墙遮盖之下什么也没有,其实这栋房子从来就没能建完,它的竣工大概要等到很久很久以后,到那时,多年来一直被蒙在鼓里的房客们终究会明白真相。我们认定自己就是这个真相的保管者。这惊人又可笑的骄傲啊。然而,几个野心家轻而易举地煽动了群众,他们声称,群众的时代到来了,真相的面纱就该由从脚下挖掘出了如此多秘密的一代人揭开。这些话一开始还说得遮遮掩掩,没多久就被大家齐声重复,声音在穹顶之下回响,那么洪亮有力,墙壁都颤动了,整个屋子也仿佛不再缄默,对我们诉说一种我们听不懂的语言。这些模糊的话语仿佛是从天而降的,那些胆小的人叫我们仔细听听,可还是没人听得懂。有时候,在走廊的深处,回声的传播都慢了下来,我们惊讶地听见了我们自己的谈话,它们重复出现在一片含混不清的喧哗里,它诉说着那个真相,那片如同侮辱一般的虚无。那还是我们说的话吗?如果我们的确是在发神经的时候动用了那些字眼,就不能允许我们在认知它们时,不是想着我们承认了发表过这些话,而是想到,这栋房子在它沉重、凄凉的孤独里听到了那些话吗?尽管一个预言在我们心中折磨着我们,让我们心绪不宁,可它并没有绊住我们,它就像一个追踪到我们内心最深处的敌人,这令我们受辱,又反而为我们点燃了新的怒火,给新的报复计划带来了灵感。我们按照才能的不同,对所有的房客,至少对我们认识的里面最胆大的那些人做了部署,一切都进行得有条不紊,像是对我们心智混乱这一说法的漂亮的回击,不久,我们就有了瓦匠队、木工队,以及各种各样的工人,他们身上的斗志正渴望得到展现。各种准备工作不是在一天内完成的。我们都情愿仔细谨慎地去做这件事,无限次地推翻重来以保证制度的完美,我们不知道要想象出什么样的练习才能避免遇到那些可能致命的错误。也许从那时起,我们就在不断地寻找借口,目的就是拖延工程本身,因为它的前景令人害怕,只是我们都没意识到罢了。我们深思熟虑,做好了万全的准备,没有什么困难能让我们的工程陷入困境了,我们的一番苦心都只是为了让我们的任务看起来不那么庞大和无望。为此所做的这些工作本身非常厉害,人们似乎还从未把科学性和创造性发挥到这个地步。在我们的骄傲崩塌之后,它们就被撕碎并且烧毁了,当时,尽管心中挣扎着羞耻和恐惧,仍有一些设计者在一次绝美的幻象里看见了它们完成的样子,那幻象降临在他们头上,仿佛不过是他们的期望的具象而已,不足为道。然而,群众不明白为什么要花这么久的工夫,他们从或许有道理的拖延之中看出了极度的羞怯,终于,他们不耐烦了,还威胁到了我们好不容易建立起来的制度,即便是我们,都对它的严格度与完整度有些犹豫。一场暴动即将沸腾。一些平庸的人脱离了我们,他们就是那些由于才能不足而被分配了普通任务的人,可以说,他们一直就没有融入我们的队伍。有一天,我们发现他们聚在一起,他们对我们说,等待已经够久了,他们现在就要向上面的楼层进发,展开初步的行动。'胡闹!'我们那些带头人都厉声说,'你们在发什么疯?你们要把我们的努力变得一文不值,顺便也毁掉你们自己吗?从这个房间走出去的人都将受到惩罚,从今往后不得参与公共事务。'这些劝诫和威胁确实让他们怕了,怕那些深深激励他们的希望被剥夺,可这份害怕反而加剧了他们的愤怒,他们就要着手执行他们可恶的计划了。已经失败过一次的我们于是开始恳求,向他们指出他们的错误和鲁莽。

我们也迷茫了,最终搬出了合同里的禁令来提醒他们,向他们描述那些陌生的地方历来流传着多少可怕的危险。想想真是可笑。为打破那些传说,以及替迷信的行为开脱,我们什么都干了。他们仅以嘲笑回应我们,而我们漏洞百出的领导令我们的拥护者们犹豫摇摆,我们也开始怀疑自己。不久,那道门的界限被打破了。有那么一刻,我们想要跟着他们,防止他们做出太多过分的事情,然而,也许是恐惧在我们心中苏醒,也许是对工程的牵挂盖过了其他一切念头,我们决定抛下他们不管,在他们身后关上了门。哎!后来发生的事情比我们预想的还要可怕、还要不幸。起初,一种不寻常的寂静接替了他们离开时的喧嚣。我们没有离开房间,我们尽力像平常一样工作,就好像我们的工作还有意义一样。可是我们的理智已经不支持我们手上的行为了。第一次察觉到声响的时候,我们所有人都停住了,说不出话来,我们面色惨白,目光怯怯地望过去,那个声响好像在那里呼唤着我们。奇怪的是,声响似乎来自下面,来自底楼,或者一个更加隐蔽的地方。仿佛在房子的地基中,有一个声音苏醒了,它不怒自威,低沉得恰到好处,它向我们所有人宣告:我们大难临头了。可我们几乎来不及用眼神交换彼此的疑问。在我们的头顶上,响起了一阵嘎吱声,几声时闷时亮的噪音,以及横梁和木板的颤动声。喂!什么?就在我们头顶上?可我们上面就是二楼的卧室和另作他用的房间,似乎没有什么秘密会和它们沾边。这意料之外的灾难是什么？我们要为我们的盲目和某些人的疯狂背负怎样悲惨的、无法预见的后果？又一阵沉默打断了我们的思绪。我们没有勇气发话，就一动不动地待着，仿佛一个动作、一声叫喊就能动摇我们用顺从维护至今的命运。由于害怕，我们偶尔会想象自己听到了倒塌的巨响，我们的眼睛看见墙壁在摇晃，帘子在抖动。这些荒唐的骇人迹象只是征兆，现实还要可怕上千百倍。突然，一个撞击令整个房子都晃动了，我们才从自己臆想的恐惧里猛地清醒过来。接着就听见了几声鬼一样的叫喊，一定是极端的焦虑才会发出这样的嘶吼。灯光灭了。一阵更有力、更低沉的撞击声在上层空间里响起。我们又听见了几声呼喊，其实它们离我们非常远，又那么疏离，丝毫不像是在召唤，反而像是对我们道着永别。这些叫声喊醒了我们，我们向门口冲去。门刚一打开，房子就一阵地动山摇，在震耳欲聋的喧嚣里，有一部分天花板塌了下来，掩埋了我们的朋友、领头人以及我们最好的工作成果。那样的一些瞬间如今看来简直不可思议。我们当中毫发无伤的人要比那些濒临死亡的人更值得同情。那些垂死之人在他们的梦想达到顶峰时受到了伤害，之后便相信自己看见了那些工作成果在熊熊燃烧，他们就是因此而死的，而我们只看得到惩罚，我们不知道它是怎样打击我们的，我们只能把它归咎于某些居于暗处的势力、看不见的主宰，以及被我们违反因而惩处我们的法则，这使得这惩罚更加可怕了。然而，我们自以为到达了噩运的顶点，其实一切才刚刚开始。不久，我们看到几个可怜的同伴回来了。他们惊惶不安，身上在流血。他们昏倒在我们的脚边。然而，其他人回来的时候，看起来比目击了自己的死亡还要惊恐，他们一看到我们，泪水便按捺不住，肆意地滑过脸庞。他们都是些安分的人啊，就住在二楼，一直拒绝参与我们的行动，过着隐士般的生活。为什么他们最后也还是被卷入了这件疯狂的事情里了？很长一段时间里，我们什么都无法知道。我们像是死了，却又活着，毫无生气地躺在黑夜里。不时有一些可怜人回来，从他们脸上，我们看不出理智在离开时留下的任何迹象。如果我们可以把生活称作我们所背负的诅咒，那么我们也是一点一点才重新适应了它。有个男人，就睡在我边上，他有一肚子的话。他和我说的那些话几乎都不知所谓，而我哪儿还有力气去理解呢？我何曾有过呢？那些词对我来说陌生得就像是从一张畸形的嘴里随机蹦出来的一样。我什么都听不懂，什么也看不出，那些话语在我脑中以一种难以忍受的音量回响着，让我接触到了一种真相，可我排斥它。然而，这番叙述可能是留给我的有关于这场巨大灾难的唯一真实的解释。之后，我又获得了一些更安静的秘密，我可以把那些零碎的信息一一串联起来了。这么做有什么用处？它比这个黑夜里的可怜人难以言表的忏悔更有价值吗？我如何知道？谁会在这片黑暗里看见光明？发生的这一切在某种层面上是一次简简单单的混乱的产物。叛乱者的队伍在离开我们的房间时被自己的蛮勇蒙住了眼睛,与我们在他们身上唤起的恐惧做着无谓的挣扎,他们可能为法则所困,正是这法则引起了他们的癫狂,他们就这样冲上了通往二楼的楼梯,那一刻,他们仿佛跨过了那条分界线,越线之处是他们不可以去的地方。对这些人来说,他们好像已经置身于禁区,身边危机四伏,恐惧占了上风,这恰恰是他们那时所担心的。幻想离奇,幻影重重。整个房子都是他们的禁地。他们只能希望,在他们面前没有什么他们必须克服却又无法克服的完美障碍。尽管他仍是完全自由的,可每走一步都在为违反规则而认错,这份过错对他们来说是那么沉重和可怕,他们感觉自己完了,他们需要做一些更加过分的事情来让自己觉得他们的罪恶感没有错。他们发现的第一扇关着的门被他们用斧头砍破硬闯了进去。他们用力在楼梯上划出口子,出于直觉里的谨慎,试图自己切断自己的路,因为他们认为再走下去是会犯罪的。然而,他们一直在前进。他们到达了二楼,还没怎么仔细去看,就在狂乱之中认为自己涉足了被诅咒的地方。他们的疯狂拦也拦不住了。他们想要毁灭一切,驱散一切,杀死一切并且自相残杀,这样,房子崩塌的时候,他们就会和他们犯下的错误一同掩埋在碎瓦之下。杀戮是如何,破坏是如何,都不需要留在记忆里。遇到因为房子坍塌而吓坏的可怜房客,他们以为看见了将要报应上身的陌生人。为了赶在审判到来之前,他们加快了行动。他们摇晃墙壁,损毁地板。最后,一切都在可怕的塌方中结束了。尽管如此,一定还是有人登上了更高的地方。他们真的抵达了楼上。他们看见了什么?做了什么?他们只知道重复一句话:都一样。当然一样啦。既然之前离开的地方已经对他们禁闭了,眼前的禁地对他们来说又怎么会有什么特别之处呢?从二楼开始,他们的眼睛和他们的理智就见证了种种表象的剥落,而在那之前,正是那些表象维持着生活。他们发现的东西我们却看不见,因为我们仍恪守着戒律。他们一进入那些众所周知的老路,便确确实实地进入了他们不应进入的围城,一步登高之后,便唯有从那里坠落了。这就解释了他们的恐惧和疯狂。陷入非理智之中,他们的行为模式仍和正常人一样,他们的眼睛看见了一些没有名字的事物,便迫使他们去做出一些说不出来的行为,他们无法完成,只好用极端的动作来代替。唯有连自己也失去,才能让他们不再为失去的东西感到痛苦。我们的脑海里怎么会出现这些想法?我们怎么会在身陷困境时收集到似乎唯有死者的语言才能为我们道出的真相的残片?要不是落在我们身上的噩运带我们渐渐体会到了痛苦,那些本是不可思议的。因为真正的噩运在灾难发生之后方才开始。我说的不是肉体上的疼痛,我们成功地缓解了它;也不是设备方面的乱子,多亏了留下来几支训练有素的队伍,我们后来也算是把它们修好了;而是有一天,就在我们还和残疾人一样踽踽而行的时候,看见那些悲惨的造反者们,他们的伤势还不致死,都默默地站了起来。就连在我们眼中已经重伤不治的那些人也为了加入到伙伴中去而恢复了一些精神。这一幕真是匪夷所思。他们打算再做傻事吗？混乱又一次团结了他们？并不，他们安安静静、井然有序地形成了一支队伍，这支队伍虽有条理，却也弱小得不值一提，他们用它接替不久前为了那次造反而建立的小小部队。他们向底层出发了。用来连通底层的那道楼梯还在，已经蛀了。他们走上去了。当时我恐怕已经猜到他们的想法了，我追了过去，抓住其中一个人的胳膊，攥住了他的衣服。他们想干什么？他们想去哪儿？我头一次注视他们的脸。眼神悲伤，太难受了。我用不着为了明白他们在筹划什么而一直盯着他们看。他们的面孔难以辨认。尽管面部轮廓没有变，可他们已经彼此相像，不再像我们了。一种美让他们面目全非。在这里的光线下，他们的双眼显得疲惫，却有一种我不敢直视的光彩。他们的两颊泛着全新的气色，令人着迷却又惹人讨厌。他们似乎浑身都是活力和喜悦，然而举手投足里只显露出绝望。我扑倒在他们脚边，还叫来了其他房客，我们所有人都恳求他们放弃他们的计划。有些人理解了我们的请求后潸然泪下。我们不再说什么了，他们自身的痛苦也压抑着我们，因为那痛苦让我们相信，我们再也无法阻止他们了。也许应该用链子捆住他们，我们后来有时候就会这样做，以防又有人离开，可这一切似乎都没有用。他们的心已经不再满足于和我们待在一起了。于是他们就走了，离开了这栋房子。闻所未闻的计划。他们希望在外面找到什么？他们渴望什么？安宁？崭新的生活？不，这一切都不可能属于他们。那么，什么驱使着他们远离住所？什么改变着他们，致使这里的起居对他们来说糟糕得无法忍受？或许是一个幻觉，或许是内心的愧疚？当我请求他们向我解释他们的决定，他们的回答里尽是一些天真幼稚的内容。有些人说他们受不了围墙之内禁闭的生活了，他们需要大自然的空气和太阳。其他人第一次提起了他们的家庭以及朋友，他们想告诉他们一些见闻。这样的想法简直可笑。他们如今要找什么太阳？什么空气？在以前，他们可不会允许自己回忆这些。他们在房子外面可能有亲人和朋友吗？一派胡言！之后的事完全证明了这一点。眼见他们的决心无可动摇，我们便试图拖住他们，想着那些决心或许不会始终那样坚定。他们人数众多，而那楼梯残破了大半，已经有垮塌的危险，当时只有一个人敢冒险走上去，于是我们成功地说服了他们，让他们建造一个新的。我们全部的企盼就是回归普普通通的生活。我们混进他们的队伍里，总想通过我们的介入让他们放弃他们的计划。工程缓慢进行。他们既服从又有序，工作的时候有一种悲哀的热忱，这似乎并非源于对竣工的迫不及待，而是出于他们的行事习惯，这些习惯正是来自我们的言传身教，现在，却只是在加速他们的流亡。那几天很不好过。我们不仅仅因为失去同伴而感到凄凉，还万分痛苦地想到，他们这一走，给这栋房子带来的损害将比任何东西塌了都要严重,我们的命运也会因此被改变。这些忧虑在我们的心里扎了根。这些人为了自己的痛苦牺牲我们,我们又开始看他们不顺眼了。与他们的接触本来就让我们有一丝抵触,现在,它让我们觉得恶心。这就是他们给我们带来的损害吗?我是第一个感觉到这些坏影响的人。这就是他们身上发生的奇怪的变化吗?似乎有什么糟糕的东西从他们嘴里散发出来。他们的气味和我们不同了,他们的手一触碰到我们就让我们发颤。我们只好和他们保持距离。我们避免和他们说话。他们讲出来的话吵得我们都要聋了,用词也很奇怪,我们有时都无法理解。和他们保持平常的交谈很快就不可能了。我们靠动作和手势来交流,但还是不能完全明白他们的意思。终于,我们盼望着他们以最快的速度消失。他们住在这里没得到同意吧?一定是的,他们要走,就是因为他们已经没有权利留下来了,如果说这房子让他们不舒服,那也是因为房子根本不接纳他们。是它在驱逐他们。禁令从禁闭的地方慢慢下达,现在,它找上他们了,把他们丢在那里,不再有任何约束,反正那里也再没什么可期待的了。疯了吧,我们竟然要留住他们。我们不是应该反过来赶他们走吗?几小时后,楼梯建造完毕,我们为他们的离开准备好了一切。我们等不及要看他们从我们身边消失了!而他们,长期渴望着自由,却在得到它的时候,仅仅感受到它带来的羞耻、悲痛和恐惧。我们只能把我们的门牢牢关上，打发他们去底层。我们用力吼了几声，好吓唬他们。我们听见他们在呻吟，这些呻吟声激起了我们的憎恶。我们对他们说：'走开，去找你们喜欢的太阳吧，让你们的朋友宽慰你们吧，反正那些人绝不会是我们！这栋房子的大门永远向你们关上了。'他们不明白我们在说什么，我们的声音就像是这栋住房的声音，它没能让他们远离，反而吸引着他们。他们回到阳台上哭泣哀求，像幽灵一样在围墙周围游走而无法进入。这应该消耗了不少力气。一天夜里，我们没有听见他们。他们大概是把外面的楼梯建完了，我们之前不愿意帮他们修建，因为外面寒冷的空气让我们去不了那么远。他们应该是走了，或者应该说，不再出现在我们面前了。有人认为他们没能离开这栋房子，无论如何，不管他们犯了什么错误，他们仍然是房客，他们不能毁约。人们声称，那些人在底层定居了，也可能，他们在地下深处挖出了一个新的底层，在那里，他们的确住在房子之外，却十分靠近地基，他们不再享受这栋房子带来的舒适条件，却也没有摆脱它的戒律与规定。另一些人觉得，他们还在门边哭泣，竭力想要让我们心软，可我们不在那儿，所以，也许他们是要软化那道墙吧，虽然实体之墙拦住了他们，法则之墙却没有。也许，他们其实就在我们身边，只是我们看不到，也听不见。可他们怎么会在我们身边呢？无论他们在哪里，只要是你所在的地方，他们总是会离它无限远。我们没有办法见到他们或者与他们说话，便不再有理由去想他们。据说,他们当中的一些人住到了大街上,对着我们做手势,想把我们也拉入他们遭受的不幸之中。真是不敢想。有这种想法是会下地狱的。"

有人又敲了敲小门。

"还是那些侍者?"托马问。

"是的,"年轻人回答,"不过这一回是来提醒我们干活的。该死的侍者!"

"那么,员工一直在咯?"托马问。

"那是当然。"年轻人说,"一栋房子怎么能没有员工呢?"

"您说呢?"他大声问仆人,"我真的能没有您的服务吗?"

正靠在椅背上睡觉的仆人一下子惊醒过来,他大概是没有听清,还以为有人喊他点单,赶忙擦了擦桌子。

"不能。"年轻人郑重地回答了自己,"我们不能没有那些。因此才有这么多的侍者。"

"当然了,可就是总也看不见。"托马说。

"看不见?"年轻人一脸悲伤的样子说道,"看不见吗?您这新人真是白当了,不过您多少还是做了些观察的。所以请您回答我,您知道一栋人们在里面频繁碰到工作人员的建筑是什么样的吗?走一步便遇到一个仆人,所有的门后都有一个女佣。一旦人们提高嗓门要什么东西,侍者早在那里候着了。简直让人受不了。他们无处不在,您看见的是他们,您聊天的对象也是他们。低调的服务,广告单上是这么写的。真是个笑话！这种服务太有压力了。"

"这么说来,自从您和我讲述的那些事情发生之后,一切都大不相同了。"托马说。

年轻人厌倦地看着他。

"您觉得变了,那就变了吧。"他说,"可是在我看来,没有什么真的变了。这里怎么可能有真正的改变呢？规章制度不允许,这栋房子是不可更动的。年轻的房客们只看得见表面,人家动一动家具,他们就以为天翻地覆了。而年长一些的房客们就会知道,到头来,一切都一如既往。"

"那么,您跟我说的事情其实毫无影响咯。"托马评价道。

"随您怎么评价。"年轻人说,"就看您怎么理解了。不过请允许我补充一句,这里发生的事,几乎没有一件是毫无影响的,更何况,我告诉您的那些事件都有它们的价值。"

"我不明白它们对我有什么意义。"托马说。

"其实,我也不明白您为什么关心这些。"年轻人说,"这栋房子不需要居住它的人对它好奇。人们来时,它便接纳,人们走了,它也就忘了。"

"这么说,我们可以离开房子？"托马说。

"这里又不是监狱。"年轻人轻蔑地说道,"您是自由的,您完完全全是自由的。我恐怕要说,您甚至过于自由了。"

托马起身说:"我发现我不知道的事情还有许多。我的无知会令我更加无拘无束,就让我好好利用它吧。"

"别走。"年轻人也站起来说道,"看在我告诉了您这么多事情的份上,我请您别走。"

托马疑惑地看着他。

年轻人接着说道:"我们还没有开始我们的工作呢,这工作和您有关。"

于是,托马又坐下了。厅里闹哄哄的。每张桌子旁边都有一位房客凑在朋友们身边,对着他们小声地说话,然而,这些话音产生了回音,它们落入所有人的耳朵里,成了烦人的噪音。透过音响效果,某些词被加以突显,其他的词则被掩盖,感觉上,每一桌都重复着相同的谈话,人们说的一切都与整个大厅同步。

"什么样的工作?"托马说。

年轻人看着约瑟,后者一直在聆听,专注得似乎他是第一次听人谈起那些事。托马猜想,是否约瑟不该听这场谈话,他毕竟比自己更能了解到其中的真实含义。

"我不确定要不要回答您的问题。"年轻人说,"我的朋友是非常敏感的,这个话题太沉重了,他会无法承受我要说的内容。所以我只能简明扼要地告诉您。但是首先,请向我保证您绝不忘记您在哪儿。不管您怎么看,我告诉您的事并不是微不足道的,而且在某种意义上,尽管您没有抓住它们的真谛,但如果没有把诸如此类的事情牢牢刻在脑海中,如果不能在任何一个时刻将它们复述出来,是无法在这里生活的。不过,从另一方面来讲,您也别愚蠢地认为我把全部真相都告诉了您。在生活这个海洋里,您仅仅看到了一滴水,它只是层出不穷的各种事件中极其微小的一个部分,我有必要来到您身边,为您勾画出其中重要的那些,不过我也和您说过,我们忘得很快。我们怎么能记住发生在我们身上的一切呢?那太疯狂了。"

他沉默了,仿佛突然扎进了那片危险的汪洋,险些就要迷失,然而他很快回过神来。就在这时,有人叫了托马,是附近桌子的人。他认出了礼堂里的两个人。虽然他们的长相不怎么令人愉快,他还是向他们致意,并且凑了过去,想进一步确定是他们在叫他。他有一种印象,他们不适合待在这个咖啡室里。他惊讶地发现,他们的服装是用品质低劣的布料做的,他们的举止也根本谈不上恰当。这两个男人表现得像庄稼汉,结实又专横,四处招呼认识的人,那些引人注意的举动极其烦人。桌与桌之间的交谈似乎是被禁止的,这理所当然,毕竟说话有回音,产生出嘈杂的音效会让人受不了的。托马虽然想遵守规矩,但是更乐意和他的新邻居说说话,两句而已。

"你们是谁呀?"他很小声地说道,然而他的提问立刻产生了回音,就像是他用全力喊出来的一样。

所有人都转过来看他;这太尴尬了,可为时已晚,他不可能把话收回来。回话声响起,也是一样吵闹。

"您原来的向导。"两人中年纪较大的那个说。

就是他吗？从他强势的举动中，托马本该认出他就是那个带他穿过人群的男人；他的脸上不再带有任何一丝嘲讽的表情，可他举止间的冒犯更让人不舒服了。另一位是他刚进大厅时和他攀谈的那个赌徒。

"您认识他们？"托马转身问杰罗姆，"我在大厅见过他们两位。"

他在等回应，然而年轻人只是冷淡地说，他绝不会去那个赌室。

"绝不？"托马一脸惊讶地说，"您的意思是您不喜欢赌博？"

"我挺喜欢赌博的。"年轻人回答，"我摒弃那个地方绝不是因为没有兴趣。"

"也许是那里吵闹的环境让您远离了它。"托马说。

"确实，那里的噪音叫人无法忍受。我们好几次要求人们采取一些能削弱厅内音响的措施。我们的要求没有被接受。赌徒们似乎离不开噪音，它帮助他们克服那些他们控制不了的扫兴情绪。"

"这些人可真是迷信。"托马说，"您不去赌室，应该还有别的原因吧？"

在回答他之前，年轻人看了看周围，他的目光在人群里游走，从这一个到那一个，好寻找一个依靠。他看得十分缓慢，十分庄重，好像一切都有消失的危险，好像他害怕回答完之后，就再也找不回这个场景了。

"我必须实话实说。"他认真说道，"您对这个房子定下的规矩感到吃惊，所以您来问我，试图从我嘴里听到真相，而您觉得自己已经了解了它。我不怪您，我们的交谈还没有渗透进您的脑海，而您似乎对我告诉您的大部分事情都不在乎，这很正常。还能怎么样呢？您难道不是个外人吗？您仍然那么遥远，我有时都难以相信您的存在，我必须对自己说'他就在那儿'才能接着讲下去。倘若您对我的说话内容感兴趣，这反倒不正常了，甚至不应该，您并不一定要对它感兴趣，只要听就可以了。我告诉您有用的东西，让您从中获益，这就够了。然而，您的某些行为可能会涉及我们与侍者的关系，所以我有必要跟您说明。当然了，我谈的不是我们的来往本身，它们凌驾在您之上，离您极其遥远，在我们描述它们的时候，您抬起头也无济于事，您是不可能看见我们所看见的东西的。对您而言重要的，不能以任何理由忽视的，是和员工之间的实际交往。您每时每刻都有可能被叫去提出意见，别让您的无知，您那引以为傲的无知，替您犯下错误。关于那些侍者，您应该了解些什么呢？不可否认，他们有自己的优点；他们忠诚、机敏，自尊心很强，以至于一点点责备都会令他们苦恼。看见他们玩忽职守，只会更觉得感动，因为是一些更高的利益要求他们这样疏忽。他们比任何人都更无法容忍混乱，然而这里的一切，正如您评价的那样，毫无秩序、乱七八糟。这对他们来说是件痛心的事情。人们还是努力对他们服务上的缺陷视而不见比较好,因为一旦房客们对这些情况有所异议,侍者们就会在其中找到一个契机,受到旷日持久的折磨。为什么用他们眼前既有的可怕惩罚来惩罚他们呢?然而,这种观点不足以为他们的行为开脱。毕竟,他们难道不是侍者吗?心无旁骛,不逾越职权,严格地履行服务的义务,这不就是他们最核心的职责吗?他们需要解释房客们的需求吗?当他们思考人们提出的要求并且考虑这些要求是否真的有益于客户的时候,他们不就犯下错误了吗?他们回答:'可是我们不仅仅为房客们服务,我们也为这栋房子服务。'或许吧,可这并不总是令人信服。房客们是这栋楼不可分割的一部分,从他们进来,在这里生活,遵守这里的法规的那一刻起,人们就不可能仅仅忽视他们而不同时忽略这座房子。换一种说法,如果他们没有在这栋建筑里获得切实有效的参与感,他们如何知道自己真的在这里,如何不让自己被'他们还在外面'的绝望念头击垮?人们甚至可以这么说,不过这么说也有些冒险,房客们比房子本身更重要,至少,他们成就了这座房子,有了他们,它才名副其实,假如没有他们,这里甚至不会有楼房,只要他们全部走了,那些房间、墙壁,甚至地基就会统统消失。这是一些大胆的想法,很大一部分是错误的,并且这些想法和人们口口声声给新房客们的说法是一回事,他们说:'房屋即员工,房屋即规则。'就好像能够用一个定义总结出一个宽泛的、近乎无法确定的真理似的！这些辩论中值得记取的一点就是，人们既不能自说自话地阐释这座房子，也不能在一场争论中将它用作论据。人们在何处援引它，它就从何处跳脱出来。侍者们就是这样说的，以此来为自己辩护，当时，有人指责侍者们管理不力，有损房子的声誉，侍者们就问：'这所房子管理得不好吗？这怎么可能呢？我们不是什么能力强大的人，我们不过是些不起眼的仆人，你们心里清楚，就算集中所有人的力量，我们也不可能使这栋房子掉价，此外，我们也无法再增加它的价值。不能了，这栋房子在任何时刻都刚好处于它满意的状态。它是不可触及的。我们服务于它，只因为它要求被服务。'以上一番说理当中，有一些的确是事实，然而侍者们是错的。因为他们自己也属于这栋房子，他们构成了这栋房子的核心机构，所以，在某种程度上，他们就是房子所代表的一切，就算他们的失常或大意都不会真正地损害到这座房子，或者动摇它的基本，但他们仍然要为那些扰乱房客们评价的负面想法负责。上帝啊，是的，他们伤害不了它。谁能呢？可是，就算它始终不受触动，对一切无动于衷，就算它察觉不到他们的过失带来的后果，对于它，他们仍是有错的；它岿然不动，不必担心它会在他们头顶崩塌，它只是用安安静静、彻彻底底的蔑视来审判他们，这样便更加深了他们的罪责。鉴于他们可能犯下这样的恶，我们有必要审查他们，把他们送上审判庭。我们要做的事情，就是把他们引出来。只是，以什么名义审判他们呢？他们不承认对我们有责任,这是头号的难题。一方面,他们发现房客中有一批寄生虫,这批寄生虫对房子里的家具、器皿以及阴暗的角落不像他们那样熟门熟路,这些人可能无法了解他们的秘密,也可能仍然被视作外人。让这样一批人去审判自己的上级是无论如何都说不过去的。另一方面,他们声称,他们也是按章程办事,只是这个章程只有他们自己知道罢了,他们还说,如果有朝一日需要审判,判决将会依据各项条例自发地生成,必要时,判决将由员工自身组成的法庭担任中间人来宣布。权利的混乱显而易见。然而,我们在他们面前的确毫无还击之力,因为在他们的诸多职责之中,有一项,也是最为神圣的一项,那就是保管那份章程,这足以证明他们的角色是何等重要了。如果他们放弃那本写着章程的册子,他们就犯下了有史以来最大的错误。所以他们不可能承认我们手里有其中的几页,即使我们的审判也许能净化他们,减轻那些摧残着他们内心的悔恨。他们宁愿忍受那些过错的折磨,也不愿以犯下新的罪孽为代价来洗刷之前的过错。谁能说他们这样不对呢?况且,我们也不可能企图弄到那个章程并且使用它,因为我们不认识它。"年轻人脸上露出挑衅的神情,看着托马再次说道:"没错,我们不认识它。和我们有关的东西我们当然不会认识。这一点简直都不用讲。不然,我们怎么会遵守它呢?我们还会崇拜它吗?倘若没有了这份崇拜,人们即便遵守着规则,也免不了会讥讽它。对于它,我们没有其他的责任,只需要让自己的行为符合它的要求就够了,否则,律法成了什么呢?难道我们能不遵守它吗?能让它失效吗?真是荒唐可笑的念头。我们是不会被这种念头蛊惑的。"

他停下来深深地吸了一口气,言语间的愠色一扫而空,然后,他更加冷静地说道:"那些员工不仅要保管我们的章程,同时还不能忽视他们自己的戒律,他们要怎么做呢?这情形令人胆战。要是人们敢随口一说,就会说他们和我们的全部的不幸都是这种畸形的情况带来的。从没听过有些人能每天翻阅那部手册,了解他们该做的,不该做的,为什么要做,以及如果不做将会触犯什么条款。这可能吗?员工们自己否认了这一点。他们声称那本手册从未被打开过,他们就站在它前面,却根本不瞧上一眼,何况,就算他们翻了几页,也绝对看不懂它的内容。我们相信他们,由衷地相信他们。理解律法的条文?那为什么不撰写它、篡改它或者变更它?和拿这些想法开玩笑的疯子们相比,声称这部法律不存在的人犯下的罪责真是小巫见大巫。人们大可以声称章程不存在,这说不定是对的。人们越是认为章程很遥远,认为它超出了我们的经验和语汇范围,认为它无法认知,我们就越不可能背叛它。所有负责管理那份章程的人也是如此。"他再次看向托马,补充道:"您明白我们为什么说员工是看不见的吗?"

托马不想回答,只是沉重地点了点头。然而年轻人没有注意到他的沉默。

"那么,我们就不去审判他们了吗?"年轻人面向全场问道,"我们要忍受他们胡作非为,任由他们的想法堕落下去吗?侍者们掌握着资料,掌握着一切与审判相关的文稿,他们甚至可能掌握着审判本身,而且他们拒绝在我们面前出庭受审。这些我们都可以忍。反正从某种意义上讲,我们永远都不可能真正地审判一个员工,就算他是所有人当中最微不足道的。不过,我们也并不指望真正地审判一个员工。我们甚至庆幸自己无计可施。为了搞定这个任务,我们必须孜孜不倦地追求一个公正的幻影,想到这个,我们就反感。和一个侍者谈公正?多荒谬啊!我们讨厌他们,为了他们所造成的痛苦而愤怒地追逐他们,又因为他们享受的舒适而嫉妒得穷追不舍,这都是白费力气,而且我们太明白了,打着公正这个旗号搅得他们不得清净,这会让我们亏欠他们多少。我们怎么样了?大部分时间,您也发现了,那些员工就像不折不扣的罪犯一样。那些让他们变得讨厌的小毛病,他们都样样'精通'。他们无孔不入,他们不理会工作为何物,他们热衷于开那些玩笑,可玩笑都烂透了!此外,他们手脚不干净,十分贪吃,所以我很惊讶侍者竟然没有喝掉您的咖啡,那几乎是常态了。就是这些缺点使他们无法成为模范的服务者,可是,由于他们拥有一些小优点,恰好弥补了这种种瑕疵,人们便不在意了,久而久之,人们就忘了他们的过失。"

"什么优点?"托马急切地问道。

"一些非常珍贵的优点。"年轻人回答道,他的表情有些不快,要么是怪托马打断了他,要么是觉得根本不值得在这件事上费心,"我只给您举一个例子:他们根本不知道回避,可是在不回避的时候,他们懂得怎样使自己被遗忘。这样一来,人们诚然会因为他们总是站在自己的身后而咒骂他们,可人们也会感激他们,因为他们的表情就仿佛他们不在那里似的,而且绝对不会泄露他们的想法。最终,人们为这种几乎隐形的存在感到庆幸,它能消除您的顾虑,让您放松,给予您帮助,而代价只是轻微的不便。"

托马说:"可他们的玩笑根本不有趣。"

"当然,当然,"年轻人说,"那些玩笑都让人生气,而且我知道,您刚才对那一连串猛烈的敲门声很恼火。"

"他们是在针对我咯?"托马问。

"当然,"年轻人笑着说,"还能针对别人吗?您之前不也敲了门吗,敲得那么一本正经、煞有介事,好像您的到来理应被当作一个轰动的事件似的,他们便正好取笑取笑您。反正一向都是这样。他们的玩笑都很荒唐,可当人们重视太多东西的时候,就是会做出荒唐的举动,怎么能忍住不去取笑呢?"

"您完全赞同他们?"托马问。

"并不是,"年轻人说,"您这人可真少见啊!换作别人,甚至会批评我对他们太苛刻。""天呐,"他担忧地补充道,"如果这点儿鸡毛蒜皮就已经惹您生气了,那他们有时会做的其他坏事您还怎么听得下去呢？我该跟您说吗？"

"这由您说了算。"托马回答，"不过，也许您眼里的我比实际的我无知，也许我已经知道了其中一些事情。"

"别幼稚了！"年轻人不耐烦地说道，"您怎么可能知道呢？我们就什么都懂了？您听说了发生在那些房间里的事了？听说了上面那些病人的遭遇？"

"确实，我全都不知道。"托马说，"可是我知道，不客气地说，那些侍者可以被指控杀人。"

"可以这么说吧。"年轻人回答，"您能想象他们为了摆脱某些房客，使出了什么招数吗？他们让那些人住得尤其不舒适，把那些人的床变成折腾人的玩意儿。这还不算严重，最多是一种糟糕的玩笑。小心些就行了。为了避免这些麻烦，我们干脆不睡了，在许多卧房里，床都应房客们的要求被撤走了。也许这正是那些侍者想要的结果，因为他们讨厌铺床。通常，他们干活干到一半就晕头转向了，他们不得不躺到床垫上，在那里，沉重的睡意折磨着他们，这让他们深恶痛绝，因为他们声称自己从不睡觉。这一切都不算很严重。要是我们对他们没有其他的指责，我们甚至不想去关注他们。然而，还有多少更应受到指责的行径是他们做不出来的呢？事实上，尽管有些行动相当令人厌恶，但它们准确来说并不是什么行动，而是一种存在方式，一种由可耻的动机引发的普遍行为。当他们进入我们的房间（他们在别的地方可没有这么放肆），他们就会用一种阴险的、多疑的表情看着我们，这让我们相信，他们知道我们在想什么。什么样的眼神啊！或者说这是虚的，他们没有看着我们，他们无法看着我们，但他们的目光在我们身边打转，不在任何地方停留，从我们不在之处监视我们、观察我们。他们图什么？他们看到了什么？调查看上去名正言顺，他们留心着，不能把我们和我们心里那些出于大意或者腼腆而迟迟没有说出口的想法晾在一边，他们想要迎合我们的愿望，他们要尽可能地站在我们的立场上。这是他们的职责明确强调的。然而，您可以猜想到，他们惦记的并不是他们的职责。他们可没心思防止我们做坏事。猜疑浑浊了目光，他们只想让我们承认我们犯下了恶，或者让我们觉得如此。瞧瞧，没什么比这个更加简单的了！他们手握巨大的权力，尽管无法摆脱人们普遍的轻视，却仍享受着第一等的待遇，不仅这样，他们还对我们了如指掌。他们拥有一个庞大的文件库，里面记录着我们生活的细枝末节，能够知道的我们的一切喜好、习惯、人际交往，更令人不寒而栗的是，里面还包含了我们进入这栋房子之前的所有过往。这是他们最爱的工作。以提供信息的名义收集信息，低三下四地询问我们还缺少什么，好知道我们私底下想要什么、有什么意外发现，因为他们的服务必须是无可挑剔的。相信我，在这整件事情上，他们无所不用其极。他们知道的可能比我们以为的更多，也可能更少。怎样都好。我们被这样一种信念折磨着。我们不由得深信,他们甚至知道我们的感受之中那些转瞬即逝的点滴。他们了解我们,胜于我们了解自己:这就是我们不可动摇的信念。他们稳操胜券。他们来拜访我们的时候,我们怎么抵抗得了他们渗透过来的那种难受、不安的感觉呢?他们眼睛里的猜疑映照出我们灵魂中的缺陷。我们明白,邪恶就在这里。它在我们身边的什么地方,它在我们身上。太惨了!这些想法压抑着我们,让我们承受难以言说的折磨,可我们怎么能摆脱它们?毕竟,我们的一切痛苦都来自我们的无辜感。猜疑追缠我们,无辜感与它辩驳却全然无用。假如我们确实犯了错误,我们会十分安静。我们会认同多疑的侍者,对他微笑,感谢他的火眼金睛,这样就行了。可这种慰藉对我们没用。因为我们太清楚了,我们的心是纯洁的。我们检点自己的生活,拷问自己的良心,可我们发现的只有诚实的行为和正直的思想。错误究竟在哪儿?它存在着,我们能感觉到它,和我们感觉到自己的纯洁一样确定无疑。它就在我们自认为无比幸运的这群人的内部。它突然让整个环境臭气熏天。我们不能呼吸了。我们对自己说,必须把它找出来。我们去找自己的朋友们,询问他们,请求他们找到我们的过失。白费劲。他们也不知道错在哪里。只剩下把我们变得有罪这一个办法了,也许这就是那些侍者的图谋。当然,一些房客不这样想。他们反而相信,员工们对于纯洁的理念是那么崇高,对于这栋房子的道德观是那么坚定不移,我们从中看到的只有澄澈和清白。他们着实被那项完成了的任务蒙住了双眼，他们的目光只被它吸引，从看不见它的那一刻起，他们的目光就变得浑浊不清了。很像样的说法。不过它根本上是和另一种想法一致的，抱有那种想法的人在侍者们身上看到了邪恶的怪物，一种病态的好奇，他们随时准备好参加新的活动，并且在他们的资料里做好记录。不管怎样，出于道德的考量也好，出于虐待式的好奇也罢，他们只有一种渴望，那就是让他们找到的或者播种的种子催生出恶，直到一个轰动的事件出现，将这恶的危险解除。那么，问题又回到了他们的主要职责之一。如何评价它呢？有人声称，规章里禁止阴暗的想法、不言明的抱怨，禁止把要求憋在心里，因为在一个公共机构里，那会是不满和混乱的根源。这样的条款真的存在吗？无从考证。总之，它向来难以实行。人们能区分被允许的想法和被禁止的想法吗？坏情绪在哪里终止？当坏情绪出现，我们脑中的一切不都会受到影响吗？看到这些困难，侍者们便有了借口，禁令原本只针对那些与房子有关的可疑的胡言乱语，现在被用在了一切想法上。于是，从理论上讲，思考是不被允许的，或者说，把想法放在心里是不被允许的。必须把它们说出来或者做出来。一旦有一个念头闪过脑海，我们就有义务将它传达给身边的人，或者立刻执行那些已经在心里定好的计划。您现在理解我们为什么要无休无止地说一些往往毫无意义的事情了吧？您明白我们为什么会在这么多场合下做出那些没有条理、幼稚、甚至疯了似的举动了吧？那是规定，至少是员工们的规定。您要知道，一条这样的规定为员工们的好奇心提供了极大的便利。他们不需要担心我们在内心深处藏着什么巨大的秘密，甚至不会再因漏掉我们的一些想法而感到苦恼，尽管那些想法多半都空洞无聊。您还要知道，这个规定对我们来说一点儿也不勉强。在社交聊天之外，我们为什么还要思考呢？我们的想法会变成什么样子呢？如果没有这条规定，我们很可能会觉得，我们灵魂里的那种空虚是一个会让我们痛苦的缺陷，而现在，我们很乐意将它当作精神状态良好的一个标志，从中获取源源不断的快乐。这条规定，我必须说它有些过分，应该是刚推出不久，已经引起了最麻烦的后果。侍者们决定推行它的时候，在病人的问题上遇到了麻烦。原则上，一个条文应该适用于所有人，它不接受例外，例外很可能导致无数次背信，毕竟每个人，至少在一定程度上，都总能找到一个借口做他想做的事。然而，对于那些生病的人来说，侍者们偏偏坚持要对他们颁布新的规定，人们甚至怀疑，他们制定这个新规定，只是为了管理那些被我们称为'半房客'的人，我们这样称呼他们，是因为他们已经只有一半属于这个房子了。那些病人是员工们的烦恼。不是因为他们爱抱怨或者要求多，恰恰是因为他们从不抱怨，如果他们当中有一个人提出一个愿望，那就是个大事件了。这是侍者们不能允许的。他们受不了冷落。他们被沉默所折磨，那些沉默的人本该最有话说。

他们以为，至少会听见那些人的呻吟。然而没有。据说，病人们摆脱了员工的影响，这很可能就是他们疾病的起因。但是，凭借新的条款，员工们有希望改变这样的状况。他们开始强迫那些轻微染病的病人接受那些新规定，因为这些人显然还没有完全摆脱他们的控制。这些人接到命令，要他们把心里的所有想法都表现出来。这真是痛苦的经历。那些病人还在发烧，身体动弹不得，却要为下床做出各种滑稽的努力，他们虚弱的脑袋里，躁动着不计其数的无聊想法，都得想办法表达出来，这场面看着就让人气愤。病人们的状况自然越来越糟，不知怎么地，他们开始一睡不起，尽管叫人担心，但在睡梦里，那些扭曲的命令再也无法影响他们了。侍者们并不认为自己失败了。他们宣称，规定始终是适用于所有人的，还解释说，某些病人的情况只是表面上的例外，那些人沉默，仅仅是因为所有的想法都消失了，这确实很有可能。事实上，他们后来便无法强制那些在医务室正式登记过的人遵守他们的规定了，为了报复，他们开始找病人的麻烦。从那以后，获得治疗、进入特护室变得十分困难，各种手续没完没了，人们只有拿出病情的推断，才有希望见到医生，做一做检查。可是如果没有医生，要怎么证明生病了呢？求侍者们作证吗？没错，我们这样做了。然后，就是无限期的拖延和无数躲不掉的麻烦。侍者们深信，疾病是不守纪律的一种特别恶劣的表现形式，他们觉得自己有义务去阻止它造成破坏，而方式就是疏远那些受到它威胁的人。因此,他们故意无视那些原本最需要他们帮助的房客。他们不允许后者生病,却又把后者当成真正的病人一样对待。这情形让人难过。""至于后果,您也看到了,"年轻人悲伤地补充道,"不说所有人吧,大部分人都病得很重。他们受着煎熬,无药可医,他们从员工那里得到的,只有过分小心、让人筋疲力尽的监管,没有任何实质性的帮助。"

"就是这些痛苦促使你们进行审判啊。"托马说。

此时,年轻人正面向他的同伴,托马看见他抓住了他的手,阻止他站起来。没过一会儿,他又接着聊起来。

"我们快达到目的了。"他说,"不过,不是您以为的那个目的。""来,想想现在的情况。"他心情不错,接着说道,"那些仆人做得太过分了,这一点毋庸置疑,即使他们有不少连我们都觉得合理的借口可以替这一切辩解,就算他们的这些行为都源于对职业的尊敬与热爱,他们因此有理由为这一切感到骄傲,他们仍然活该被我们怨恨。为什么活该?为了他们给我们制造的、您也略有耳闻的那些个麻烦?这是一个理由,却不是真正的原因。一旦他们不依照律法做事,我们就会更多地去抱怨律法,而不是他们。让他们逃脱审判的东西也让我们的愤怒无处可施。何况,一些小家子气的情绪是影响不到他们的。"

"我不这样想。"托马说。

"您又在想什么?"年轻人问,"您的脑袋被来自外面的想法填满了，您总以为一切都很神秘。我打赌，您想要审判。可是，让审判的念头一边儿待着去吧。瞧啊，我们没办法审判侍者；再说了，我们审判他们，就因为对他们抱有不满和怨恨？真是个好活儿。"

他责备地看着托马。

"可你们讨厌他们。"托马说。

"好吧，"年轻人说，"我真后悔向您坦白了这一点，天知道您又会怎么理解这一切。但我不能否认我说过的话。是的，我们讨厌他们，这样您满意了吧。还觉得不够？您知道的只是我们在怨恨、愤怒和坏心情之下产生的念头吧？由于您粗浅的想法——请允许我这样表述，我绝不是要伤害您——以及您不着边际的幻想，您必然犯了不少糊涂，它们让您无法接近真相。所以，我只谈事实。我们可能的确不喜欢那些员工，出于这种心情，我们才会渴望，如您所说，渴望控制他们、审判他们。至少，我自己是这样想的。过一会儿我会告诉您我的理由。然而我发现，其他一些人有着不同的看法，觉得这一切都是必需的考验，尽管在我看来，他们这种想法来自怯懦，是对看见事物本来面貌的一种恐惧。他们的说法很明确。我们不可以讨厌员工，这是他们的主要论点。如果我们暴躁易怒，大可以抱怨他们，可以对他们破口大骂，必要时，也可以惩罚他们，但怎样都不能仇恨他们，毕竟，无论他们多么笨拙、多么讨厌，他们至少是在为我们服务，多少值得一点感激。这些房客还说,我们很难讨厌那些侍者,因为我们不能够讨厌任何人,一切真实的情感现在都和我们无关了。这要怎么回答?人们会对一个笑话认真吗?说到我们的情况,事实应该恰恰相反。我们习惯于自闭的生活,没有室外的消遣活动,我们沉思,我们在沉思时仍然自言自语,就像我现在这样,这些都极大地培养了我们的细腻,一点风吹草动都会在我们的生活中产生无穷无尽的影响。因此,我们和员工的关系十分特殊。其实,没有什么事情会和建立一个完美融洽的关系相冲突。一旦我们抛开所有偏激的看法,心平气和地去看待他们,我们就会理解他们的行为,并且赞赏他们。他们会在我们的内心深处发现一种百分之百的支持。但悲剧在于,我们越不认为他们有道理,就越无法原谅他们。我们对他们抱有一种莫名的恨意,始终找不到原因,这恨意排斥它找到的一切可能的理由,因为它们都配不上它的浓烈,这恨意不需要原因就可以燃烧,并且越烧越旺。当然,侍者们吸引着这恨意,这是事实。人们没有立刻意识到这一点,人们总相信自己对他们抱有温情,然而有一天,人们不再逃避真相了,员工们确实惹人讨厌。为什么会这样呢?我们不应该太纠结于这个问题,因为其中也许只有一些十分简单的原因,而我们在思考的时候,很可能会去探寻一些奇奇怪怪的奥秘。很显然,有什么东西让员工们的命运变得沉重、黯淡了,假如他们本性里的某些特质没有令我们反感,他们本来会从我们身上尽享友好与尊敬,这栋房子的规矩甚至都会因为这些情感而乱套。尊敬侍者,我们本来会这样做。然而,这样出格的事情是被严格禁止的。侍者们如此遥远,在我们身边的时候表现得如此冷漠,都只是因为他们必须保持等级关系。他们吊儿郎当的,借着等级关系让我们感到他们是居高临下的。很明显,他们让自己蒙羞,以便进入我们的阶层,然而无论他们的目的是什么,总体的平衡保住了。我们于是可以认为,这种从某些方面看来毫无理由的奇怪情感,对于我们这个小社群的和谐来说反而是必要的,它甚至是由高层的命令强加在我们身上的。这是律法对我们的注视。我们是它的工具,如果我们试图摆脱它施加在我们身上的激情,或者试图凭借我们的观点找出它的动机,我们就犯下了沉重的错误。非要解释律法?那么,我们只需要摒弃无谓的争论,像它希望的那样去感受就行了。恨意——不然还能是什么?——那么痛苦,那么沉重。它抽干了我们,剥夺我们对所有事物的兴趣。在感受到它的那一瞬间,我们好像就变得麻木无情了;我们任凭五脏六腑里升腾起一股热浪,如同一根细长的火柱;我们面颊通红,两眼发光;唾液干涸了,我们就只好闭嘴。这样一种感觉比温和更令我们难受,于是我们习惯将它视为一种正义感,它可能和正义没有一点儿关系,却更加无懈可击,因为它不需要任何审议和判断。我们乐于看到一个人处在有罪的位置上,乐于按照我们的形式审判他,审问、核实证据、裁决似乎是没有用的,或者说,这一切都已经隐秘而真实地包含在那种又炽热、又空洞、又纯粹的目光里,我们就是这样践行律法的。"

就在这时,约瑟扯了扯年轻人的胳膊叫他安静。大概他不想让托马继续听下去了。能摆脱这场谈话,托马感到松了一口气。起初,他在谈话里找到了一种放松与安慰,便忍住不去打断它,他希望有人把一切都向他解释清楚。然而现在,他只想着让年轻人闭嘴。要继续这番谈话只会让他心力交瘁,因为他无时无刻不感觉到一些重要的字句偏题了,不仅如此,这番交谈还让他厌烦,当他听到那些他一直渴望忽略的细节的时候,他的精神已经昏昏欲睡。他站了起来。

"我只是路过而已。"他说,"我必须走了。"

"这不可能。"年轻人回答,"您想什么呢?我们一会儿就要开始工作了。"

托马想要让多姆站起来,可他还在睡,并不知道别人要他做什么。

"正好,"托马说,"我和这工作没关系,不可能参与进来。"

"您说什么?"年轻人一边说着,一边慢慢地站起来,仿佛在头脑中重复着刚刚听到的话。"您怎么能置身事外呢?"

他思索了一会儿,把托马可能提出的反驳都想了一遍,接着说道:"总之,这里面有您的事儿。"

"您一定是弄错了。"托马说,"我是无意中进来的,我没有权利参加你们的讨论。"

"我明白您的顾虑。"年轻人缓和下来说道,"我说句让您放心的话。尽管您可以把来到这里当作是一个特权,一个您自己还没能欣赏到其价值的特权,但是,从某种程度上来说,没有谁不是您这种情况。您就安心吧。您的出现是会被容许的。"

"我现在不想要这个了。"托马说着,试图弄醒他的同伴。

"等等。"杰罗姆说,"我不想反驳您那些奇怪的言论,它们仅限于您。但出于职责,我必须向您指出,您误解了您来到这个大厅的原因。您忘了,您可不是自己随便进来的,您来这儿是有命令的。所以在完成您的义务之前,您不能离开这里。"

"不完全是这样。"托马说,"命令的确来自这里,但是愿望和行动来自我。我回应这份召唤,只是因为它在我看来是值得尊敬的。"

"命令来自更远的地方。"年轻人说,"而且他也来自您。您难道没有去过赌室吗?"

"去过。"托马说。

"那么您就不能推脱您的责任。"年轻人说。"我们要审判这两个人。"他指着两个赌徒继续说,"您是证人之一。"

"这就完全不一样了。"托马说,好像他预料到这个结局了似的,"你们指控他们什么呢?"

"我们不指控他们,"年轻人回答道,"是他们自己来找我们审判的。"

托马问：“那么，是什么错误让他们来到了你们面前？”

"您问这些问题真是奇怪。"年轻人说，"您为什么会认为我们必须知道每个人的小秘密呢？如果说他们在这里，那是因为他们被我们这个房间吸引了，从进来的那一刻起，他们就得听从我们的审判。是什么样的动机驱使了他们？我们得碰巧才能知道。也许就像他们说的那样，他们作弊了；也许他们和一名员工发生了争执；也许他们经历过某一场灾难，在那之后便渴望离开他们生活的圈子，离开自己居住的楼层，到别的地方去；也许他们自己也不知道他们为什么来这儿，这是最糟糕的一种动机了，或许他们进来的时候没有什么像样的理由，只是推开了他们遇见的第一道门？"

托马看着那两个人，他们正在慢慢地喝东西。

"他们中有一个是员工。"他说。

年轻人也看了看，说道："他们两个都是员工。"

"您让我惊讶。"托马回应道，"在这个房间里，只有一个人拥有职权。另一个看起来正在为惩罚而担惊受怕。他不掌握权力，他受制于权力。"

"没用的细节。"年轻人说着又坐下了，"我们不是靠这样的迹象来区分员工与房客的。"

"有明显的特征咯？"托马一边问，一边继续盯着那两个人。

"各种各样。"年轻人回答，"有一些是赤裸裸的，比如我们在某些仆人手臂上看到的铭文。如果这个标志是经过检验的,我们就可以把它当作一个真正的信物了,但很不巧,情况并非如此。另一些特征在于服装的细节,员工的着装要么类似于制服,要么就优雅考究,明显不同于一般服装。这些特征都不牢靠。还有一些特征本身不再具有价值,却更加引人注意。通常,员工们总是留心自己的行为举止,好和我们保持一致,他们在房客们中间很不自在;他们要么不说话,要么说太多;他们的嗓音带着无法掩饰的沙哑;他们不是专注到夸张,就是冷漠得过分。最后,这种不自然似乎带来了一个后果,那就是他们有时会表现出肢体上的笨拙,而这种笨拙常常被错当成不情愿。"

"这些线索用起来可不方便啊。"托马迟疑地说。

"它们为什么该是方便的呢?"年轻人反问道,"只要您愿意,它们还可以是完全没有价值的。人们总能找到其他剥离了意义的细节,好像发现崭新的、有待思考的线索是一件惬意的事情似的。可不就是这样吗?仆人和房客之间到底有没有那么明显的差别呢?我难道没有告诉您,员工是如何从楼内所有住户里招募出来的吗?也许,员工们曾一直试图建立一个单独的阶级,他们日常事务的独特性使得他们产生了一种使命,要去抵抗乏味生活的影响。这个阶层存在着,只不过,它的存在与成员的人选无关,因为所有人都可以加入其中,并且真正地参与进去,它和一种强加于每一个人的看事物的方式有关。既然房客里多多少少有一些侍者,而且即便用最富洞察力的眼睛都不能将他们区分,人们为什么还要把房客与侍者对立起来呢?人们有朝一日都可能成为员工中的一份子。如果拒绝在每个人身上看到这种可能性,那就犯错误了。"

"所以,您也可能是侍者?"托马说。

"可能吧。"年轻人微笑着答道。

"这么说来,您看事物的方式也不一定是普通房客的那种。"托马又说道。

"您想怎么评价它就怎么评价它,"年轻人说,"我的方式反映了真实。"

"那么,就会有这种可能,"托马继续说,"我其实不是房客,我并不住在这栋房子里,而是以一个陌生人的身份待在这里,我必须注意您说的话,不是因为它可能引起我的猜疑,而是因为我应该对自己的能力有所怀疑。"

"您想多了,"年轻人说,"我没忘记您是谁。"

托马又说:"我还是感觉到,我出现在这儿不合适,人们把我叫来,让我做我做不来的事情。我连被指控者的身份都弄不清,没办法为这个案子作证。"

不屑地等他说完之后,年轻人说道:"您的这些意见统统多余。现在推脱责任太晚了,诉讼已经开始。为了事情能按部就班地进行下去,我有两点想要提醒您。第一,无论您的任务多么微不足道，它是您被选中的证明，所以说，人们向您投来的目光是对您能力的认可。第二，您大可不必为房客和员工之间的关系担忧，在第一脚迈进这栋房子的时候，您就同时踏上了一条漫漫长路，它几乎没有尽头，却已有了固定的轨迹，它会把您带向侍者那边。现在，别让眼睛离开那两个员工。"

这个邀请也许有些讽刺，因为托马一直都注视着那两个赌徒，起初还有些随意，后来越发严肃起来，他想找出他们有什么罪行要受到谴责。他们现在正一门心思地观察着这个房间，探察其中的某些细节，特别是对天花板上的画，他们注视良久，频频点头。托马惊讶地发现，那些画可不寻常，它们极其准确地呈现了这个大厅，画上应该是某个宴会日的场景。那些客人，细看还可以辨认出几张脸，他们穿着十分讲究，每个人的扣眼里都别着一朵花，胸前排列着耀眼的勋章。大厅中央，人们双双起舞，可能是跳到了某种舞步，男士们遮住了女伴们的面容，如果不是这样，场面应该会十分优美。一些人由于激动过度，挡住了自己的眼睛，他们用这天真的手势禁止别人向他们投来的视线，因为他们已经不能承受更多。在高台上，乐师们站的地方，画家呈现了三个华丽的人物，他们坐在装饰繁复的扶手椅上，庄严地注视着眼前的景象。

两个赌徒看入了迷。突然，他们站起来，仿佛所有礼节都已抛到脑后，中气十足地质问那天为什么没有舞蹈表演。旁人都措手不及,只能硬着头皮答话。他们也站了起来,结结巴巴地说了几句,意思不太清楚,大意可能是:我们管不了,我们在这儿什么也不是。

"那么这里归谁管?"那两个人大声叫道,语调里既有责备,也有雀跃。

为了稳住他们,人们随便指向一张角落里的桌子。最年轻的那个唱了起来,他的声音渐渐响亮,响亮到盖过了嘈杂的人群,人们听到了一首意想不到的美丽的歌曲。它的歌词可能来自一种陌生的语言,托马一开始听不明白,还以为自己听到的是一段省略了歌词的旋律。这是一首欢乐、甜美的歌曲,音符一个紧接着一个往外蹦,它们没有全都消散,有些音还在继续,不与新的音符融合在一起,即便音调变化也不受影响。人们试图用这个大厅的音响效果来解释这个奇怪的现象,托马却将它归因于人们对歌者声音的记忆。它没有造成任何不和谐,开始时的优美轻快最终变成了心碎的沉郁,整个旋律都变了。仿佛有一座座音柱围绕着他,令他置身于一个悲伤的柱廊中央,他若是撼动它,自己也难逃一死,他和人群永远地隔开了。一会儿,托马感觉到那个男人的声音好像停下了,那声音在自己建造的这座音响的建筑面前似乎不堪重负,只能在沉默中寻找它一心想要表现的欢乐。这时,歌词从隐没它的一片混响中突现。这首曲子激起了歌者的快乐,他没有逃避他的使命,并从一个有益的行为中发现了对于繁重工作的回报。引人注意的是，人们聆听的时候会有这样一种感觉：在完整的、同步听到的那段旋律的前一部分里，歌词是从后往前倒着进行的，只有在后面的旋律里，歌词才清清楚楚地按照自然的顺序排列。这些创意的美妙不亚于它们的古怪，人们在发现之时体验到的情绪也远远超过了一次平静的艺术欣赏所带来的感受。

然而，令托马十分意外的是，他竟然听见几个围观者笑出了声，他们嘲笑那位可怜的年轻人，仿佛他正专注于一场丢人现眼的表演。托马的注意力又回到了人群。当他看到一张张开着的嘴，以及各种装模作样的动作，他注意到，有一大群人正在大厅里唱歌，杰罗姆自己以及他的同伴唱着同样的音，他们永远比别人慢。于是，托马认为，围观的人们为了戏弄歌者，擅用了那段旋律，他们没有遵照它原本的顺序来唱，而是按照他们习惯的一种新的形式，把不同的乐段在同一时间唱了出来。歌者被迫沉默了。对他来说，在这一刻之前，那首歌还在传唱着宁静的欢乐与生命的高贵，现在却只剩下了惨不忍闻的本质。

不一会儿，每个人都安静了，最后的几声回响仍试图延长这场哭笑不得的模仿。一位围观者起身走向那两个人，并且高声说道："现在不允许跳舞了。"

这回答郑重其事，第一位赌徒一下子懵住了，他刚刚才被大家那么无情地戏弄过。而另一位赌徒根本不理会这一切，他挺起腰背,质问在这样的情况下演奏台还有什么作用。

"它仍然有它的用处。"围观者礼貌地回答他,"谁要是遇到了不公平的事情,就会到这个台子上来倾吐他的苦水。大家还会在台板下面藏上几瓶白兰地或者几桶啤酒。"

"太好了,太好了。"员工用他又粗又沙哑的嗓音说道,随即邀请那位围观者到桌边坐下。

对方同意了。大家心里都只想要喝酒、唱歌。托马喝了好几杯上乘的酒。同样喝了酒的杰罗姆再次和他说话了,就好像他们之间从未发生过分歧似的。他对托马说,这次集会太重要了,它让人们有机会明白,如何能让员工受到审查。他说:"侍者们贪得无厌,做了不少坏事,在公开场合倒总是十分低调。吃饭、睡觉的行为对他们来说就是堕落,他们不敢当着房客们的面这么做。这也就是为什么大家很少见到他们的原因。然而有些时候,在一些灾难发生之后(很难说它们到底意味着什么),规则失去了它的效力,员工们就混进其他房客当中,参与他们的各种消遣娱乐。当他们溜进这个大厅,情况就更是如此了。这里的气氛是不是特别令人消沉?这种气氛是不是对员工们的神经系统有某种作用?或者,只有当他们准备好沉沦的时候,他们才会到这里来?我们能确定的是,过去,他们碍于职业身份放弃了点点滴滴的愉悦,如今,他们已经毫无保留地沉浸其中了。如果人们听了他们的话,就会唤回废止多时的旧习,这个行业会遗忘人们自很久以前赋予它的种种定见，突然间失去这种健康制度的一切优点。尽管出于人性和礼节，人们不会让他们任意妄为，但他们也已经足够放肆了，在这过度的自由里，他们感受到了一种作用于肉体和精神的双重影响。他们比房客们敏感，又缺乏锻炼，所以醉意一经消散，他们便感到身上多了一股力量，食欲再度旺盛，所有的感官都更加灵敏，这些变化让他们很长时间内都不适合履行他们的职务。他们和他们那个团体之间的关联性的特征被抹去了。他们过上了房客们那种舒适却单调的生活。在这之外，别忘了羞耻感。在起初的几个小时内，他们的灵魂被羞耻感折磨着，在诱惑面前奋力地挣扎，然而那毫无胜算，因为它其实早已臣服于诱惑。那些员工艰难地经受了一系列后果，他们甚至无法承受其他房客的视线，一旦感觉自己被曝光，他们多半会崩溃的。这就是为什么人们把他们关进了一个单独的房间。他们在那儿住了四十多天，自以为避开了人群。那是假象。因为房客们太有兴趣观看他们当时的状态了，何况这种兴趣是那么纯粹，不裹挟半点报复的情绪，他们根本无法放弃这场好戏。在监禁期间，他们轮流到门前造访，门上巧妙地开着一个窗口，提供着他们削尖了脑袋都想要知道的乐子。"

"您都明白了吧？"年轻人殷勤地问道。

一切当然再清楚不过了。托马厌烦地看着他的杯子，里面还剩着一点儿酒。他拉着多姆站了起来。

大厅有一半都处于黑暗之中。然而奇怪的是，表演台上出现了几个人，手中各拿着一个罐子，里面漏出几缕光。借着那微弱的光亮，托马抵达了两个员工所在的桌子。许多受邀者正在和他们喝酒，那些人把托马仔仔细细打量了一番，这个行为再一次证明了他们那颗永不满足的好奇心。

"我们走吧。"托马对那两个人说。

"我们的房客来啦。"年纪大的那个人回应道。然而两个人谁也没有起身跟随托马。

"那我走了。"托马说。

他不得不拨开拥挤在他身边、挡住他去路的人群。这当中，有人抓住了他的胳膊想和他一起走。"一群可怜人。"托马心想。他看到的一张张面容都似乎受到了疾病的摧残，脸上精致的线条好像暗示着他们的虚弱。眼见自己突然被遗弃在桌边，那两个员工更情愿加入那支集结在托马周围的小队伍。这是一支得意洋洋的队伍，它在笑声、叫声甚至歌声中向门口行进。

一件事改变了这乱哄哄的欢乐。看守表演台的人举起了他们的罐子，于是光明笼罩了整个大厅。藏在陶罐中的火炬投射出刺眼的光芒，每个人都把脸遮住以抵御光线的侵袭。有些人喝得半醉，摔倒在地上，竟认定自己被人打了，就因为这件事，而非其他严肃正经的原因，他们竟声嘶力竭地哭喊起来。托马只是顿了顿。他急于离开这个大厅。这集会真叫人受够了！他渴望保持自由，于是思忖着自己是否无法摆脱那两个员工。而那两个员工只当他是优柔寡断，还把他的迟疑误会成了悲伤，他们挽住他的胳膊，像是要和多姆保持平衡。他们四人就这样大步走向门口。

一位守门人正在等他们。是在阳台上招呼过托马的那个人。他打碎了罐子，碎片散落在地板上，火苗静静地燃烧。

"你们必须分开。"守门人用命令的口吻说。

"非得这样吗？"托马问。

"我要护送这两个人。"守门人没有正面回答他。

"那我陪您。"托马说着，一行人便一同出发了。

他们很快就到了。守门人对路线烂熟于心。一路上都是相似的走廊，相似的门厅，只不过更加宽阔和明亮。一条条道路不通往任何地方，却是一幅严密的地图的一部分，这所房子似乎在通过它们追求着自由、无忧的境界。他们停在一道又大又宽的楼梯面前，一层层台阶缓缓爬升，越往高处越是宽阔，以至于上面的台阶仿佛和二楼巨大的平台融为了一体。

"您不能再往前走了。"守门人的语气随和了一些，表达却很肯定，"您的房客通行证到这里就无效了。"

"什么通行证？"托马问，"我手里头没有这种证件。"

"您要真有那么一个证件，我反而会惊讶。"守门人说，"写了您名字的登记卡上有它的说明。那张卡是不能离开档案册的。"

"我不知道这件事。"托马说,"可不管怎么样,许可证都和我没关系啊。因为我不是以房客的身份想要去参观二楼,我是见证人,我有责任陪您去。"

守门人想了想说道:"您承认了您见证人的身份。"

"我还能是什么呢?"托马问。

守门人回避了这个问题,一边熄灭火炬一边说道:"跟我来。"

爬上楼梯,敞着左、中、右三道门。托马选中了最不起眼的那道,然而守门人叫住了他,他只好和守门人穿过了中间那扇大门。那儿是医务室。房间非常宽敞,由于没什么病人,乍一进去还以为是空的。病床一个挨着一个排好,盖着白色的床罩,看上去不是用来睡觉的。守门人把托马和同行的其他人推进了一个隔间,它由两道单薄的墙壁和一片窗帘围成,应该是候诊室。

"您要负责这些人。"他对托马说,"他们一天没有别的住处,您就一天不能离开这个房间。"

托马认为没必要回应。他心里不打算听从命令,他要走自己的路。所以当那两个员工扑倒在他脚边,乞求他的宽恕,求他不要抛弃他们的时候,他感到十分厌烦。

"如果您扔下我们不管,我们就永远寻不回自由了。"他们对他说,"人们会把我们监禁在医务室里,或者更惨,我们会被关进重症室。我们再也不能过回自己的生活。"

"你们臆想些什么?"托马努力摆脱着他们的精神压迫,"这样的危险,你们一个也不会碰到,就算你们真的面临这样的厄运,我也没有任何办法来保护你们。我在这房子里没有靠山。"

"没有靠山?"他们大叫起来,"我们看得很清楚,您不想帮助我们。别人也许给过您教训,您看不起我们。但我们希望您不要这么快就放弃判断的自由。"

接着,他们突然转换了话题,贸然地向托马问起他的家乡、他保留的有关家乡的回忆以及一路上的奇遇。托马对这些问题始料未及。这是第一次有人和他谈起他的来处,他发现那个地方早已迷失于茫茫过往之中,感到自己无力再将思绪带回那里。他慢慢地推开苦苦纠缠他的两个人,一言不发。他们就这样僵持着,直到其中年长的那一个站起来对他说:

"可您是我们的见证人。您就算摆脱了我们,也摆脱不了我们受人指责的那个过错。您不能抛弃我们。否则,您必须给我们作保,你将时时刻刻为我们的事情操心。"

托马还没有下决心投入新一轮的解释。他只觉得,人们向他挑明的一个又一个困难没有帮他厘清目标,反而消解了他的意志,令他喘不过气来。然而,他也无法从他见证人的职责里迅速地脱身。

"我不相信你们。"他说,"如果我离开你们,我就再也不用管你们了,你们也再不会听到我的消息。留在这里,我反而要不停地注意你们那些邪恶的小动作。我可不想这样。"

"别离开我们!"两个人又一起喊出了声,央求托马不要那么冷酷。其中年轻的那个似乎就要失去意识了。年长的那个逼近托马,将他的两条腿一把抱住,像是在求他留在这里。

"走开。"托马反感地说。

太下贱了!他要怎样才能摆脱他们?

"你们要我做什么?"他咆哮着,想做个了结。

年长的那个立马站起来说:"您能做很多,因为您的证言将会决定我们服刑的制度。您不知道我们面临什么样的危险。住院的生活就是地狱。一连几天,我们都会待在一个昏暗的房间里,我们的眼睛必须不断地阅读从某本书里精心誊写的一些段落。几小时之后,眼睛就会肿胀、流泪,眼前一片模糊。一天之后,黑夜降临,目光会遇上一些火焰般的文字,感觉到刺痛。黑夜一刻比一刻深沉,即使一直睁着双眼,黑暗依然笼罩着视线,我们的目光不仅仅是熄灭了,它们还会意识到自己的失明,以为中了诅咒。这样的折磨一般持续一周。等时限结束,即使看不见也一直盯着那段文字的病人会在自己心里清清楚楚地见到他读过的、理解过的那些字句,他的视觉恢复了。每一种感官都会经历这样的试炼。其中最痛苦的是对听觉的净化。关押我们的那个房间隔绝了一切声响。一开始,人会享受这份无声与平静。尘世被排斥在那住所之外,休息都是甜美的。人甚至不知道自己在那里是孤独的。第一个可怕的时刻来自病人的言语，他高声说着什么，内容似乎总是一样。那是一个名字，我不知道是哪一个，他念着它，起初是漫不经心地，然后是好奇地，最后，他用一种惴惴不安的爱意念着它。然而听觉已经在无声的环境里干涸、枯萎，它听见的只是一个被剥夺了感性与热度的单词。这奇异的、残酷的发现。病人会开始和自己说话，他将所有的温柔投入其中，话音则以一种不断滋长的冷漠向他重复。他说得动情，听到的却更加冰冷，比别人说的任何一句话都更漠然于他的生活。他表达得越是热烈，表达的东西越是叫他心寒。如果他说到他在这个世界上的挚爱，他会发觉彼此似乎永远地分离了。如何解释这悲惨的异象？他会思考，当然，他只在说话时思考，他发现他听到的话语像是一个死者的话语，听上去仿佛早已丧失了意识，那是他自己的回声，飘荡在一个已经没有他的世界里。他在受罪，他不得不在这存在之外接收那些字句，可它们曾经是他整个生命的灵魂与话语。妄想会控制住这种感受。耳朵变得巨大无比，它占据了身体。在这样的听觉里，最美妙的歌声、最动人的言语，还有那生命本身，都死去了，死于一场可怕的、永恒的自杀，每个人都认为自己被改变了。这时，人们就打开您房间的门，叫出您的名字。人们听见它，因为它应当被听见。紧接着是双手的净化。"

"够了。"托马说，"您的讲述大概是为了让我心软。如果是这样，您的目的一点儿也没有达到，因为这只增加了我的反感。而如果事实确实如此,那就更糟了,因为只有滔天的罪行才会给你们招来这样恐怖的惩罚。"

"不是这样的。"年长的员工把托马拦腰截住说道,"人们不惩罚我们,我们没有犯罪。您呢,您有罪吗?您没有。但如果您不同意帮助我们,您反倒会遭遇类似这样的制度。"

"危言耸听。"托马说,"我怎么可能面临和你们一样的刑罚?我们的过去、行为、处境哪里一样了?"

"因为这医务室。"员工怯怯地说。

"医务室?"托马问道。

"对,"员工说,"您不知道它?二楼几乎全部被改造成了一个大型的医务室,来安置重症病人。由于身体虚弱以及疾病本身的特点,病人们极容易被传染,人们稍不留神令他们相互接近,他们就会染上各种各样新的疾病。所以人们不得不在一开始就把要去大厅和要去卧房的人隔离。这就是所谓的消毒期。"

托马想了想。员工的言论弄得他晕头转向。

"我不会走进病人的房间。"他终于答道。

"您有选择吗?"员工说,"您难道不是来这儿当见证人的?"

"大概吧。"托马说。

"那么,"员工说,"您就非得进入那些房间了,至少进入我们的房间,毕竟您将会负责监督我们。"

"可你们没有生病。"托马说。

"我们会的。"员工沉吟道,"在这个房间里,我已经觉得不舒服了。您,我开始认不出您了。您简直成了另一个人,更高大、更强壮,和您的同伴合二为一了。您的两只眼睛瞧着我,仿佛它们以前从未看过我,还有,您的表情是那么冷峻。"
"啊!"他突然大叫,"我被骗得好苦。您不是我以为的那个人。您是行刑人。"

他退到房间的一个角落里,用惊恐的目光盯着托马。"我该拿这两个醉汉怎么办?"托马心想。他能不管他们吗?人们允许他离开这个房间吗?而且如果他离开了,他不就必须穿过安置病人的那个大厅了吗?他向那个几乎瘫死在地上的年轻员工开口了。

"结束这些幼稚的行为吧。"他对他说,"别再用你们的谎言来骗我。你们看上去还没有泥足深陷,就不能光明正大地和我说话吗?不要总企图把我变成你们错误的同犯。"

那个年轻人,此刻,他说得上是个少年,他抬起双眼哀求似地看着托马,却一句话也说不出来。年长者在角落里叫道:"小心,西蒙。别轻信他要对你说的话。他跟我们来就是为了折磨我们,他已经急着下手了。"

然后,他扑到年轻人面前,要求他重复托马的那番话。年轻人试着动一动嘴唇,却说不出来,他只能攀住同伴的脖子,无力地抱着他。

"看吧。"年长的员工转过身,对托马说道,"就是您干的好事。他已经不能说话了。您就不会同情他吗?他还年轻,很脆弱。我年纪大了,精力旺盛,我更值得同情。如果您一丝不苟地完成了您的任务,我会有什么下场?"

"我不是行刑人。"托马说,"我并不真正负责惩罚你们。但如果你们坚持做不光彩的事情,我会让你们受到像样的惩罚,不需要等任何指令。"他接着又说:"你们为什么认为我是行刑人?"

"我们可以从您的眼睛里看出来。"年长者战战兢兢地起身说道,"您看东西的方式是一个享有身份的人的方式。您不看我们,您只看您要对我们做的那些。您不关注我们的错误,您的眼睛只盯着您的行动。所有的执行者都是这样。他们有些人既聋又哑。既然真相就在他们的严刑拷打之中,他们又需要说什么、听什么呢?而您,您是天生的行刑人,您这种人一边说着'还不算太迟',一边早已用刀割开了罪人的喉咙。"

"从您的手上也能看出来。"年轻的员工开口了,同伴的一番话似乎解释了他的痛苦,将他从麻痹的状态里拉了出来,"用不着您碰我,我就知道您的手是多么有力,它们严格掌控着执法的棍棒。打击我的时候,就仅仅针对我的错误吧。"

"够了。"托马说,"我不知道你们为什么认为我的棍棒会为难你们,但你们现在确实要领教一下了。"

他从桌上拿起一块木头,向年轻的员工打了几下,后者在木块还没落到身上的时候就昏过去了。

年长的员工大叫了几声。"看看这棍子。"托马对他说,"我只是想要你们知道,假如你们继续撒谎,我会用什么来纠正你们。现在,回答我的问题。守门人去哪儿了?"

"我们只有一个守门人,那就是您。"员工说。

"小心我的棍子!"托马说,"另外还有一个守门人,是他把我们一路带到这里的,他现在可能正在某个地方的门前来来回回地踱步。"

员工摇摇头说道:"那是您数不清的上级中的一位。您自然不是全都认识。就说我吧,我曾是您的仆人,可您到今天也没认出我。不幸的是,需要执行惩罚的时候您就记起他们了。"

"所以你们可别忘了。"托马说,"看守人做了什么?"

"他去执行您的命令了。"员工答。

"我的命令是什么?"托马问。

"把您用来惩罚我们的房间准备好。"

"我此时此地就可以惩罚你们。"托马说,"所以这不是我吩咐他做的事情。再想一个更好的回答吧。"

"您太难缠了。"员工说,"您让他去找消息了。"

"又来了。"托马说,"为什么连您也和我说这个?你们知道有人要向我传递消息?也许你们已经看过那个消息了?也许就是你们俩忘了把它告诉我?这说不定就是你们要被惩罚的原因。"

"您错了。"员工哀怨地控诉道,"我们已经把能做的都做了。我把您带进了大厅,能走到多深就走到了多深,我甚至还在一片漆黑中派了一位使者去请求您不要耽搁时间。我犯了什么错误?"

托马看了看他的棍子,又看了看员工,说道:"闭口不谈那个消息,这难道不是错误吗?"

员工后退了一步。

"可是,"他说,"除了您,没有人向我提过它。没有人吩咐我为您做这样小的一件事。谁会知道您和什么事情有关呢?问题应该由您自己提出来。"

托马没有回答。他原本期待着另一种结果。他能获得的帮助现在也仅限于此了。今天被解雇的一位老员工在他力图自我辩护的这个夜晚,在这昏暗的几个小时当中,思考了他说的话,他向托马派出了一位信使,但信使却没有完成他的任务。信使的失职只能说明那消息毫无价值。有人用十分微弱的声音呼唤过他,但那声音什么也没说,也不包含任何指望。托马气愤地打量着那个年长的员工,好像这个人剥夺了交谈的全部价值,就因为他让托马介入了侍者群体的那些低劣的想法。

"现在,事情严重了。"托马说,"我再也无法忍受你们的推诿之辞了。你们俩,人们到底在追究你们什么罪行?"

"您没有权利审问我们。"员工说,"如果您真的是行刑人,就该由您在行刑的时候向我们告知我们的过错,到那时,我们就会知道您为什么责罚我们。否则,这刑罚有什么用呢?不过既然我提到那个消息的时候您没有打我们,也算是您对我们展现了一点善意,我可以告诉您一些小事。我们并非像您以为的那样有罪,我们完全不这样认为。有谁比我们更兢兢业业地履行了自己的职责?我们从早到晚都在工作,当夜晚来临,我们就把做完的事情在脑海中又过了一遍,生怕漏掉什么命令。也许正是这种狂热贻害了我们。由于不断地向它投入我们的注意力,我们爱上了服务工作。一开始,我们机械地行动着,甚至不关心自己在做什么,眼睛只是死死地盯着指令,渐渐地,我们被别的东西迷住了,那是我们动作中的美感与风采,是经过我们双手的那些物品的价值,是与我们一起工作的那些人的尊严。下厨的时候,我们对大大小小的器皿实在是百看不厌。在往里倒水之前,我们先抚摸它们,让手指缓慢地滑过它们的边边角角,好像要找到一个可以进去的阙口似的,我们无法停止这种凝思。同样的,当液体流进杯子,我们看着它,用嘴唇去抿,解一解渴,这成了另一种能给我们带来无限愉悦的任务。我们应该克制吗?或许吧。但既然屈从于这样的快乐是为了让我们的工作完成得尽善尽美,既然我们从中获得的快乐来源于我们是优秀的服务者,那么,这有什么坏处呢?还有很多人没有我们这样的工作意识,他们沉溺在更过火的娱乐里,我们又有什么错呢?也许,这种狂热使我们忽视了我们众多职责中的两三个。在妥帖周到地照料过那些交给我们维护的东西之后,我们就无法接受它们在我们眼前消失,无法放任它们毁在外行的手里。避免它们损毁也是我们的职责。我们有时会把它们藏起来,偶尔会从粗心大意的房客们手里强硬地收回它们的使用权。我们只能十分不情愿地把饮料倒进客人用的杯子里,因为他们根本不懂得品尝它。跟着那些四处散步的人,我们满心鄙夷,因为他们漫步于美妙绝伦之中却品味不出其中的精彩。这驱使我们更加深入他们的生活。我们在那些大厅里待了很长时间,那里的空气弥漫着芳香,触碰到的一切都熠熠生辉,于是我们很难再回到昏暗的地方了,那儿简直透不过气。下面有人召唤我们。服务只在有人需要它的地方才有意义。我们想看看我们的工作是怎样改变这个世界的。这种渴望甜蜜又杂乱,它控制了我们。起初,我们必须放弃那些高尚的工作,接受那些能让我们和房客搭上关系的各项服务工作。这些事务令人筋疲力尽,正因为它们需要许多体力,专心于此的人就吃得很多,普遍变得肥胖、笨重。这同样发生在我们身上。夜里,我们只有勉强喘着粗气才能爬回楼上。有几次,我们好不容易爬到了楼上,可夜晚已经结束,我们又必须下楼了。回去有什么好的?我们难道不是大厅的侍者吗?睡觉,这的确是我们想要的,可我们当时没能意识到它。我们只想着坚守我们的职责,考虑第二天的任务。不幸的是,下面的夜晚太热了,无所事事地待在那儿根本不可能。于是,我们不眠不休地工作着。尽管我们当中有人捣乱,尽管疲惫将他们压垮,我们仍然彻夜行走。人们听得见我们沉重的脚步声。我们仿佛守卫者一般,而事实上,我们在我们睡意的周围树起了防卫。唉!人如何能抵抗夜晚呢?睡觉,是我们的梦,我们不能向它屈服。"

"您说的这些根本不新鲜。"托马说,"贪吃、偷盗、懒惰,只要看看你们,就都明白了。我到底把消息托付到谁的手上了?"

"可您还什么都不知道呢。"员工继续说道,"我们没犯任何错误,人们根本不能责备我们。我们不是侍者吗?即使是睡觉这件事,也构不成什么严肃的上诉理由,我们只需要小心,不让别人发现就好了。我们的不幸来自别的事情。当我们决心服从睡意的时候,我们感受到了一种巨大的快乐。我们终于要见识一下这份被我们忽视的甜美的安宁了。这是怎样的妄想啊!我们要给自己带来的是自身的折磨。第一晚,我们是在与赌室相连的一个小房间里度过的。是因为情绪、欲望,或是过度的疲劳?回到那张自己制造的、铺着床单的大床上,我们却怎么也睡不着。闭着的双眼从内部接收到一种光亮,像大白天一样令它们清醒。我们的人捕捉着黑暗,在一种焦躁中摇摆不定,这种情绪让他们更加疲劳,却对睡眠毫无用处。我们听见一些话,我们的话。长夜漫漫。清晨令我重获希望。我们只能相信,这苦难不会有尽头。唉!第二晚和第一晚一样,第三晚给前两夜的记忆又增添了一份残酷。我们无论如何也找不到舒适的地方,我们只能日复一日被睡眠的感觉所折磨,它总是在将我们诱惑至深之时消失得无影无踪。我们赶走了一些房客,好给我们腾出些床位。这霸道毫无益处,他们自己也时常犯困,他们睡觉的念头驱走了我们的睡意,我们只能面对筋疲力尽、苦不堪言的早晨。白天远远不能安抚我们的痛苦,通过激起我们的欲望,它只能把那些痛苦放大。我们刚一摆脱夜晚,疲倦就向我们袭来,睡觉的需求令我们闭上了双眼。我们任凭自己倒在一个角落里,也不觉得羞耻。再一次地,我们撞上了那堵横亘在睡眠和我们之间的白色高墙。我们多么凄惨!我们无论如何也得不到休息,白天不断将我们推向它,黑夜又把我们从它身边赶走。然而,这些都只是小麻烦。真正的伤痛是从西蒙想要和女佣聊一聊他的失眠开始的。这种渴望达到了令他神志不清的地步。因为他不仅受到了失眠的折磨,他还必须为监视的事情忍受缄默之苦。每天的监视令他不得不置身于孤独,可他毕竟年轻,他只想逃避。无论用什么办法,他都要找到一个人,向这个人卸下他的负担。如果他能将有关睡眠的想法向别人倾诉,这对他来说简直就是睡了一觉。很显然,我就在那儿,他可以和我谈谈。可是那个时候,他对我有恨意,光是看到我、听到我,就能让他陷入心神不宁的状态,让他更不舒服。他说,和我在一起的时候，比这栋房子只剩一片空空荡荡的时候更加孤单。这可以理解。我的脸上反映着所有压迫在他身上的痛苦。我几乎睁不开眼睛，他遇上我那浑浊、黯淡的目光，便以为我站着睡着了，以为我向他隐瞒了我得到的那些宽慰。如果他见到了自己，他会说什么？他整个人都是睡意。他说，那便是一场睡梦的开端；他听，厚厚的墙壁便令他把他所说的错当成他所听到的。他和其他人一样，都是自己的局外人，仿佛肉身的这个他已经成了一个睡着的实体，为了断开与它的联系，他已经退离了自己的身体。每时每刻，他都这样说：没有什么会拦住我，我一会儿就和她说。他在想什么？我相信，他只是看到了一个房客，最糟糕的情况，可能是某一个员工。可他已经不止于此了。从那时起，他便徘徊在那个女仆周围，那个女人骨子里就带着邪恶，只会不断地诱惑他。"

"女仆？"托马问。

"对，女仆。"员工说，"您不知道她？"

"芭布？"托马说。

"您可以叫她芭布。"员工说，"这是她其中一个名字。每当她离西蒙足够近，能让西蒙听清她说话的时候，她都不会避嫌，仿佛这就是她的职责所在。她对他做出亲昵的举动，还和他交谈。换作其他任何时候，西蒙都会嘲笑这样的举止。然而他的处境使他有了截然不同的看法，这可笑的搔首弄姿似乎给他带来了一种难以置信的愉悦。更确切地说，这份殷勤用不切实际的希望安抚了他。他从一次次的见面中回来了,几番见面虽然都保持着距离,却令他神魂颠倒、坐立难安。他只记挂着他的梦。这些遥远的约会只是偶尔在他脑中重现,其他时候,他都活在由狂热滋养着的各种光怪陆离的念头当中,他看不出它们有什么离奇之处。其中一个念头是这样的:只要摸一下她的裙子,他就能立刻睡着。带着这样的幻想,他深深地迷失了。在这些情况变得更加严重之前,还有一段相当长的过渡期。芭布并不经常靠近他,她叫他等着,他就只好在之前见到她的地方待上几个小时,有时甚至几天,但他什么也等不到。或许正是这种等待让他失去了理智,他竟决定亲自去找她。他开始游荡,在走廊,在房间,在任何他觉得有希望见到她的地方。显然,她无法被找到。真的找不到吗?我倒认为,他在失魂落魄的时候常常与她擦肩而过却浑然不知,而她本人,由于一点儿也不在意他,便几乎看不见他,经过了也就经过了。然而有一天,他发现了她。当时我和他在一起。他跑向她,仿佛准备为她去死。可是,他在几步之外停了下来,还未调整被奔跑扰乱的呼吸,就顺着一口气把他这样一个失控的灵魂能够表达的混乱、疯狂以及令他窒息的空虚全部告诉了她。她明白什么了?她听他说话的时候,朝我的方向挥了挥手,和我打了几个招呼,这让我无比开心。那一刻起,我有一种感觉,她选中了我,更年长、更理性也更难迷失的我,天啊!不,我更容易堕落。西蒙没有发现这些,更何况,他对一切都能将就。当他结束了他的演说，芭布对他微笑，唤他'我的宝贝'，还承诺会再来看他。离开他的时候，她又暗示我了。片刻之后发生了奇怪的事情。我那可怜的同伴还没有从只言片语的漩涡里缓过神来，他仿佛被一大片乌云笼罩着，自己封闭了自己，这时，芭布回来带走了他。再见到他，已经是几个小时以后了。他看上去愈发茫然，愈发可怜了，然而面对我的提问，他却承认自己睡过觉了。这怎么可能呢？看他的脸，像是在树林里徘徊了一整夜都未能找到出口；他仍在寻找，却不再知道要寻找什么；他归队了，这时，有活力的他比昏沉的他更令人不安，因为他似乎忘了自己是谁，他表现出来的热忱恰恰证明他完全丢了魂。与女仆的见面不止一次。有时候他约会回来，整个人都容光焕发，青春极了；有时候他一脸憔悴，仿佛就要死了，然而，他的外表仍然年轻，这是真正令我忧心的；他本人似乎就反映着他所获的罪，他已经不再属于这个世界了。有一天他告诉我，芭布很想见我。我去了地下一层的某个房间找她，她常到那儿去。我一推开房门，她就扑了过来，一把搂住我的脖子，带我坐上床。然后，她告诉我，她一直期待我的到来，可我实在很愚钝，不过她发现，我对她是有一丝青睐的，我可能只是被她和西蒙的交谈惹恼了。我是怎么回复她的？我很难领会她的话。我看着我们所在的房间，它是陌生的。我仿佛曾经来过一次，但那一次的情形太不一样了，我的心那样轻飘，现在却很沉重，那时触及的一些意义现在我再也触及不到了。然而,她对我的回应笑了。她说,离这么近看我,觉得我非常年轻,我的年纪是距离的问题,如果她只是想念我,她甚至无法想象出我的脸,因为岁月令它这般模糊,但从今以后她要赶快闭上双眼,只为了我才睁开,她要细细分辨我每一寸肌肤的纹理和每一根睫毛的长度。这一切有意义吗?天啊!什么对我来说有意义呢?那谈话在今天看来就好像发生在一个陌生的生活里,可我和它之间才隔了一个白天。最后,她要我留下一个纪念品。'我什么也没带。'我告诉她。她不愿意相信,搗了搗我的口袋。'我就想要这个。'她说。那是我的员工标志,一个小本子,里面的纸已经被撕下来,用来填满我的案卷。我试图从她那儿拿回来,可她把本子放到膝盖上,安静地凝视着它。而我看着她,不再做出从她那儿拿走什么的举动。那本子已经不属于我。我在心里告诉自己:木已成舟。我感觉自己失去了一切,同时也摆脱了一切,我这才第一次带着愉快的心情去看待那次见面,在那一刻之前,它给我带来的只有尴尬、不安和迷茫。她站起来,在我手上暧昧地拍了几下,把我温柔地推出了房间。您猜猜接下来发生了什么。她大概说了我什么坏话吧,我就落到了房客们手上。"

托马点点头,像是同意他说的。

"芭布在哪儿?"他问。

老员工绝望地看着他。

"您要找她问话？"他对托马说，"找她问话可不容易。有时候她拒绝回答，当她回答了，人们又不能保证她所说的和人们所问的相关。所以，如果您问她关于我们的事情，她什么瞎话都答得出来。她是不是只知道我们的名字？她记不记得那么无聊的小事？她难道不是用另一种方式在理解发生的事情吗？这都说不准。"

"她真有那么多日常事务，忙得连前一夜发生的事情都记不得？她在这儿有些影响力，不是吗？"托马问道。

"您为什么总试探我？"老员工唉声叹气道，"她确实有重要的作用。不这么说就是在撒谎。可谁在这房子里不重要呢？我也重要，我也曾有一个身份，也曾有过影响力。"他想了一会儿，继续说道："也许，我现在仍然有影响力。"

"那么，"托马说，"既然我可以随意惩罚您，我非常有影响力咯。"

"不，"老员工说，"您没什么大不了的。您只不过是行刑人。所以我怕您。"

"行了行了，"托马说，"我没有那么可怕。我只要你们告诉我芭布在哪儿，然后，我就会帮助你们。"

"坏问题。"老员工回答，"恐怕这对我们来说没有转机。"
"那女仆在哪儿？"他问西蒙。然后，他回答了自己，他继续说话，像是在轻轻地自问自答："他说的是哪个芭布？是同一个吗？不是有好几个吗？人们到底知不知道自己和谁打了交道？在她和我说话的时候,我不是有一种感觉吗,觉得名字出错了,觉得这个人的身材、五官和召唤我去的那个人不一样?人们怎么说她来着?说她从来不离开二楼,她离开医务室,哪怕是一会儿,所有的病人都会完蛋的,甚至,只要她的视线一移开,病人们就会出现糟糕的变化。所以,有人,也许是好些人,会代替她在底楼工作。又或许,她在医院也有一个替代者。甚至,像其他人宣称的那样,她长久以来染上了一种重病,被免去了一切工作。"

托马打断了他。

"全都是胡说八道。我见过一个女仆,她叫芭布,没有生病,在打扫房间,不在医院,而是在底楼工作。我想再次见到的就是她,你们别想用你们介绍事物的方法来打消我的念头。"

老员工耳根绷直,嘴唇紧闭,焦虑地听着托马的话。现在,他正坐在地上,怎么也站不起来。

"其实这个芭布啊,和我说起过您。"他说,"她也想要见您。她问我有没有遇见您,您长什么样子,您是否喜欢这个房子。我回答说是,不巧的是,我忘了您是谁。"

"可她已经见过我了。"托马若有所思地说道。

"也许吧。"老员工说,"可她说不定也很想通过另一个人的眼睛看看您。"

托马没理他,就在某刻,他转身对着门,像是要拒绝一切他之前听到的东西。然后,他对那两个员工大声说道:"你们自由了。你们俩跑到芭布那儿,告诉她我要马上和她说话。"

"可是,"两人齐声回答,"我们没有权利出去。"

"那么,"托马说,"既然我有惩罚权,惩罚现在开始。"

尽管没有恶意,他抓起木棍,毫不留情地打在了他们身上。在体罚的途中,守门人推门进来了。托马没有停止殴打,而是说:"他们不愿意服从。"

然后,他觉得累了,便扔掉了木棍等着。守门人带来了三件宽大的白色罩衫,像病人们穿的那种,不过这三件更亮白、更丝滑。

"穿上。"他说。

被体罚制服了的两个员工立刻照做。他们不再用蠢事来骇人听闻了,这种事太让人讨厌了,肯定会招来一顿殴打。尽管脸上还留着几道红印,年轻的员工已经恢复了精神。托马觉得,他们既虚伪又懦弱。第三件罩衫铺在桌子上,灯光给它增添了一些漂亮的金色光泽。托马看见它和自己的尺码差不多便穿了起来,一边穿一边自言自语,好抵挡接触到面料时的寒战,他告诉自己,自由的时刻一来,他就会脱掉它。只有多姆还穿着自己的衣服。

在走之前,守门人关掉了灯,并且说:"现在,保持安静。病人们受不了噪音。"

接着就要穿过医院的一个个房间了。刚跨出门,走在最前面的托马就停住了。黑暗彻彻底底。他离开赌室的时候,也在黑夜的幽暗里前进过,他觉得此刻的夜更加深沉。何等的静谧!他曾在底楼的老头子那里体会过这种感觉,在那里,人们始终与覆盖着万物的宁静无关,然而在这里,人们成了这平静的一部分,尽管它是无望的,人们也只有一个渴望:不再往前走了,要永远地停下来。托马只静止了几秒钟,守门人用一种勉强能压迫耳朵的声音对他说话,让他恢复了清醒:"请往前走。"

由于他不可以停下,他和笔直的队伍略微拉开了距离,走上了狭窄的边道,这些小道可能通向床头。他缓慢地走,两只手伸在前面,眼睛圆睁着。终于,他撞上了一个小桌子,惊地叫了一声。多姆的手用力抓住了他。他想要阻止他往前?他在推他?是不是他也在这黑暗里迷茫了?接着,多姆也撞到了什么,这第二下只是让第一下更显兀罢了。

"太吵了,太吵了。"守门人叫道。

托马想回到房间中央。有人突然亮起了灯。大厅显现出了它的宽阔。床铺摆成了一排,每张床的床脚处都有一个木箱,形状就像楼梯的第一块台阶。床是空的。有几张看起来铺得匆忙,但大部分应该很长时间没有接收病人了。托马特别看了看那些箱子。它们很大,漆着鲜艳的颜色,如果太仔细去看,就会让眼睛难受,它们是用来装药的。这凝视让托马出了神,直到他发觉到守门人的存在,守门人正在解开多姆的锁链。

"到外面等我。"守门人对多姆说。摆脱了那些束缚,这年轻人向前厅走去。

托马也走开了。他慢慢走到了大厅中央,看见两头的门都开着,他转身背对同伴们,几步就穿过了房间。

他进入了一个陌生的前厅,第一个见到的人就是芭布。这个女仆朝他亲切地微笑。她正坐在一张小桌前面,桌上摆着一些布料。料子似乎很粗糙,针几乎都钻不进去。

"对您来说是个重活儿。"托马说。

芭布认真地点了点头。

"那您什么时候休息?"他继续说道,"我见到您的每一刻您都在埋头干活儿。您完全不像其他员工。"

"这里所有人都很忙,"她说,"在这样一栋房子里,有太多事情要做了。"

"可我觉得您比其他人做得更多。"托马坐到她身边说,"您现在在做什么呢?"

"还是照顾病人的工作。"她叹息着答道,"永远做不完。"

托马一言不发地盯着她小巧的脸蛋:她看起来累了;精致的五官没有流露出丝毫的满足;所有给她带来安定感的东西,甚至是某种傲慢的气质,都消失了。

"不好意思,"他说,"如果我打扰了您工作,您就让我安分地待到一边儿去。只是,我忍不住要看您那美丽的倦容。您有烦心事?"

女仆用手扶着脸,一时间闭上了眼睛,像是在仔细察看自己的心思,然后,她恢复了笑容。

"每当有新的病人来,就会这样。"她说,"烦心事?没有,我怎么会有烦心事呢?只是这工作把人累垮了,千头万绪不知道怎么下手。"

然而她安静地坐在那里,手指漫不经心地拉扯着给布料锁边的黑线。

"有很多新的病人?"托马问。

"您问我?"她说,"这是员工的秘密。您看看是怎么回事吧。人们只是命令我们——用命令的语气——把一切布置好,就好像整栋房子都要改成一间医院了似的。有时候会来十几个病人,有时候一个,还有些时候,一个也没有。在这期间,我们从早到晚都要工作。"

"方法不好。"托马评价完,又接着说,"既然我有幸在这里遇见您,与您无话不谈,那么,说说看,您之前不是有一个消息要给我吗?"

"消息?"年轻姑娘用疑问的语气说道,"您确定?"

"非常确定。"托马回答,"我可不是在做梦。当时我们在地下一楼,您要我离开房间。那时候,您手头有一大堆清扫工作。我大概记得您那时的话,您说:'我有一个消息要告诉您。'您又说:'等我这边结束。'"

"我清楚地记得我们那次见面。"年轻姑娘说,"那对我来说也是一次非常愉快的见面。您多有活力啊,看起来那么强壮、果断!可我真的和您提到过什么口信吗?"

"确切地说,不是口信,是消息。"托马说,"瞧啊,如果您还记得那次见面的情景,就没这些麻烦事了。我有点担心您已经全忘了。您回忆一下,我跟着您去了那些房间,还在一个老人身边待过一会儿,您说他是装病;那个时候,我还不知道您那么忙,我把您跟丢了。"

事实并不完全是那样,托马心里明白。是他主动离开这个年轻姑娘一个人上路的,但她并不知道这些。

"您不是有个同伴吗?"她问。

"啊,是的。我们不久前刚分开。"托马说,因思路被她打断而感到不快。

"这让您困扰了吧。"她说,"现在您要独自决断和行动了。他很高、很壮,对吧?"

她认真地看着托马。托马觉得,她在记忆中把他和多姆弄混了。

"那个消息有可能是给您同伴的。"她继续说。

"这不可能。"托马激动地说道,"试想一下,我可不会做出那种轻视人的举动。我们三个人在一起的时候,尽管关系融洽,您对待我们,我和我同伴的态度也不完全一样。把您对他讲的话误当成是对我说的,这种想法我可不会有。您必定使用了完全不同的措辞。您怎么能把它错当成是对他说的呢?"

"我懂了。"年轻姑娘说,"我应该对他这么说:规章制度不允许我把我得到的消息正式告知您,我只能以非正式的方式告诉您。请您等我结束我的工作,以便我能和您在规定的工作时间以外和您就此事进行谈话。"

"您说笑了。"尽管那姑娘说得非常认真,托马还是说,"语言啊!如果在一开始,我们之间没有撇开员工和房客这层关系,那么,必要的时候,您可能会对作为房客的我使用那样官方的表述。可如果面对我的同伴呢?您自己都会觉得好笑的。如果您愿意好好想一想,您会记起来事实正好相反。我急迫地想要重复您说过的那些话。您允许我这么做吗?"

"您说吧。"芭布为了更好地跟上话题,已经停下了工作。

"我怕吓到您。"托马说,"不过,既然您同意了,我就试试看,这对我们的谈话多半不会毫无用处。只要您肯帮我。或许是我搞错了,您难道不曾叫他'我的小可爱'吗?"

"是啊,怎么了?"芭布说。

"您还叫他'亲爱的'、'小宝贝'对吧?当然了,在您心里,它们只是一些能让他舒适的亲切的用词罢了,没有别的意思。可是,像我这样的外人,在此之前只和一些相当拘谨的员工打过交道,不免对这些用词感到惊讶。这里发生的事情往往和别处的不一样,所以我努力寻找着您这种讲话方式的含义。"

"可是,"芭布说,"这没什么可让您惊讶的啊。这在员工之间是很自然的话。"

"在员工之间?"托马问。他本想就此打住,可又忍不住多嘴道:"多姆——您记得他吗? 这个外号是您取的。他可不是员工啊。"

这不是在提问,从他使用的不容置疑的语调来看,这甚至是一个拒绝了一切回答的肯定句。但这不妨碍年轻姑娘发话:"那他其实是谁?"

"我现在不想继续这个话题。"托马说,"我跟您提起的这些事足够证明,他和我之间的语言混淆是不大可能的。另外,如果说您刚才认为,那消息可能是传达给他的——现在看来这不可能——那是因为您没有忘记他,稍做努力,您就可以完全想起来了。来,让我问您几个问题。这条消息是来自您吗? 还是您只负责转达?"

"怎么回答您呢?"年轻姑娘说,"原则上,我只可能负责传话。我不认识您,能有什么要对您说的呢? 即便通过小道新闻,或者一些交往,我已经非常熟悉您了,我也不可能克制住自己,对您隐瞒重要的事情,除非有外力的帮助。"

"我从您的话里总结出两点。"托马说,"第一,消息的主题很重要。第二,可能是别人委托了您。"

"我完全不这样认为。"年轻姑娘说,"您怎么可以这样阐释我的话呢? 有一点可以明确,如果那个口信确实重要,如果有人将它委托给了我,我不会不记得它。当时所有的情景都历历在目，我的记忆甚至能追溯到最微小的细节。"她接着说："不怪您。您不知道我的记性是出了名的好。别人和我说过一次的事情，我能在十年之后一字不漏地重复出来。"

"真是一个锦上添花的优点。"托马说，"它会给我们的调查工作提供便利。姑且认为，您需要告诉我的那件事不一定有重要的意义，至少在您看来是没有的，但在我眼里完全不是这样，而且，即使您要转告我的只是一些个人想法，在告诉我的时候，那么不加思考、极少沉浸在优越感中的您，却使用了一个别有意味的词来表示'消息'，您不觉得奇怪吗？依您之见，这个词是不是适用于那些与公务无关的话？这不值得注意一下吗？"

在回答他之前，芭布又继续缝纫了，仿佛她的工作可以让她在谈话中坚持下来。她似乎十分重视这次谈话，一开始，这让托马喜不自胜，但后来，他还是感到了不安。针穿过了布料，芭布说："不管怎么样，我的话都不可能涉及公务，否则，我会在工作的时候告诉您。"

"所以，它们可能没有我以为的那么有价值？"托马问。

"正好相反。"年轻姑娘苦笑着说道，"它们反而更有价值。我们毕竟不是木偶人，即便在工作时间里，我们也允许自己说些与工作无关的话，我们基本上想说什么就说什么。不过，工作中会突然出现一个想法或者一段特别的回忆，它们不能被恰当地表达出来，这时自然区会有另一番处理方式。我们会等到其他时候,因为如果我们立刻说出它们,我们很可能会无法接着进行手上的工作。我们不停地工作,在工作中忘掉那段回忆,这对所有人都是一件好事。"她的笑容开朗了一些,补充道:"您现在知道为什么这整件事都从我的记忆里消失了吧。"

"我懂了。"托马说,"我反而愈发迫切地想要看到它从遗忘中再次显现。芭布小姐,您使用了一个让我抓不住意思的词。您提到了想法、特别的回忆。您能否向我解释一下您这里想讲的意思呢?"

"不,我不能。"芭布说。

托马没有把这个回答当回事。

"这是一个拒绝。"他说,"它本该让我停止好奇,可我的好奇心现在完全被点燃了,我不能就此打住,即便会让您觉得冒昧,我还是要问您一个问题。当您说起一些特别的事情时,您想到的是您个人的生活吗?或者与此相反,您不敢以一种不符合惯例的方式去质疑您的公务?"

年轻姑娘没有回答。她正在勤奋工作,托马无法知道,她是因为过于专注才不和他说话,还是无论什么情况下都不愿再多说一个字。

"我不再坚持了。"托马继续说,"只求您不要误会我的话。您要打发我走,我有些难过,感觉突然之间失去了您的信任,再也找不回来了。我愈发觉得伤感,因为您的信任对我来说好比一件珍贵的东西,甚至是一份独一无二的善意,毕竟从踏入这栋房子开始,我遇到的就只是一些心机狡猾的家伙,嘴里尽是不着边际的鬼话。在您这里,我头一次感觉到身边有了一个可以尽情对话、提问的人。现在我知道,都结束了,我能做的只有请您原谅我那断送了最后一点希望的笨拙。我是不是该走了?"

"留下。"芭布严肃地说。看起来,在失去她信任的同时,托马还失去了离开的权利。他待着,没有再说下去。他的身体再次感到了疲惫。他开始感觉到,同伴们正在穿过医务室。

"我也有一些问题想问您。"芭布说,"您为什么这么在意关于消息的事情?"

"这问题真怪。"托马评论道,"我能不在意吗?消息从您那儿来,而您又是来自人们不能随便去的地方,那地方对我有无法抗拒的吸引力,您的想法是能帮助我到达那里的唯一途径。现在我迷路了。我应该就此宣布我满足了吗?如果说我笨拙地争取,不惜让您讨厌也坚持要知道那个消息,那是因为揭晓这个谜底对我来说非常重要,我不知道还有什么不幸比失去它更加残酷。"

"您总爱夸张。"年轻姑娘说,"这个消息也许没有这么重要,也许,它只是对我重要。从您的角度来看,这消息是什么呢?此刻的感受让我相信,它可能是一个建议,一个要求,甚至是一份和您本人有关的通知。这一切或许不是无关紧要的，但您也不至于因为不知道这个消息的内容而寝食难安。反过来思考倒更符合实情。您在这房子里够久的了，应该明白，在这里，人们没兴趣知道太多。这一点，您会反复不断地遇到。"

"我非常感动，为了减轻我的失望，您费心了。"托马说，"可是，如果您说服了我，我成什么人了？您说到建议，芭布小姐，您以为我会轻易地为一个建议而沮丧？它甚至可能比要求更好些。您不是还说到过通知吗？"

芭布把活计拿远了些，看着它叹气，但没有露出愠色。

"您的行为举止像个孩子。"她说，"不知道为什么，您赋予某些词过多的含义，而另一些呢，您忽视它们。我第一次见到您时就为此感到震惊，也是因为这样，我的一些话到了嘴边又只好咽回去。有什么含义是您不会强加给它们的呢？几个词，一堆故事！在别的场合里，人们把话说得一清二楚，您却不愿加以关注。"

"那么，我忽略什么了？"托马问。

"和我的约会。"年轻姑娘说。

"和您的约会？"托马说，"我还真没想到。我们之间还有约会？"

"我料到您会不知道。我请您等等我，这样我们就可以再见面了，这一点儿用也没有，您根本不重视我的提议。"

"我对它再重视不过了。"托马说，"我不仅等了您，还跟着您。我紧随您的脚步,没想要得到您只字片语的解释。确实,到最后,我虽然努力却还是没能阻止您消失,我本该消极地待在原处等您,这样或许会有那么一点点机会能留住您。"

年轻姑娘虚弱地摇了摇头。

她说:"这么做,您只可能迷路。这是不可避免的。我对您有要求,这要求有它的价值,但您不愿意去发现。这个要求就是等我,不要无谓地摇摆不定,不要自己去追寻您无法达到的东西。有那么难吗?您只需要待在自己的地方。不过,这可能超出了您的能力范围。您这样一个缺乏耐心的人,更愿意冒着被看到的东西深深吸引的风险,跟着我走进那些房间,您在追寻自己选中的道路时,轻易地放开了我。"

"这条路没有那么糟糕。"托马说,"毕竟,它把我重新带到了您身边。"

"不,"年轻姑娘说,"现在一切都不同了。在下面的时候,我能帮助您,工作更宽松一些,我不需要明白我在做什么。您呢,您也是另一个人,人们被您健康的气色和无处消耗的过剩精力所吸引,这些旺盛的力量让您忽视了危险。虽然您那么疏忽大意,人们还是认为,当所有人都不幸地迷失在可怕的动荡之中,您仍会置身于灾难之外。但您没有,您选择了另一条路,一条我无法跟随的、傲慢的路。"

"您对我提出了一些严厉的批评。"托马说,"它们当然是中肯的。不过,我只能无比清晰地感受到它的严厉,却无法准确地抓住它的含义,而且我现在对自己的糟糕阐释很不信任,所以,如果您把您的想法全部告诉我,我会十分感激。当然啦,不等您是我的错。我也许是应该一直等着。我甘愿除了等您回来之外不抱其他任何希望地等下去,多久都愿意!但我仍然相信,这个错误不是无法弥补的,甚至在我看来,有一部分已经被弥补了。那条会让我离开您、将我带入迷途的傲慢的路会是怎样?我只看见一条路,它让我又找到了您。"

"找到我,您认为找到我了?"年轻姑娘说,"这只是一个假象吧。从我们第一次见面到现在,您一定学到了很多,您遇见了许多人,您到处乱跑。我还能对您说什么呢?您已经知道得太多,不用再听我的了。我的提醒可不能阻止您在斜坡上打滑。"

年轻姑娘想要继续工作,但托马把布推开——布料粗糙,有种不舒服的触感——然后把手扶在她的胳膊上,对她说:"芭布小姐,我知道,一旦您决心保持沉默,我怎么求您开口都没有用。我这一次次的请求绝对没有无礼的意思,它们不是要使您改变主意,只是想让您注意到,您道尽了所有能消解我最后一点力量的话,可能够让我重新振奋的话,却半点都没说。这么一来,似乎不如放任我在错误中继续下去吧,什么错,谁知道呢?凭借着残余的勇气,我本来也许能够走出来。您意识到您将我置于什么境地了吗?现在我该往哪里去?我要做什么?听您的意思,我只能消失了。"

年轻姑娘说:"谢天谢地,但愿您真的筋疲力尽了,但愿我的话能锉掉您的锐气,把您脑袋里装的东西变一变。这样我便再无所求了。可您拥有的勇气还是太多了。我不担心您会绝望——当绝望来临,即便它会来,也很迟了——我担心的是一种无节制、无限度的希望。您把我的建议当成什么了?您会照着做吗?甚至,您决定要听了吗?您已经受够这场耽误您计划的谈话了吧?"

"这次您可说过头了。"托马说,"我必须请您留意您对我的那些负面看法,我不知道它们是出于什么样的理由。我恳请您想一想我的处境。眼下我虽然不断央求,也还是感到缺失了我唯一信赖的依靠,即便如此,我又怎么愿意放弃它呢?我能求助于谁?您可知道我还有其他什么庇护者?还会有什么人来关照我吗?"

"说到这儿,您又要走上歧途了。"年轻姑娘说,"您最好保持沉默。"

托马照做了,没有回话,何况他也说累了,每句话都耗费他的力气,好像在说出口之前他必须先克服一种预感:那些话很可能没有用。他安静地待着,一直放在芭布胳膊上的手已经移开,他甚至不抬眼看一看她是否继续开始工作了。他感到,她离他远之又远,看她一眼,倒不比让她听自己说话更有意义。过了一会儿,年轻姑娘拽了拽他的衣服,好引起他注意,她用一双沉默的灰色眼睛盯着他,然后转过头去对他说:

"您觉得此刻您在哪儿？"

托马很想回答在医务室，然而，他说他不知道。

"我也是，"芭布说，"我偶尔也有这样的感觉。当我看见您安静地坐着，对您所在的地方一无所知的时候，我问自己，身处谬误之中的人是否不是我，我们是否并非相聚在一所安静的乡间别墅里，在田野中间，在异国他乡，在某一个记忆已经消散的遥远国度。"她又说道："这就是您的无知给我带来的危险的幻想。您自己要怎么抗拒它们呢？"

"这么说，我们不在安置病人的楼层？"托马问道。

"求求您，别和我提他们。"芭布说，"让我休息一会儿，想想别的事情。当我观察您的时候，有件事让我不安，我发现您确信自己走了一段路，到达了某个地方。即便您不会愚蠢地认为自己达到了目标，您至少觉得目标近了。您喃喃自语道：'和她在底楼遇到之后，我走过了多少路啊！'错误，悲剧的错误。您怎么能认为您真的离开了自己的房间呢？怎么会觉得上面的决定会仅仅因为您的逃避而作废呢？对那些您依赖的人，您怎么能在意他们的外表更胜于关注他们矢志不渝的心意呢？您的表现难道不荒唐？您的希望来自哪里？来自您疲惫、衰弱的感官的见证，您扭曲、混乱的记忆的证实吗？您的境地就是如此。什么也别说了，我从您的唇间看得出您想说什么，没什么了不起的。那么，您在想什么呢？您在想，尽管很想相信我，可您无法否定您为了到这儿来所走的路，无法把它当作一场可怜的幻觉。这是当然了，谁会反驳您呢？别给我灌输奇怪的想法。您漫步、寻找、奔走，这些事无论多么真实——它们是无可争议的，没有人敢在您面前否定它们——您个人的琐碎的来来去去都无关紧要。您可以连续几年爬上爬下不停歇，把这房子彻头彻尾地参观上千万遍，事实都不会有丝毫的改变。这妨碍到谁了？能发生的最坏的事情是：命运疯狂到我无法想象的程度，您成功到达了那些您用极度轻率的口吻提到的不可进入的区域。会发生什么呢？我无从得知。然而有件事我们不能不信：您在那里见到的任何一个人都会清楚地意识到您应该在的地方，您真正属于的地方，也就是您位于底层的房间，线索是您的着装、神情和思想，它们和您这段时间的经历密不可分，它们会跟着您到任何地方。这就是事实。您挣扎，使用不理智的伎俩，脑子一根筋，这些都没用，您摆脱不了这个事实为您作出的分类。您最终做到的一切，您挣扎的唯一成果，将会是白白消耗您的力量，您会在一场低迷的白日梦里变得虚弱，直到您甚至不再有足够的力气让自己留在最后的地方。您面对的就是这样一个结局。"

这年轻姑娘说完了吗？托马在心里自问。他甚至能听到这个房间在滔滔不绝的话语中颤动。要从在他耳边鸣响的语句中找出属于过去或者一直存在的东西，这对他来说很难。为了打断这令他厌倦的来来往往的语句，他努力地开口说道："我一直弄不太清楚，您这些话是为了告诉我前方等待我的命运,还是帮助我转变它。"他轻声继续说道:"请您讲话慢一些好吗?我有时容易跟不上。"

年轻姑娘没有回话。至少,托马没有听到她回话。她已经把她忙着缝制的布放到了腿上,仿佛这个被忽视了很久的工作一下子变得不容耽搁了。

"您跟我说什么来着?"她突然问道,"也许我过于激动了。事情并不总是像我说的那样。这个房子里有多少人,差不多就有多少种不同的情况。我们总是和事物保持一些距离,不会太关心细节。在我们看来,所有人都无一例外地失败了,可是对于切身见证了那些尝试的人,以及有着充分理由去完成它们的人来说,却完全不是这样。这些人相信,一道深渊横亘在人与人之间,这个信念在他们对事件往往截然相反的理解方式中得到了印证。这种零碎的、缺乏条理的眼光来自一种狂热,在这狂热之中,他们想要捕捉一切。然而,他们视线所及不过几步之内。有谁能在房子的内部一览它的全貌,只用一眼就将它从上到下凝视彻底?恐怕您和其他任何人都做不到。"

托马不满地看着她继续做针线活,她的节奏越来越快,针轻松地穿过布料,上面的黑线绘出一道道线条,勾勒着美丽的几何图案。这个场景有时令托马紧张,有时又令他平静。他待在那里什么也不做,仿佛受制于一种有害的影响,耗尽了所有勇气,感觉自己再也无法起身或者离开。不过,他也品尝到了一抹甘甜，他又看到了希望。

"我见证了一个和员工有关的诉讼。"他突然说。

"无聊的诉讼。"年轻姑娘一边说着，一边继续手里的工作。

"我不需要跟进它吗？"托马问。

"当然。"她说，"不过您无论如何都会跟进的。"

"为什么？"托马又问。

"人们肯定和您说过很多关于员工的事了。"她用一种接近生硬的语气回答，就好像她对此没有任何要说的，"这毕竟是一个没有必要展开的话题。在下面看来，员工们的存在好像很了不起，它点燃了人们强烈的激情。在这儿，它就没什么大不了的了。再往上去，根本没有人关心。您操心那些会随境遇的变化而消失的问题，这不是自寻烦恼吗？您提到的那桩诉讼，您待在它的效力范围内多久，它就需要您多久。一旦您离开了，它也就烟消云散了。"

"您不认识那些员工？"托马说。

"又有问题了。"年轻姑娘一脸不满地回应道，"别用这么愚蠢的方式浪费您的精力。我怎么会不认识他们？我全都认识。确实，当我在下面的楼层遇到他们时，我不能把他们逐个记住。再说了，人们想到他们的时候，只能想到一个整体，因为他们太相似了，不可能在记忆里区分他们。而且，何必区分呢？他们是好多个还是一个？如果履行职责，他们就会像不存在一般，如果他们堕入了寻常的命运，他们将会多得不计其数。放弃这些多余的问题吧，在这上面苦思冥想并不能改变事情的轨迹。"

"可您就是员工中的一个啊。"托马说。

"姑且是吧。"年轻姑娘说，"人们大可以说自己是一名员工，正如人们也完全可以把自己设定为房客。如果您宣称自己是房子的守门人，天花板会砸到您的头上吗？绝对不会，而且有了这样的凭据，您就可以放心地在普通客人面前炫耀自己的职位了。"

"我明白您的意思。"托马急着说道，"可是当我说到您，我所想的完全是另一码事。人们见到您的时候，不会联想到您的工作，不会想到您提供的服务或者您的重要地位，人们脑中形成的想法是相当特别的。人们想到的是一种完全新鲜的东西，无法立刻就意识到它，即便发现，也绝不能肯定自己领悟了它。也许，您身上有您原来那个世界的影子。也许这影子并不总是那么显眼，我们的眼睛只能偶尔捕捉到它。所以人们看着您时无法不带着失望，而待在您的身边时，又无法不感到宽慰。"

"您太沉湎于幻觉了。"年轻姑娘说，"我脸上只显现出疲倦的影子，还有职责的重压给生活留下的痕迹。您所说的世界，没人能记住它，人们能留存的只是某种东西的琐碎片断，这种东西是当人们与它无所牵连的时候才能品评到的。"

"我大概是在幻象里迷失了,"托马说,"可我怎么抵挡得了?我看着您工作,我的面前便全是我再次迷失的图景。您不遗余力地夺走了我所有的希望,我被不幸包围了。尽管如此,我也丝毫不愿离开。肯定是有什么东西让我留在了您的身边。如果不是您无意间给予我的关于更美好的生活的愿景,那还会是什么呢?"

"不,"年轻姑娘无力地说道,"那都是些白日梦。我不过是一个卑微的女仆,您看不到我真实的样子。您在我脸上发现的,是您自己的生活欲望,在这里,您怎么也无法找到真正的光明。看看您的周围,难道不是密布着黑暗?我的灯盏只能勉强照亮我自己,而我,虽然眼力很好,也已经看不清您的五官了。您怎么还能够把目光转向我呢?"

托马不觉得亮度减弱了,他始终看得见那个年轻姑娘,在相同的位置上,她的两只手埋在雪白的布料下,没有人会注意到它们正在工作,她的面容疲倦却明亮。

"这也是一个梦吗?"托马说,"我觉得您来自一个所有人都没去过的地方,一个令人们不由自主地去想象的地方。既然我永远也不能奢望到达那里,我是不是应该不再想它?我似乎又夸张了。"

年轻姑娘痛苦地摇摇头。

"您的话太幼稚了,我几乎听不懂您在说什么。"她说,"在我旁边安静地待着,把所有这些让您神智混乱的画面从脑袋里赶出去吧。除此之外我没什么可说的。"

"在这之前我或许确实表现得像一个孩子。"托马说,"可现在完全不同了。我开始清楚我要做的事情了。我会为逝去的时间感到可惜。"

"您的路到此为止。"年轻姑娘说。

"是的,我走错的路结束了,"托马说,"但我将再选一条新的。"

"没有别的路了。"年轻姑娘说,"所有的出口都关着。您能去哪儿?"

"去上面。"托马说。

"又来了。"年轻姑娘说,"您非要我把不能说的事情告诉您?您别说了,您的话到头来只会让我心烦。"

"不,我还有很多其他事情要讲。"托马说,"现在,轮到我向您解释了。""芭布小姐,"他提高音量继续说道,"您的指责也许很有道理,诚如您让我看到的那样,我的折腾都是徒劳。然而,这些对别人来说也许难以承受的指责,却完全不会令我受挫。我其实可以向您坦白,我不过是路过时恰巧进入了这栋房子,我没打算来当房客。正当我站在街上的时候,似乎有人对我打了一个招呼,我很想找到那个人。后来,事情的发展和我想的不一样。我遇到了很多困难,最终没有成功。可是,即便我因为缺乏思考、因为无知而犯了许多错误,我也没有失去目标。我一直想着它。我相信,看呐,我对您是很坦诚的,我相信只要我再次见到邀请我进来的那个人,困难就会迎刃而解,错误也会被弥补。那么,那个人在哪儿呢?我指望您帮助我找到她。"

年轻姑娘看着托马,身子微微发抖,嘀咕着:"疯子。我还等什么?我该走了吧?"

"我懂,我懂。"托马说,"我的说话方式惹您讨厌了,但事情还是直说的好,所以我要继续让您反感了。我要说,在我看来,如果我能和上面的楼层说上话,我就能很快地和我那个神秘女人联系上。根据我看到的,她住在三楼或者四楼的一间面向大街的房间里。有了这样一个定位,搜寻应该不成问题。当然,我最好是能去楼上当面见她,可您向我证明了这不可能,所以我会放弃。况且,我非得走到她房门口吗?好像不。我必须要做的是让自己和她搭上话,让她知道我在这个房子里面毫无头绪。人们可以对我的计划提出反对,我看得出您话到嘴边了。尽管这件事不好办,但它似乎也没碰到什么无法克服的困难,我相信,只要一点决心和细心,事情就会有好的结果。更何况,我没有选择。无论难或不难,我都只能尽全力一试。"

托马发现,年轻姑娘向后挪了挪桌椅,现在,她离他又远了几步。他想要挪近些,可椅子对他来说太重,只好算了。

"您觉得我的计划怎么样?"他问。

会理他吗?不管结果如何,他该把话说到底吗?疲惫会让她说不下去吗？一个字，哪怕是一个"不"字，对他来说都是一种鼓励。

"您不愿意把看法告诉我？好吧。我只好看看我手上有什么办法，掂量一下难度，做一个决定。您不能否认房子里的各个部分之间是有联络的。正如您不能否认您的存在。我的视线在您身上停留得越久，我就越发肯定，至少上面有过人，而且有办法从那里回来。这是很根本的一点。那么，我这样想也就不算超出了理智，我想啊，如果我要传递一个消息，我可以找一个中间人。可是，我还没有天真到以为，从我遇到一个可靠的人，向她准确说出我的消息，看着这个传话人消失的那一刻起，我就能坐等一个圆满的结果。远远不止这些。上面怎么样了？我一无所知。人们确实跟我说了很多事情，有一些也许是真的，但不值得尽信。我得到的最正经、最让我着迷的内容，是从芭布小姐您这里听来的，是您在这里不断给予我最宝贵的信息。如果我相信您所说的，那么，在我们所处的楼层和上面其他楼层之间，会有一段遥远的距离，远到当人们从上面回来后，就很难想起自己去过那里，也不再记得自己见过什么。所以，试图想象那里发生了什么是没有用的。也许在那里，感官会失灵，思想会放空，什么也捕捉不到。也许，正因为人们在那里的行为和境遇都无从观察，人们便看不出任何不寻常的地方，虽然人就在楼上，却不知道自己已经到了。我告诫自己不要询问您对这些猜想的看法。这些猜想很可能得出这样一个结论,那就是,尽管传话人有心把事办好,但当他到达楼上的时候,他已经不记得什么消息了,也就没办法传递它了。还有一种可能,他确实小心翼翼地记住了那些词句,但他无法明白其中的含义,因为语言在这里表达这样一种意思,到了那里必定又会有另外一种完全不同的意思,也可能没有任何意义。于是,他茫然了,回来之后,他会退回我的请求,这明确的拒绝将夺走我最后的希望。困难必然十分棘手,让我不得不承认我的失败。那么,在上面的人和我们之间建立联系,难道就没有丝毫的可能性吗?我认为有一个办法。有这么一种观念,在另一个地方显然会变得毫无价值,它认为,交流的内容需要用能被理解的方式来表达。多么粗浅、错误的想法啊。当我的话注定要说给一个没有任何思想能介入的地方听的时候,我还会觉得那些由我的思想拷贝出来的一字一句有任何重要性吗?当话语的意义局限于我所生活的这个环境,我还会渴望传播它们吗?我更想要做的应该是以我目前不知道的某种形式,通过对话语的遗忘,到达那个我非去不可的地方吧?传话人忘记要传递的消息,这是好事,是天大的幸事,没什么能比这更好的了。如果说他把我的想法抛到了脑后,那是因为他确实做到了忠诚,他将我的想法完全地理解并记在了心里。可是,他要怎样把我的想法告诉别人呢?他已经把这来自遥远底层的想法完完全全地删除了呀。他要用什么办法让唯有沉默才能诠释的声音在一片寂静中被人听到？我需要知道吗？他将会在那里，他只需要出现在那里。至于他本人会变成什么样，我拒绝去想象，因为我猜测，他在我眼里将是一个不同于我的存在，这种差异一如消息的本貌之于它被接收的样子。一切离他远去的东西又向他靠近，一切让我担心他会失败的事情坚定了我的信念：他会成功。"

托马停了下来，似乎他尚未说出口的话更适合这样安静地结束。随后，他又说道："我是不是仍然错着？"不为得到一个回答。他已经不期待回答了。他只是要挑衅年轻姑娘，在他看来，她是他计划的最后一个障碍。现在，他的四周何等安静！他真切地感到，她远在千里之外，尽管冷不丁地——是他疲惫的眼睛产生了幻觉吗？——他曾经一直凝视着的那张脸看上去比谈话开始时更大了。他直视着的两片嘴唇正在颤动，好像它们自己要说些什么，可是身体其他的部位不愿意配合。她在说什么呢？他侧耳倾听。他错了，她正一如既往地对他说着。

"我努力理解您的话，"她在说，"可是没用，我一句也听不懂。根据我捕捉到的那些只言片语，我猜到您在等待帮助，您认为，这个帮助会由住在上面的某个人带给您。可笑的想法。您大概不知道，楼上没有人。"

"没有人？"托马问。

"对，没有人。"年轻姑娘重复道，"这并不奇怪。您知道的够多了，应该能预料到，那里的物质条件很不完善，因此，人们在那儿只会遇见虚空与荒凉。请把这个记在脑子里：在上面，既没有东西，也没有人。"

"什么也没有，真的什么也没有？"托马还是追问道。他思索了一会儿，然后大梦初醒一般说道："当然了，我在想什么呢？只有这样才说得通。我完全理解您的回答了，芭布小姐。对于身陷在此处的生活之中的我来说，甚至是对于哪怕只是暂时居住在这下层的您来说，事情都不可能有别的说法。所以，您的说法完全合理，那里没有东西，也没有人。"

芭布摇摇头。

"您这是又跑偏了，我又听不明白了。我明明和您说得清清楚楚，尽管这对我来说很艰难。'没有'，您明白这个词的意思吗？'没有'，它就只有一个意思。就算您有能力到达上面，行啊，您可以在那里徘徊上几个小时、几个月、一辈子，都会一无所获。"

"好啦，芭布小姐，您把我想得太孩子气了。很明显，我将一无所获。像我这样的一个人，着装邋遢随便，没有过半点训练，能发现什么？如果我看见了什么，我会是第一个失望的人。这需要多少蜕变啊！要在习惯中做出多少改变啊！更不用说要把自己化为无物。"

"根本不是这样。"芭布气鼓鼓地说道，"您非要把事情弄复杂。我不知道您会用什么方式到达上面，显然，您的状况会很好，不过，您能看到的，比起能被看到的，既不会多也不会少,一个空荡的、废弃的房间,或许比别的房间明亮些,落满了灰尘,没有人住。"

"我喜欢您讲述事实的方式。"托马平静地说,"您做得对,您让我能够了解到这些事,您确实不应该信任我那不开窍的想象力。当像我这样的人不停地走上歧路时,人们没办法让他更好地明白,他在那个他自以为进入了的地方会遭遇到什么样的感受。某种意义上来说,他不会看到任何意外的东西。除了想象力令他看到的奢华宫殿之外,就是荒凉的、破旧的、看不到一件家具的房间,还有什么比这些更寻常呢?几年里,他都会在那里毫无意义地游荡,我非常欣赏您想象的画面。对他来说,一切都会永远这样凄凉下去,永远不会有人来住,直到有一天,他不得不在失望和无知中死去,依然没有发现任何他期待中的东西。我,不过是一个底层的人,正如您向我好心提点过的那样,我将会一生禁锢于那个由管理部门一次性指定给我作为居所的简陋的房间。这样一个人还能有什么别的命运呢?我会谨记您的训诫,当心不再陷入过去的那些错误。"

"您比我想的还要顽固。"芭布说,"谁会见过您这样盲目的人?我还要对您说什么,您才不会继续歪曲事实?您总是提到您自己,好像我告诉您的有关上面房间的一切都只关系到您。其实问题不在于您会看到什么、您会做些什么,这些从来都不重要。问题在于我,在于其他人,在于所有那些窥探到了这栋房子的秘密的人,无论他们是谁。行了,我们所知道的一切都可以用"没有"这个词来概括。我们什么也没有看到,是因为那里什么都没有,那里什么都没有,是因为人们没有留下家具,没有留下火炉,没有留下任何一种器皿,人们甚至拆掉了门,取走了画,撤去了地毯。所以,别做傻事了。您的传话人收到您的消息,把它记在心里,冒着生命的危险将它带到上面,结果都是白费,他不会找到任何一个能接收这个消息的人。"

"当然,"托马说,"真够直截了当的,您的话再明白不过了。可我还是要说几句。首先,尽管我也开始怀疑我记忆的价值,可我仍然无法相信,我见到的那个站在上面窗边的人是我弄错了。我看得清清楚楚,虽然现在我不能把她描绘出来,因为我太累了,但是我想只要她再次出现,我就能一下子认出她来。狂热导致的幻觉和混乱?我很想承认这个说法,但我也有理由认为,这里的人太容易用幻觉来解释一切了。再说了,也许产生幻觉的不只我一个。我很惊讶,芭布小姐,就在您毫不含糊地作出解释的时候,您向我宣称的事情和您之后要求我相信的事情之间出现了一些矛盾——它们一定和我愚钝的脑袋有关,但还是令人惊讶。所以,请解释解释,我的天呐,您怎么能够如此细致地描述出那些大名鼎鼎的房间里的情况呢?如果我没有记错,您明明说过,人们不可能记住有关那地方的任何见闻。这让我很担心。有没有可能是您混乱了？为了表达您记忆的缺失,您用了'没有'这个词,您那么激动,反复地强调它,然而这个词并不好用,所以您随后又补充了一个画面,一个没有家具、落满灰尘的房间,好让这个词变得更加丰满。我还不想断言这件事没有其他讨论的余地,一切都可能和我们此时此地用各种不可靠的方法想出来的结论不一样。我倒有一种感觉,可能是错的,我感觉,正是由于您拒绝将楼上的那段经历留存为一段所谓的记忆,您从中获取了一种非同一般的、难以言喻的感受,那是一种完全独有的、只在我们的日常生活之外才有可能体会到的东西。如果我的感觉是正确的,我是不是可以得出这样一个结论:那些房间即便空空如也,仍然十分诱人,它们在像您这样敏感的人身上留下了一些痕迹,之后无论谁看到了都会羡慕不已。"

"您从哪里看到矛盾了?"芭布说。她的工作就快要结束了,她在椅子上坐得笔直,目光不偏不倚,好像必须将所有的力量都集中到这最后几针上似的。她柔声说着,声音和最初的时候一样悦耳:"矛盾仅仅在于您的期望和这个不符合期望的世界之间。您想知道真相吗?"

"想。"托马说。

"原则上,我应该保持沉默,"她说,"因为谈论这些问题是被严格禁止的。人们太害怕了,怕无论用怎样精心组织的语言都无法把如此微妙的事实恰当地表达出来。所以我在和您聊天的时候就犯错误了。可我现在不去管什么禁不禁止了,因为我不忍心看到您在希望中迷失自己,况且您也不可能有机会拿这个真相做什么坏事。进入这栋房子的大多数人,一开始是被和您相同的欲望所驱使的。有些人对这些欲望的感受十分强烈,以至于无法前进。他们被困在原地,在人们给他们安排的地方消磨生命,他们表现出凄凉的样子,因为他们仍旧习惯于外面的生活,感官被无法穿透的浓雾所遮蔽,于是他们就像把自己的火焰闷熄了的劣质蜡烛一样燃烧着,散发出黑烟与恶臭。这些人刚起步就失败了。人们监禁他们,以防他们令这栋房子本就不洁的环境更加乌烟瘴气。另一些人则相反,他们长时间地住在这栋房子里,他们享受无聊,不去摆脱无聊,也不被变化带来的躁动所吸引。这些人是合格的房客。他们认命。他们服从于规矩,那些不得了的规矩,人们在大厅里如此自发地讨论它们,它们往往只存在于激烈讨论它们的人的思想里。渐渐地,这些人频繁接触,活在一堆无休无止的困境中争论个不停,就这样,他们被狂热所占据,开始被驱使向高处。当然,对大部分人来说,这只是内部的迁徙罢了。如果这群人真的想要离开,我们会怎么样呢?然而,他们沉溺在自己的幻想里,这些幻想让他们瞥见了神秘、宏大的希望,他们被这些希望攫住了,陷入了痴想,他们把希望放在他们不认识的地方,他们甚至都不能奢望认识那个地方。等待他们的命运有千千万万个不同,正如我说的那样,拿一个人和另一个人的命运作比较,这几乎是不可能的。对有些人来说,欲望太过迫切。为了抑制住它,他们便只有投身到令人焦躁的、混乱的工作中去。这栋房子里大大小小的事情都要由他们负责。他们已经把这个神秘所在的中心定在了楼上,并且认为自己收到了它的信号,找出了它的某些规则。他们不得不感觉到自己属于这个神秘的地方,哪怕这种感觉不强烈,甚至极其微弱。这么说吧,这就是员工中的大多数。他们在工作的时候,偶尔会忘记那种焦灼的欲望,他们的服务乱七八糟,完全不协调,好像他们正经历着生生死死的交替,时而感受到自己的激情,时而又对它无知无觉。面对工作,欲望占不了上风,长此以往,它便用工作中找到的食物喂养自己,形式上变得愈发粗鄙,以至于它一直驱使人们对高处产生的那种向往都被磨灭了。于是,人们暂时摆脱了精神折磨,转而去做各种低微的服务工作,他们有时甚至都不会轮班。至于另一些人,这些人相当罕见,他们躲过了这份卑微的工作,这份令他们的同伴远离了起初吸引他们的东西的工作。这些人满怀热忱地感受着周围如此陌生的生活状态,在屈服于内心受到的诱惑之前,他们似乎已经永远地束缚于自己那些空洞的努力。他们几乎一直待在比较低的地方,那里是他们最初认识的地方。在那个地方,他们能够发掘的东西似乎永远无法穷尽,尽管他们经历了悲伤,即便单调的生活给他们带来了难以言喻的折磨,他们仍然耐心地等待着,坚信他们注定要留在黑暗、可悲的困境里。这种等待可能相当长。对一些人来说,它也许永无止境。人们看着他们发生变化。他们足不出户,身上呈现出房间的颜色,每一天都更加干瘦、憔悴,在人们眼中,他们便与物融为了一体,仿佛成了房子本身。关于这些人,没什么好说的,没有人知道他们以后会怎么样。不过,在那一小撮防备着自己欲望的人里面,一些人会在某天收到转移的命令,有时是去往高处,有时是去往低处。这都无所谓。他们在乎的,并且使他们重新振作的,是感觉到自己已经在耐心与被动当中找到了幸福行为的准则。人们想起了他们,把他们拉出了深渊,他们本来是要死在那儿的。确实,一旦他们进入了一个新的地方或者另一种机制,他们便又开始觉得自己出不去了。他们总是屈服于监狱的围墙之高,体力增长了却毫无用处,即便手里握着能打开所有大门的钥匙,也无法为抵达心中的目标而迈出步子。令他们神魂颠倒、在他们前进时愈发旺盛的那股激情似乎只是令他们与另一种更深层的激情渐行渐远,他们将在这激情熄灭之后闻到它火焰的味道。吸引他们向上的欲望越是由于阻碍的减少而变得强烈,他们就越能在身上找到更多的办法来对抗它、摆脱它。就这样,唯独他们接近了那些别人无法进入的区域。我没办法告诉您他们经历的最后几个阶段,在那之后,他们发现了没有门的巨大开口,这就是他们所憧憬的终点。他们在那里体验到的痛苦与快乐有着这样一种本质——他们无法将它们留存在记忆里。它们将什么也不是,但它们仍是一切。他们被一种爱恋触动了,它极其强烈,却没有一丝爱的色彩,它将他们置于被抛弃的状态,以抛弃来触及他们。他们被一种骄傲的期待驱使着,这期待正是由他们之前放弃的所有期待组成的。他们最终被自己的努力狠狠地摧毁了,那是为了不屈服于前行的诱惑而必须作出的努力,他们无比渴望到达那里,他们往往在这渴望的诱惑中日益憔悴,在自己的激情面前不堪重负。有些人从未跨出最初的几步。另一些人走到了门口,躺在了那里。不过,大部分人进去了又出来,因为他们已经看到,一切都正如他们在走完最后几步时猜想的那样,那时,他们什么都不在意了,最后的渴望消亡了。房间是安静的、空旷的,任何期待都不存在了,因为那儿什么也没有。在返回的途中,生活又重新开始。在这样一次旅程中,他们获得的感受过于细腻、复杂,记忆便没有留下它们,或者,记忆只保留了激励这些人走到最后的那股深刻而鲜明的热望。还有一些零星的画面在一种新的激情中燃烧,诞生了更加强烈的期待。人们想要回到那个无法言喻的地方,它的吸引力没有因一丝一毫的失望而被削弱,他们在离它很近的地方耐心地站着,这耐心本身也是新的。还是原来的道路、原来的逗留处——上面还能找到当初流下的眼泪的痕迹。还是同样的喜悦的痛苦,同样的悲戚的幸福——向一个目标如此缓慢地前进,因为知道抵达目标时便不再有所期待,于是越发期待到达。"

年轻姑娘的工作似乎结束了。她把针线摆在桌上,双手交叉放在床单上，但她没有把床单叠好。她抬起头，托马撞上了她的目光，纯真的目光，一切光线都消失其中。他本想回应她，尽管他知道有什么话要说，可一想到要花费一番努力才能找出他需要的词语，他又放弃了。然而，当他发现年轻姑娘还有话要说的时候，他又为自己的沉默感到后悔。她温柔地叫他，可是没有用，因为谈话内容让他筋疲力尽。

"那么您能在窗户里看见什么呢？"她说着，"百叶窗是合上的，人不能探出窗外。即使偶尔有一道光线从百叶窗的缝隙里漏进来，也太微弱了，没人会注意到。除非再等一等，等到从上面回来的时候，或者更久以后，人们才能发现它，正如只有当您回到昏暗的房间里，这光才能照亮您。您错了，您被幻象给骗了。您以为有人在召唤您，可当时那里根本没有人，召唤来自您自己。"她站起来继续说道："不早了，您也很累了，还是去准备休息吧。"她看着满地的碎布和废线头说道："乱成什么样子了！我要收拾一下工作。"

托马的视线没有从她身上移开。她娇小、灵活。他没有弄错，在底层的时候，她的面容就让他印象深刻，那是一张孩子般天真、洋溢着亲切与妩媚的脸。她在房间里轻盈地走着。片刻之后，一切都变得井然有序。她在托马面前停了一下，碰了碰他的肩膀说道："我要开门了。您快速地瞥一眼。人要是一直被关在房间里，就会想要前面空旷些。"

她走向那扇门，门正对着坐着的托马，她转过身又说道：

"我又违反规定了。您快点儿看。"

透过这扇门,托马看见了一个长长的拱廊,支撑它的一根根低矮、敦实的柱子在拱顶相交。他能比较清楚地看见前几根柱子,两边分别被一道闪烁的光线照亮着,那光线像是一颗遥远的星星燃烧的火光,不过,从拱廊三分之二的地方开始,他就什么也看不见了。

"关门吧。"确认自己无法穿透那片黑暗,托马便说道,"今天就看到这儿。"

年轻姑娘重新关上门,托马不再注意她了。他思考了一下她说的那些话,可是精力敌不过倦意。从这番交谈中应该得出的结论不妨稍后再想,他起身准备离开。然而他停了一会儿,动弹不得。他惊异地感觉到这房间又矮又挤。现在,他站着,仿佛正从很高的地方注视着房间,脑袋顶破了天花板,他看不见脚下在发生什么了。想要往上看的时候,眼前一片模糊,他重重地倒在了地上。

这一摔之后,托马久病不愈,之前的事情也都不记得了。就在养病期间,他观察了一下他住的房间和他躺的床。房间宽敞明亮,墙上装饰着几幅油画,桌上有一瓶水和一只半满的杯子。托马站起来,愉快地喝了口凉水。嘴唇仍然发烫,眼睛也不舒服,他肯定病得很重。但他还是走出了门。他意外地发现房子的这块区域一片安宁和寂静,便犹豫要不要走远一些。在房间对面,他看见一扇半掩的门,门后的房间里一定有什么人,因为他时不时能听到脚步声。他穿过宽阔的走廊进入那个房间,只见一个女人从沙发后面露出半个身子,他急忙表示抱歉。不过,他还是停在了门口。房间看起来无比宽敞。它被分成了三个部分,部分和部分之间由两层台阶隔开,台阶延伸得和房间的宽度一样长。最里面有一张小床,外观邋遢破旧,和室内的其他陈设很不搭调,被人用一块帘布遮了起来。观察完这些细节之后,托马发觉他已经逗留得太久了,不再说几句寒暄话很难离开。他询问这附近是否叫不到侍者,因为他病了一场,免不了还需要一些服务。年轻女人缓缓地转过身,她的眼神,一种迷人又忧伤的眼神,停在那扇半开的门上。她要回答他了?他侧耳等待,还带着些许忧虑,不知道在漫长的病期中寂静久了,他还能否受得了一个陌生的声音。这个年轻女人仿佛看透了他的担忧,转过身走远了几步,在几步之外的凳子上坐了下来。托马起初不知道怎么理解这样一种态度。最后,他自己也走了几步,这时他发现,这个房间比他之前以为的还要开阔。它的天花板非常高,由嵌入墙体的柱子支撑,高耸着形成了一面穹顶,人们能看清低处的细节,但是望不到最高处。向上看过以后,他压低视线,发现自己几乎找不回房间的边界了,他仿佛落入了一片无垠的空间,无力地寻找着身边能作为基准点的东西。为了摆脱这种空虚感,他坐上了一张覆盖着天鹅绒的漂亮椅子。他感到这场重病夺走了他太多太多的体力,他已精疲力竭,休息根本没有驱散疲怠，反而让他的四肢更加沉重，愈发难受起来。片刻之后，他陷入了短暂的睡眠，这让他的迷失感愈发强烈，因为他梦见了这个巨大的房间，梦见自己进去了，孤零零地游走，随时都有被驱赶的可能。醒来时，他感觉体力有些恢复，便离开了。

他起初高高兴兴地回到了自己的房间，那里有一种温馨的氛围。可是，他高声呼叫之后就回到了走廊入口处，想尽快知道人们给他派来了什么样的人。走廊尽管又高又宽，却很暗，只有几道光透过两边巨大的气窗照射进来。他等了很久，背靠着墙，脑袋向前倒着，像是在值班的时候睡着了。然后，对面的门打开了，年轻女人待在房间里说："您为什么不回话？我叫您好几次了。"

这些话真的是对托马说的？它们像是说给佣人听的，语气既严肃又无礼。他一动不动，答非所问地说道："我自己也在等侍者。"

年轻女人没有因此停下来思考，她回房间去了，没有关门。于是托马也返回了自己的房间。然而刚到门口他就发现，房间远没有在他发热期间看起来的那么舒适。里面没有椅子，桌子小得有些滑稽，床呢，太大了，还盖着黑白相间的被单，看得人眼花。这是一间病房。于是他不打算在里面休息了，心神被吸引着，便往邻居那儿走去。她正站在门口，双臂自然地贴在身体两边。她还年轻着，但这份年轻没有让相处变得轻松，即便离得这么近，她仍然散发着距离感。

"您终于来了。"她对托马说,"您的服务实在有待改进。"

没想到是这几句。

在给托马留出时间接受和理解她的指责之后,她又说道:"您现在就可以弥补您的过失。别浪费时间,开始做事吧。"

她做了一个手势打发托马,那手势虽然不粗暴,却不容拒绝。接着,她退到了房间的一个角落里,比起第一次见面结束时她坐的那张小凳子更靠后一些。

托马迅速跑出去,到走廊里寻找他需要的工具。他不得不走上好一段路。不出他所料,走廊大得出奇。它几乎全部被黑暗所笼罩,人们走着走着就会发现,它根本不像寻常的走廊,它的外观更像是一个矿洞,看不见矿洞的顶部,一根根木柱或者铁梁的后面就是凹洞、巨大的管道以及深深的矿坑,它们一个挨着一个,简直把走廊变成了寂静的墓穴。托马从一个壁凹里找到一把扫帚、一只桶和一块抹布,开始了工作。地面铺着瓷砖,却覆盖着一层厚厚的土,厚到除非用铲子或者十字镐去刮,否则别想把它弄掉。由于没有那些工具,他就只好继续挥着扫帚,一下一下地扫过地面,那些最粗的尘粒被顺势抛到左右两边。他扬起了一大片尘土,一片气味呛人的红色尘土弥漫在空气里。虽然他对这份工作很是用心,但也很快就到头了。这时,他已经走到了那个用木板取代了瓷砖和泥土的地方,再往前一点儿就是房间。于是他觉得自己的任务完成了。然而,他不想正式通知别人他把活儿干完了,于是继续在两个房间门口打扫,地板上被他无意间扫出了一道道红色的印记。他所担心的很快就发生了,那恰恰是他这番努力的结果。受到声响的吸引——托马的扫帚狠狠地撞击着墙壁——年轻女人走出来,用眼神投来无声的指责;他的外表此刻一定十分狼狈:衣服上粘着扬起的尘土,脸上、头发上也多半覆满了灰;水桶倒在地上,幸好是空的,由上衣的两片下摆做成的抹布浸在黏稠的泥浆里。他料想会有一场严厉的斥责。可是,年轻女人根本不屑于评价一份好坏一目了然的工作,她回到房间,透过门对他发话,仿佛他不配面对面地说话:

"您不在的时候,有一条通知是给您的,和您见证的那起案件有关。他们要您知道,您需要暂时承担那两个员工的工作。"

多么不讨人喜欢的声音!听着它,人们会从一字一句中感觉出某种不容逃避的意味,这意味未必真的属于这些字句本身。然而,人们又为这份判决由她口述而感到庆幸,它原原本本、掷地有声,似乎一旦被宣读便容不下半点质疑。托马对她的话思考了许久,又接着回去工作了,他想把他弄乱的地方收拾好。努力没有多少成效——泥土已经嵌入了木板的缝隙,地板只会越擦越黑——他去把扫帚和水桶放好,然后回到自己的房间,掸掉了衣服上的灰尘。再次进入走廊的时候,他发现对面的门已经关上了。这倒新鲜。门关得严严实实。他把耳朵贴过去,没听见半点儿声响。他又俯身凑向地面,想找到一丝光线,可是一块厚厚的垫子挡住了整个缝隙。和这栋房子里许许多多的门一样,这扇门既没有插销也没有门锁,只能从里面打开。他让额头靠在门框上。一个又一个小时过去了,但他不愿就这么去敲门。房间里没有什么能吸引到他,外面也没有。他体验到一种空虚、悲伤的感觉,比任何一种疾病都更令他难受,令他恨不得隐藏自己的痛苦,连自己的名字都不要记得。这里的一切都那么惹人厌恶!东西都是什么颜色啊!安静成什么样子了!他想要赶走这份安静,可又不愿去找除了自己以外的任何人。过了很久,他双膝跪倒,摔在了地上。

他很可能被里面的人听见了,因为年轻女人——只可能是她,可他认不出她的声音——询问谁在那里。怎么回答?

"替我开门。"他只是含糊地说。

他还没来得及站起来,门就开了。

"又是您,"年轻女人的语气实在令人不快,她仔细地打量他,像是要确认他和之前的是同一个人。

托马知道,自己这一次又不在状态。他几乎躺倒在地,门在打开的瞬间令他失去了支撑,他笨拙地倒在地上,都没法儿抬头看一看面前的那个人。他使劲折腾,慌乱之中也顾不上对方是谁了,只求能帮他一把。年轻女人向他伸出一只手,他终于跪稳了。

"我能在这儿待一会儿吗?"他竟突兀地问。

"您的工作需要您待在前厅。"她搪塞道,"过会儿您或许还要去忙其他客房。"

托马费了一会儿功夫才站了起来,刚才那一摔把他伤得不轻,他仍然需要帮助,刚一站起来就不得不倚靠在门上。他不表态,就这么可怜兮兮地待在那儿,这种犹豫不决的态度只能让年轻女人失去耐心。她先走开了几步,然后又回来,问他是否有什么意见。

"没有。"他回答。

"既然如此,"她说道,"我请您回去工作。"

托马没有抬眼看她,他刚刚看见地板上有清晰的泥土印迹,那是他摔倒和跪着的时候留下的。

他说:"这个房间我还要多处理一下。要把外面的这些泥印擦掉。我马上回来。"

他拿来了工具,开始用抹布擦拭每一块木板。可是泥印没那么容易被除去。他认为工作没有成效是因为自己没有用力,于是他脱掉外套,铆足了劲儿继续干活。地板被擦得锃亮,还是能看见那些印迹,但比起让人不舒服的残印,它们看上去更像是一些闪亮的斑点。他为自己的成果欢欣不已,决定把整个房间都擦一遍,力求让它和外面一样闪亮。这可是一项大工程!房间维持得还不错,但这是表面,如果细看那些家具就会发现,它们就快要磨损、掉漆了。于是,他先从书桌下手。它只是一件客厅家具,由精心切割的轻薄木片组成,手指太粗了,够不到藏在木头凹槽里的那些尘粒。他只好从扫帚上掐下一段灯心草伸进那些雕琢过的纹路里。然而这项工程比他以为的更加棘手:就在他清理那些细小凹槽的时候,他又发现了更多更细微的、起初被忽略的凹槽,当他的眼睛已经分辨不出来的时候,灯心草的草尖却找到了一些肉眼看不到的纹理,它们在草尖的探测下一点一点地显现了出来。草尖很快就不能用了。托马无法抽身去另找一根,于是他请求女邻居借他一枚别针。年轻女人似乎离他很近,很可能就倚在书桌旁监督着他的一举一动,她把一枚细针丢到他手里,他险些没有抓住,毕竟针太小了,靠着自身的反光才没有消失在托马的视线里。托马拿着新工具继续深入那些缝隙。这张纵横交错的网似乎在没完没了地拓展着。他循着一圈又一圈纹路,离起点越来越远,那些兜兜转转就像是迷宫里不同的路,这迷宫没有出口。有时他认为自己走错了,他对自己说,一切都要重来,随后,那根闪着钻石光芒的细针将他带入另一条路,在回旋盘曲之间绕开各种各样的障碍,一路还留下了闪光的痕迹,就像是用来定位的标记。他根本无法估计这项工作需要多长的时间。有时,他觉得仅仅是挖掘一条细窄的槽纹就花去了他几个小时甚至几天的时间,有时,他又感觉自己不过处于工作的开端,还保有任务开始时人们赋予他的全部的勇气。就这样,他不清楚自己已经工作了多久,这时,年轻女人对他发表了意见。是表扬还是批评?因为太过入神,他无法分辨。突然,他反应了过来,她是在对他说:"工作结束了。"好吧,那就结束吧,这样也算令人满意了。他向后退了退,柔和的光线里,他依照模板描绘出来的图案呈现在眼前,每条纹路里都留下了一些从钻石细针上掉落的亮片,变得闪闪发光。这个图案,严格来说并没有什么意义,它就是一个尚未理清的线团,一根根繁杂的细线牵引着目光在无止境的曲折蜿蜒之中寻找由它们构成的图案。也许是一张地图,也许只是一个雕刻作品,随便它是什么。

尽管清理其他家具也是一项注重细节的工作,但他处理起来已经没有困难了,他凭借已有的经验避开了失误,带着满足感发掘出一幅又一幅装饰图案,都是千篇一律的,可它们谜一般的特质将他努力过程中的乏味感一扫而空。没过多久,他就让大半个房间改头换面了,他看看周围:一切井井有条,现在,他可以舒舒服服地观察这个不久之前几乎让他身体不适的地方了。在一处角落里,他发现了一个窗口,破旧的样子令他十分意外。木制滑窗周围的一圈木板已经非常破烂了,有不少地方都是断的,滑轨因为潮湿而裂开了,为了防止护窗板掉下来,有人把它粗略地钉在了几根对角线横梁上。托马试着拉起窗板,没有成功,怎么摇动这套装置都没有用。此时他满怀期待,觉得会突然听见外面的声响。他甚至拉上了身后的布帘,从这一刻起无视这个房间、那个年轻女人以及剩下的一切。他等了很久,什么也没有发现,然而,这阵静默仿佛是一场奋斗的序曲,而这场奋斗注定要粉碎一切阻碍,追上某个遥不可及的人。终于,响起了一个声音,它似乎很近,但仍然很微弱。需要秉持一种信念才能听到它、锁定它,不把它和它自身的回音相混淆。它让托马想起了他踏进这栋房子时听见的叫声。他听着它,心怦怦地跳,仿佛它重复了他自己在某个遥远的过去大声说出口的抱怨。在窗口侧耳倾听了一阵,他发觉声音就来自这个房间。他猛地拉开帘子,眼前是那个年轻女人,她正站着,在通向房间第二部分的台阶上。

"我请您原谅。"他说,"我不知道您叫我。"

"我没有叫您。"年轻女人回答,"不过既然有机会和您说句话,我想向您指出,您感兴趣的那个装置已经不再使用了。因此,您尝试修好它是没有意义的。"

"不用了?"托马一脸惊讶地说道,尽管他已经亲自验证过了,"我还以为您是通过它接收到关于我的那则通知的。"

年轻女人耸了耸肩。

"总之,它没用了。"她说,"所以您不用管它。如果您实在不想闲着,这里还有其他工作需要您。"

"哪些工作?"托马依然一脸惊讶地问道。

年轻女人用手指着房间,没有直接回答;就是他刚刚一丝不苟地打扫过的房间。是他遗漏了什么吗?他重新检视了地板、家具、帘幔、柱子,没有检查出任何疏漏。当然了,房间的穹顶肯定不会非常干净,但他几乎看不到那里,它太高了,而且实在不重要,他没有任何方法可以够到它。

"您想说的是天花板吗?"他问。

话一出口他便后悔了,因为就在那一刻,他发现靠着墙壁垂下的帘幔里藏着一个绳梯,很可能就是给人们打扫高处时用的。梯子一点儿也不新,有几节已经潮湿发霉,不过,在梯子旁边有一条结实的绳子,上面打着一些可以用作支撑点的绳结。托马一手抓着扫帚和抹布,一手攥着绳子,缓慢地向上爬,视线望着那片帘幔,它的每一条褶皱都泛着银色的光泽。大概爬到一半的时候,他抬眼往上看,发现这架梯子并不能到达这个房间的顶部,它是由两个挂钩固定在一个柱头上的,柱头的下方还高耸着一个立柱。问题到这里其实就解决了。然而,他以爬到极限高度为荣。于是他继续向上。爬到柱子的上楣时,他再次伸头去看自己的位置。此时,穹顶似乎很近了。他和最近的几个拱梁只隔着十几米的距离,也许再稍微远一点。至于这些拱弧的顶部,托马不知道它到底在哪里,因为它的石块那么白,那石块闪耀着一种光芒,只会让人觉得自己离那些光线十分遥远。清洁起来肯定麻烦。想着自己的任务,托马感到一阵头晕。

为了恢复平衡,他紧紧抓着柱子,坐到了柱檐上。从高处落下的光线里有某种冰冷的东西。它不抗拒托马的目光,相反地,它诱惑它,随后却没有任何施与。在欣赏过这份应允的光辉之后,托马的目光自觉受到了轻视,便只投以厌恶和苦涩。穹顶到底在哪儿？晶莹的粉雾不介意目光，它兀自散作数不清的细点，又不断重新恢复成粉雾，人们会问，那片粉雾的后面是否真的存在着石块。也许，那些拱梁在向顶部延伸的时候就断了，被人们当作拱顶石的那个部分其实只是一个巨大的开口，日光通过它倾泻而下。托马倒想对着那日光说说话。他也许会说，它照着他也是徒劳？他难道不会告诉它，看不到征兆，没有一句清晰的指引，也根本不明白自己为了到达这里而不断付出的努力究竟有什么意义的一个人还不算彻底迷失？他继续看着高处。荒唐、愚蠢的想法。谁会明白他呢？谁知道他的经历呢？不管自己是否完成了工作，他径自爬下了梯子，脚刚一触地，便听到了年轻女人的斥责。

"您这就回来了。"她说，"我一直看着您呢，我对您的热忱太满意了。您完成工作的方式只配得上赞美。"

托马气喘吁吁，却淡定地回答道：

"您的赞美也许是讽刺吧，很可能隐藏着强烈的不满。不过，如果说我的工作无法达到您的要求，我也只负有一部分责任，毕竟我没有得到一套能向我解释清楚的指令。我能怎么办呢？"

他仔细地盯着她，他看见她一直停在台阶上，她在犹豫要不要下到房间的第一层来，她似乎更倾向于离开。她难道不是要一走了之吗？他应该争取留住她吗？也许他应该试着和她说话或者向她走过去。为了让她满意，他又开始工作了。

他把梯子藏进帘幔的褶皱里，围着房间走了一圈，边走边擦掉自己那些有损地板光彩的脚印。他走到了门边，门还半开着，一股走廊的微风吹了进来，他很想把身子探到门外去，可就在这时，他听见了年轻女人的动静，发现她根本不关心他再一次的努力，正准备要离开他。他冒着怒气，把所有工具都扔到了走廊里，并且用浑厚的声音说道："留下，我请求您。"

话音似一道响雷，在整个客厅里回荡。他也吓了一跳，仿佛是他自己收到了一个可怕的命令。他不敢转身，轻轻关上了门，摆好了迈开大步的架势，决意不看身边事也不想将来路。然而，过了好一会儿，还是没有任何人来找他，他感到奇怪，凑到门锁边上，这才想起门是不能从外面打开的。这是个疏忽！他连忙去挑动锁闩，转动钥匙，可是，他是不是弄乱了门锁里的什么构造？还是他已经笨手笨脚到连最简单的操作都做不好了？他没能转动门把，还弄伤了手指头。他更加仔细地把门检查了一遍，没有找到故障的原因。这时，他默默地待在那儿，知道门里里外外都关上了，慢慢地意识到眼前的情况对他意味着不幸。他垂着脑袋，坐到扶手椅上，闭着眼睛酣然入梦。他看见客厅还是原来的样子，可他没能清静地睡上一觉，他发现地板是倾斜的，各种物品正滑向台阶和房间的第二层。他自己也受到了地面倾斜的影响。莫名其妙的晕眩！他仿佛被带入了一种缓慢的运动之中，被迫转向广阔的空虚之境。

年轻女人将他从梦中叫醒,让他把矮凳拿来。他迅速站起来,尽管身体酸痛,还是轻巧地踏上了几节台阶。他这位邻居的半个身子都被一个书桌挡住了,那个书桌比前一个客厅里的更大、更气派,她正埋头翻阅一本册子,脚上盖着漂亮的白毯。就在他一下子坐到凳子上的时候,她慢慢起身,对他说道:"您在这里不合法。"

她走过来,他喜不自胜地看着她。"多么严肃的表情啊,"他在想,"至少,人们不用浪费时间乞求她的怜悯。这是个机会,她这个人不会绕弯子。"她走到了他身边,他不得不抬起头去看她。她真的非常年轻,她那严肃的神情被衬托得愈发明显了。他心想:"终于遇上了一个好心人,她不会任凭我绝望下去的。一切很快就能解决了。"可她似乎没有那么急。她的目光不时落在他的身上,可一会儿她又把他给忘了。于是,他使出最后的力气站了起来,就站在她面前。他觉得她的脸变得大极了,那些他本以为能认出来的五官此刻一个都无法分辨了。她突然靠近,扑向他的脸,嘴唇轻轻地碰了上去,像一头幼兽,一下一下地动着舌头,想要汲尽这一汪泉水。接着,她疯了似的搂住他,一只手摁着他的脸,另一只手紧紧抓住了他的脖子。她的手虽然比较小,却十分有力,完全就像一把钳子,稳稳地夹着他的脑袋。"很显然,"托马心里在想,"这一切实在不怎么舒服,但还是做完它比较好,受些罪就受些罪吧。"想到这儿,他壮了壮胆子,年轻姑娘正准备疯狂地啃咬他的唇，像是要吸干这个涌着假话的泉眼，这时，他主动一把将她拉进怀里，他要向她表明，他完全同意接下来的事。这是对他来说永无止境的片刻。他绝望地挣扎着，不为了生活，只为终结这生活。他用浑身的力气压住她的胸部，他在寻求人们再也无法向他隐瞒的、唯有在那里才能找到的最后的说明、最后的阐释。有时，他们会停下来，用奇怪的表情看着对方。然后，他们又继续在地上翻滚，一会儿撞上凳子，一会儿撞上书桌，彼此缠绕又彼此推开，伴随着一阵阵呻吟，全部都是一些无法理解的呓语，他们沦陷了，在他们试图得到的污秽的罪罚之中迷失了，不向往光明，在越来越深的黑暗里，再也没有手和身体来相互触摸，在不幸与绝望的世界里，一种撕心裂肺的转变驱使着他们。最后，托马听到了笨重的书桌发出的声响，它在最猛烈的一次撞击之后倒下了。托马惊恐地想到，鉴于他们这种盲目的战斗，一切也只能这样结束了：在他们迷失到那种程度之后，他们本可以干脆滚到台阶下面去的。他还产生了一种满足感，因为再次睁开眼睛的时候，他看见房间里没有其他狼藉的痕迹，只有凳子倒了，至于毯子，那些珍贵的毯子——逃过了这场浩劫。他感到自己被囚禁了，投降于一种陌生的感觉，那里有倦意，有安宁。休息只持续了片刻，他闭着眼睛，身体放松，他对自己说，他从非常遥远的地方回来，再也不追寻什么了。他也把手搭在年轻姑娘的手臂上，安宁带来了焦虑，他很想知道，在这段如此漫长的、无人知晓的旅程中,他到底能做些什么,可他又想到,算了,这不重要,反正旅程已经结束了。看着他轻轻触碰着的手臂,他反复念道:"她为什么就不能是一个普通女人呢,和其他女人一样,在她面前,我可以忘掉烦恼,让自己惬意地休息,重新变回原来的我呢?她和那样的女人能有什么不同呢?我不能紧紧握住她的手腕吗?她难道不是我的吗?我不是睡着了吗,就在刚才,在她的身边?现在,又有谁会把她从我这里夺走呢?"这些想法都太叫人安心了。他已经很久没有感受到这样的平静了。"而且,"他又看了看房间,在心里说道,"面对这么美丽的建筑,我还有什么可指责的呢?这是一栋了不起的房子,我就算做梦也绝对找不到这样宏伟的住处。在安静这一点上,它也堪称完美。没有人质疑我入住的资格去,没有人要我出去,相反地,人们接纳了我,还对我和颜悦色。即便一开始有这样那样的批评,它们也没有什么实际的影响,很快就被忘记了。所以我为什么要不安呢?"他眯起眼睛,仔细看着她伸过来的手指,它们纤细,呈玫瑰色,还带一点肉感,仿佛它们从未碰过任何用品和工具。这只手真美,他愉悦地按了它一下。

这份赞美似乎没有让年轻姑娘反感。

"我无意困扰您,"她对他说,"但我必须问您一个问题。您是否也用这双眼睛看过芭布的手臂?您不认为它们很可爱吗?您当时有什么印象?"

怪问题。

"芭布?"托马出了神。

"是的,"年轻姑娘说,"芭布,就是那个女仆。您一定认识她,她是您的朋友。"

托马不想回答任何话,他有一种感觉,一旦他面对那段回忆,他就会突然失去保障,尚能支撑他活下去的一切都会消失在眼前。

"可是,回想她是非常有用的。"年轻姑娘接着说道,"是时候比较一下现在和过去了,这是个非做不可的重要选择。""但也许,"她补充道,"您更愿意保留您的看法。"

托马努力地想要记起那位女仆的长相。这不容易。她每次出现,情况都迥然不同,再加上两位员工的叙述——他们对她有过一番令人难忘的形容。这些记忆要怎么归类?

"这个决定似乎不容易做,"年轻姑娘又说,"您当然有理由慎重。您慢慢来,重要的是做出恰当的判断。"

托马想问这是否真有那么重要,他的选择会让现在的局面发生什么改变吗?他的选择会让他有办法回到他出发的那一刻吗?不,显然不会。然而,由于他不能把这些解释说出来,他对任何事都没有说"不"的自由,于是他低声答道:"我的选择是这里。"

"太好了。"年轻姑娘说,"您说什么我就信什么。就我个人而言,我会忍住不过问您的理由。可是,事情不得不按规则来办。稍微解释一下您的选择吧,不会再有别的问题了。"

托马十分为难。关于那位女仆,他只剩下一个模糊的印象,不仅如此,他也无法解释自己的偏好基于什么样的感觉之上。他不能严肃地谈论它。年轻姑娘很美,可他对她的偏爱并非因为美丽。是因为她那份令他着迷的严肃,那种令她举手投足都带着前所未有的价值的神情吗?不,那其实更叫他害怕。也许他此刻站在她的身边仅仅是因为她在这里,她的优势仅仅来自环境的庄严、他的疲惫和孤独?这些都太蠢了。

大概是对这阵长长的沉默感到了失望,年轻姑娘向后退了退,收回了手臂。托马感到来自她身体的接触消失了,心想:"这下更糟。现在,我什么比较都做不了。"于是,他不得不对她宣布:"您别走开。我会告诉您全部的理由。"

他很高兴地发现她接受了自己的请求。一段时间里,一切又归于平静,甚至可以说,那是重新寻获的亲密感。他完全陷了进去,他真的相信自己通过凝视留住了她,他眼里没有别的心事。当他听见她说话,他一下子慌乱了,她的声音极其温柔,脱离了严肃的语气,仿佛严肃不足以突显她话语的重要。

"我一点儿也不怀疑您的诚意,可您的沉默还是让我惊讶。除我以外,所有人都会认为它实际上是一种冒犯。只要对您完全自愿的选择说几句没有多大意义的客套话,就能证明过去已经成为过去。要怎么解释您在那几句话面前的犹豫呢?是不是有一段回忆在困扰着您?我在这里是否妨碍您厘清自己的思绪?请至少告诉我您为难的原因吧。"

这番话让托马陷入了困扰，他的心情难以平复。多么温柔，多么体贴！那是在用什么样的语调对他说话啊！他从来没有听过如此顺耳又令人信服的话！这些话，托马简直想要与它们融为一体，这样就能了解它们全部的温柔，让自己变得和它们一样真实，一样完美。他面向年轻姑娘，打算向她表达自己的满足，还想让她明白，至少通过一个动作，明白他答应了她。一个动作应该够了，言语是多余的。一个动作，甚至一个面部表情，一个眨眼，也许就昭示了一切。她不可能接收不到他的祈祷，她不可能读不出他脸上满满写着的他对她的需要，以及他在困境之中早已选择了她！就在他慢慢挪向她的时候，她站了起来，说着："过了这么久，我们毫无进展。但我们还是需要做一个决定。我就当您的沉默意味着您想要我来做主，您想要避免再犯下任何错误。那么，请信任我，我会帮您把事情变得简单。"

她走了几步，最初还有一丝犹豫，之后便越来越坚定。她一个人收拾好房间，扶起笨重的书桌，把凳子搬到脚边。她捡起那本册子，坐下来，在上面贴了一张标签，托马看见上面写着一个名字——露西，可能就是这本册子的主人。他不能不看着她，好像如果此刻看不见她，就会造成无法估量的严重后果。她离他有些远，他找不到与她接触、依偎时得到的安全感。他现在唯一能做的，更需要做的，就是不让她从视线里消失。她从册子里撕下一张纸，一笔一划、用力地写了起来。看起来,她的关注点既不在于词语的选择,也不在于句子的调整,她尤其专注于字母的细节,与其说是在写,不如说是在画,粗笔、细笔、标点以及各种音符都有它们完整的价值。做这样一件事情是需要时间的。尽管托马知道她是为了他,也知道这番功夫一定会有益处,可他自问,他从中获得的帮助是否真的能够补偿如此长久的距离感带来的烦恼。他的双眼已经无法像之前那样坚定不移地看着她了,凝视没有带来宽慰,它变得机械、乏味,它没能让托马离他眼前的事物近一点,反而让他意识到了他们之间相隔的距离。终于,年轻姑娘抬起笔,看了托马一眼,像是要确定他一直在那儿。她说:

"这下,我们的困难都解决了。"

这是句好话,但似乎说早了,因为她把刚写完的那一页小声地读了一遍,读过之后就陷入了沉默,仿佛在掂量它的好坏,不知道究竟该做出什么评价。最后的结果是否令她满意?托马猜不透。她只是温柔地对他说话,话里有一些保留,语气是人们要病人对一则坏消息做好心理准备时会用到的那种:

"我要给您读一读我替您写的声明。如果您觉得可以,就签个字,事情就了结了。"

听到这里,托马非常失落。他原本还期待着她亲自把声明交到他手上,他们会一起读它,他们之间的分离将会结束,取而代之的是在这些文字保障下的更深的亲密感。这些都没有发生,又有了新的托辞,眼下的状态又被延长了。

年轻姑娘没有留意到他的失望，读了起来：

"为了消除我过去生活中某些事件可能引起的误会，也为了预先谴责关于那些事件不正确的、不怀好意的阐释，我认为有必要作出以下声明，有且只有该声明与事实相符。""我当然是在以您的名义说话。"年轻姑娘突然停下解释，然后又继续读道，"我进入这栋房子，决意不破坏它的规矩，长居于此直到人们不再愿意收留为止，如果可以，我将合乎理法、与邻为善地在这里死去。初入此地时我便意识到，秩序与公正是这栋恢宏楼宇中一切规则的来源。我既未见过员工擅离职守，也未见过房客心怀不满，我欣喜于此处的待客之道，深知自己何德何能受到如此优待。每每与陌生人交流，我便感激于他们的金玉良言，唯有终日遵守才能满足自身。此外，考虑到我在与这些美德之人共同生活的过程中收获了益处，秉持着与谦逊、纯真、正直为伍的信念，并且在这些榜样面前、在庄严的律法之下不致行差踏错，我有必要在我生命中一个尤为重要的时刻，将这诸多恩惠写成一份庄严的证明，以感谢那些将它们赐予我的人们。"

朗读完毕，托马看见年轻姑娘并不打算回到他身边，她工作结束，正在休息，两只手放在书桌上，什么话也不说。于是，托马努力想要站起来，可是不行。刚刚那一会儿，他消耗了许多力气，尽管他刚才就已经十分虚弱了。这太不巧了，但他没必要为此伤心。不能昂着头体面地走到她面前，托马也许可以在地上拖着身子挪过去,也许这个痛苦的姿势会令露西决定来到他面前。他立刻开始行动,发现自己的两条腿几乎麻痹了。他用两只手臂撑住地面,好让身体的其他部分往前滑,还不得不时刻抬着头,好确保自己在正确的方向上前进。然而,尽管遇到了始料未及的困难,尽管一想到双腿几乎麻痹就让他对未来产生了一种隐隐的不安,他仍然感觉自己充满了希望,疲惫也不要紧,他很快就到了书桌边。还没喘上气,他就有些结巴地说道:"我,在这儿。"不仅仅为了让她知道他来了,也是为了说服自己,就好像这是一件不可思议的事情似的,这么做还能让他完整地品尝到胜利的喜悦,为这场冒险画下句点。年轻姑娘递来了那页纸。

"把名字写在下面,"她说,"字迹越清晰越好。签名再怎么仔细都不为过。"

这个简单。声明的内容占了整页纸。底部的一个空白的矩形里,留着一大块区域用来签名,一个箭头从纸的右上角开始一直划到纸的左下角,视线便一下子被吸引到了这个位置上。这样,当人们手里拿到这张纸的时候,人们很可能会认为那里是文章最重要的部分。为了表示自己有多么重视这项任务,托马询问,在交出最终版本之前是否可以让他练习几次。"当然。"年轻姑娘说着就从本子里撕下几张纸给他。面对那张已经用漂亮的字体层层叠叠地写下了一些单词的纸,他练习着勾勒一个又一个字母。开始的几个字母几乎无法辨认,因为他的手受到之前疲劳的影响仍然很不灵活,它颤颤巍巍,写着一些歪歪扭扭的字体。但练习很快就有了成效,不一会儿,他就宣布自己写上了瘾。选好样式之后,他立刻着手起草自己的名字。第一个字母写得很好,显眼地摆在矩形空白处。这时,他渴望看见年轻姑娘分担他的欣喜,还想确定她会喜欢,于是他问她是否认得出他的名字。

"如果您写得再快些,"她对他说,"我现在就已经认得它了。"

托马从这回答里听不出别的内容,只觉得是在要他做得更好。而露西的催促在他看来是个好兆头。

"好吧,"他说,"我不会再浪费时间了。不过,您能不能替我把那些字母一个一个拼出来?这会帮到我的,因为当我在写其中一个的时候,我就不会去想其他几个,我把它们整个都忘了。"

露西摇摇头。

"我已经认真地告诉过您了,"她说,"您的名字现在还没写出来。快点签吧。"

托马思考了一会儿,重新拿起钢笔,正如别人要求他的那样,然后,他突然发觉,自己的任务已经变得荒诞、可笑了。他现在为什么要签字呢?她不知道他是谁,这不过是一出可怜的闹剧罢了。不需要他的名字,其他任何一个名字也能把事办成。他把纸还给她,上面有他名字的第一个字母,唯独在她眼里,这个硕大的字母与一个词同样重要。她似乎要赋予它在其他字母的搭配下才可能拥有的意义,尽力想把它温柔地念出来,这样的表现只能令托马更加遗憾罢了,他觉得,她本来可以带给他莫大的宽慰,只要她念出他的名字!

"这份不完整的签名可不太能让我满意,"她说,"不过时间紧迫,我们还有很多事情要弄清楚。您的这份声明针对您的过去,能大致上帮您挡去房子里各个楼层可能向您提出的要求。这下您更自由一些了。不过,核心问题依然存在,毕竟您始终是一名员工,在这个身份下,您和我住在一起势必会受到极其严苛的限制。如果您找不到逃避规矩的办法,我就只能请您离开了。"

确实如此,托马料到了。但由于实在太虚弱,他无力去想这个可怕的前景,他用尽力气说道:

"我不是侍者。"

"看吧,"露西说,"我就说嘛。看到您辛辛苦苦地折腾我那些家具,我就想到这一定是别的员工的失误或者玩笑。既然如此,您的处境更加明确了,不过也没有好一些。我现在是没有理由要求您离开了,但您自己也不再有任何理由待在这儿。您是用非法的方式进来的,虽然您没有直接滥用我的信任,可您脱不了干系,您心里已经这么想了,您早就认同了类似的行为可能导致的结果。所以,我们必须分开。"

"如果我真的是侍者呢?"托马问。

"您是还是不是呢?"年轻姑娘说,"您想要我怎么回答?反正我的回答,不用说,肯定直接取决于您的身份。如果您是侍者,我不知道接下来会发生什么,不知道您的存在会致使我做出什么样的决定,因为您很可能会变得完全不同。原则上讲,让您待在房间的某个昏暗的角落里倒也不是绝对行不通,只要别提醒我您在那儿就行了。不过,我们之间的一切联系都会被严格禁止。无论如何,这个假设都没必要再去想了,人们是不会对这么一份言之凿凿的声明改口的。"

"我该做什么呢?"托马虚弱地问。

"很遗憾,"年轻姑娘说,"我只看到了一个解决办法,您走吧。您不致力于服务工作,这个事实在某种意义上消除了我们之间可能存在的大部分障碍。和一个身负任务的男人不可能发生什么私情,而您,您是自由的,从这个角度来看,这还不错。然而这个优势,这个巨大的优势,您要相信,它在不能给您带来太多安慰的同时,还会带走一切允许您住在这里的借口,偷偷留下也不行。您自己心里明白。拥有了自由,您怎么还能真正地援引什么义务、什么权利来延长您在这里逗留的时间呢?要根据什么限制来证明您的存在有且只有一种理由呢?您能说是因为您必须留下吗?不能,当然不能。这个情况在我看来是无解的。"

托马几乎面向着书桌,余光里看不到那扇也许将要为他再次打开的门,但他想到了它。

"我不能离开这个房间。"他一边说,一边指着那张被年轻姑娘梦游似的叠了又拆拆了又叠的纸,"根据那张我刚签好的、禁止我回到过去的声明,这栋房子的其他地方对我而言都已不复存在。人们也许会拒绝接纳我,我会找不到落脚的地方。这么说来,因为我曾走过,所以一切都已经覆灭。这个问题您想到了吗?"

"这是显而易见的,"露西说,"而且您大概还不明白它到底有多严重。当您与您在这里遇见的所有人礼貌却决绝地告别之后,您在这栋房子的其他任何地方都成了不受欢迎的人。过去消失了,您最好不要再对它抱有幻想。不仅如此,这个房间恐怕也不能接纳您,毕竟它不可能独立于其他房间或者其他楼层。您在这里也快站不住脚了,我一个晃神,就看见您半个人悬在空中,颤颤巍巍地挂在檐口的边棱上。""别担心,"发现自己的话把托马吓得不轻,她补充说,"这只是一个想象,您不会真的有危险。但这就是您现在的处境,您不需要为此心痛。这样的处境完全是您的荣幸。"

"真的?"托马羞怯地问。

"您的声明太美了,"年轻姑娘一边说着,一边用那张纸轻轻地拍着桌面,"它把我用力地推向了您。所以,无论会带来怎样的麻烦,它在您眼里都应该是满足与快乐的源泉。我甚至打算把它交给您一会儿。这不合规矩,但它能安慰您。我感受着您勾勒的字母在纸上留下的起伏。您用一种美妙的方式刻写了它。这是一份真正的契约,只属于我和您。"

年轻姑娘把声明摆在书桌的一角,用一个大号的玻璃墨水瓶压住,忘了还要给托马看。就在托马准备提醒她的那一刻,她凑过来,用钢笔的一端碰了碰他的肩膀。

她说:"您能不能从后面看一眼?好像到晚上了。"

托马只能躺着,他稍稍抬头,看着第一个房间,他发现一道明亮的光线落在某些家具的珠光和银质的装饰上,它们被照得熠熠生辉,唯独帘幔依旧黯淡着。

"没呢,"他转过身说,"离天黑还早。天色没有暗下来。"

露西仔细听着,然后神色不安地问他:

"必要的时候,您能证明您出现在这个房间里是合理的吗?"

"可以啊,"托马说,"这再简单不过了。虽然我不是侍者,但我也同样离不开您。"

"这是真的?"她说,"我也是,我非常依恋您。您的目光干净清澈,您的手又大又漂亮。我多想看得再近一些啊。您能不能起来?"

托马想,有她帮忙,应该是可以的。

"等等,"看见他动了动,她说,"首先,您必须知道您面对的是什么。感觉总是简单直接,可如果人们盲目地跟着感觉走,很快就会变得轻率、冒失,这很危险。如果我们的交往是认真的,您就需要承担各种责任,这些责任,您只能欣然接受,因为它们将会证明我们之间的爱恋是坚不可摧的。您想听我介绍一下吗?"

托马点点头。

"太好了。"她说,"当然,我不打算把我们必须同意的所有条款都巨细无遗地告诉您。这会很枯燥,我的自尊心会受不了的。至于您,您也许会有一些建议。我举几个例子,我现在想要您知道的全部内容就是这些。首先,我会要求您尽可能地少说话,语言在我们之间是无用的。它可能是您疲劳的原因,也是我烦恼的源头。正因为这栋房子只是一座巨大的音响的囚笼,里面的每一个人都能听见其他人说的话,我会不断地感觉到我们依然身陷于拥挤的人群,您替我保守了一些秘密,您同时渴望利用这个机会让您的旧相识们都从这些秘密里获益。没有比这更让我难受的了。我呢,我最终会认为您仍然在底层,这必然不利于我们的交往。第二,我请求您不要看我。我们彼此还十分陌生,不管您有多么想让我开心,您都无法看见我原原本本的样子。当您的眼睛看向我时,它们会停留在一两个细节上,唯恐失去似的紧紧盯住,可它们捕捉到的仅仅是用不完美的记忆拼凑起来的模糊的近似物。所以我能肯定,您现在对我这个人的印象是完全失真的。您认为我高大、有力、举止威严,然而我其实很娇小,手无缚鸡之力。我既不是鹅蛋脸也不是长脸,如您想象的那样,我的脸又瘦又宽。还有,我的嘴巴诚如您印象中的那样小,但我的嘴唇厚实、丰满,是殷红色的,这似乎没有给您留下深刻的印象。至于我的手,我不用说什么了,您差不多看到了它们本来的样子。您不需要为这些错误负责,但如果您不立刻断绝这些错误的源头,而是固执地想要把它们一一纠正,那么这些错误只可能继续引发一连串误会。您会从一个错误陷入另一个错误。人们有时候说,在我身边站着第二个'我',这个'我'待人更加亲和,我把接待朋友的任务交给她,朋友们的目光也自然而然地落在她身上。我很肯定这是个无稽之谈,但它能告诉您,想要见我的渴望与被这视线欺骗的感觉将会导致什么样的争论。如果您继续观察我,您很快就会发现,我本人也不是一成不变的,长此以往,您自己也会开始怀疑我的存在,您的怀疑会增加我们的矛盾,我将无端受到折磨。这一刻起,我就察觉到了,这很痛苦。您的目光不断让我感觉到我对您来说是不存在的,您并没有注视着我,您与另一个人缔结了情谊,这当中没有我。您的倾慕,您对怜爱的需要,您的友好,这一切的对象都是谁?天啊!都是那些您在我面前看见的幻影,是您的眼睛无意中寻获的图像,尽管您承诺过我。"

露西停了一会儿。托马仍然目不转睛地看着她。

年轻姑娘对他说:"当我发现您是多么喜欢看我的时候,我责备了您,这让我也很痛苦。但就冲着您不顾一切地想要看到我,为了您,我必须这么做。请您从现在开始不要看我,如果您觉得把头低下太难受了,您可以看我的影子,它一时半会儿还能看得见。夜晚不久就要到了,如果它给您留得时间太短,我会为您开一盏灯,即便在黑暗里,您也能知道我在。现在,我希望您注意听契约的第三条。""您准备好了吗?"她问道,仿佛她需要托马的同意,双唇才能谈及这个问题。"好的。"确认了托马一直在听,她继续说,"我再说几句就结束。从我们的关系生效的那一刻起,您就有义务不再想起我。义务很严格,没有回旋的余地。这条禁令尤其针对情思,您也许会渴望向我传达您的爱恋,您的脸上会流露出思念的情愫,它们会令您的存在拥有一种真实感,这完全不适合您目前的艰难处境,您应该要适应这样的处境。在必要的情况下,我必须能够证明您不在这里,甚至声称我不认识您。为此,您在律法层面的'缺席'就必须和您现实中的'缺席'在一定程度上保持一致。所以需要谨慎。如果您继续在心里念叨我的名字,或者每时每刻都琢磨我在做什么,那么你的五官、您的动作,甚至是您的衣服,都难免泄露您心中的感受,这些感受到了充满成见的观察者那里就会得出这样的结论——如果您在想我,那是因为您就在我身边。到那时,我也只能同意这种看法。反过来想,您严格地听从我的要求又会怎么样呢?我看到的全是好处。首先,现实地说,您的情况会有不少改善。通过放空您的脑袋,您人格中保留的那一小部分粗鲁、甚至低俗的东西会逐渐被消除。您的五官会精致起来,变成更适合它们的样子。您的眼睛会更温柔、更深沉。人们现在之所以对您既不想看也不想听,是因为以前看着您或者听您说话的时候,被您那些疣子、一点儿也不悦耳的大嗓门还有极其突兀的轮廓吓得不轻,但这一切都会消失的。您会有一个完美的外表。自己的感官停留在您身上,但您的存在既不会令它们受伤,也不会感染它们,知道这一点实在令人舒心,尤其是对那些像我这样不会看您的人来说。另一个好处是,我将会非常确定您属于我,我们的亲密关系不会面临任何麻烦。不要想我,这就等于在没有任何人或事能将我们分开的情况下想我。当您不向我呈献某些特定的想法时,您给予我的将不仅是您所有的想法,不仅是您整个的思维和关注,还有您的分心与疏离。您会使我与一切'是您'保持距离,让我有机会接触到全部的'非您'。这就是我对您的要求,因为我想要待在您身边。无论是沉默、黑夜还是休息,都不能阻碍我们的情谊,我们会在这个房间里找到一个睡觉的好地方。"

托马撑住桌脚,再一次挣扎着想要站起来。双腿无法弯折,这让他非常气恼,但他想,如果够得到那块写字用的桌板,他就会牢牢抓住它直到他完全站起来为之,就算这小桌板砸到他身上他也不会松手。书桌很沉,本来,只要年轻姑娘在旁边扶着,他就不难站起来。可她偏偏走开了,以免被那一串危险的晃动连累,然后,她高高地站着,对托马投下关切的目光。与预想中的情况截然相反,书桌竟没有倒,它稳稳地贴着地板,比想象中还要牢固,说不定年轻姑娘扶起它的时候就把它钉在了地上,可能是别的原因引起了那串晃动,比如风,外面肆虐的大风灌进房子里,在这个地方引起了严重的摇晃。一站起来,托马就开始思考露西刚才的话,但片刻之后,他感到自己其实打了个盹儿,因为年轻姑娘的高声喊话把他吓了一跳:

"谁在那儿?谁敲的门?"

然而,好像没有人敲门。四周甚至更加寂静了,刚才还偶尔能听见远处的一些声响,隐约能想见房子里的人来人往。现在,着实一片平静。

"没有人,"托马仔细听过之后说道,"您要等什么人吗?"

他这么问,只是为了表明这样的假设本身十分奇怪。

"可是有啊,您听,"露西说,"有人敲门。"

托马又听了一次,这次听到的不比第一次多,他一丝声响也没发现。确实,比起收听走廊里的嘈杂声,面向书桌的这个方位更方便他去听卧房里的动静。对于年轻姑娘的看法,他提不出有效的质疑,于是他保持了沉默,也不打算陪她一起等。至于露西,她也改变了态度,为了让托马忘记她刚才的心不在焉,她用一种充满希望的口吻说道:

"这回,黑夜不会再让我们久等了。前厅已经罩上了一片浓雾,从玻璃窗里透出了守门人刚点亮的一丛丛火光。我要去铺床、关门了。待在这儿,直到我回来。"

托马本想对她说:别管这个房间了,它根本不需要打理,要照看它也不在这一时。但他觉得这样的建议可能不太合理，而且，既然他不能再履行侍者的职责，他就应该感激年轻姑娘替他完成那些任务。至于黑夜，肯定是弄错了。这里反而比他刚来的时候更亮了，那片暗雾也可以用其他许多原因来解释，房子里糟糕的通风条件就是其中一个很可能的原因。况且，如果黑夜真的降临，可能不会掀起阵阵狂风来撼动房顶，把每根拱穹吹得发颤，一切应该会更加宁静。走出几步之后，年轻女人突然转身说道：

"我们的谈话是最有用的。您完全明白了我想要说的，而且我感觉我在每一点上都与您的意见一致。所以，不要失去信心。您的忠诚会得到回报的。"

托马听着她说话，她又准备要走了，他能听到她的脚步声，直到风声袭来，盖住了最后的回响。寂静中不时爆发出嘈杂的声音，让人联想到蹩脚的工人们在进行拆除工作。嘈杂声驱散了本就空落落的平静，显得更加深邃，更加荒凉，更有一种遗世独立的漠然。"我大概是迷路了，"托马心想，"我再也没有力气走到最后了，如果说我还能克服虚弱再坚持一会儿，那是因为我不是一个人，可现在，我再也没有理由继续努力了。与目标近在咫尺却无法触及，这当然叫人悲伤，可我能肯定，如果我走完最后的路，我就会明白我为什么会白白浪费这么大力气寻找我找不到的东西。这是噩运，我会因此而死的。"他重重地倒在了地上，他只能用一只手护住他的脑袋。

他刚回过神,就听见了自己的一声声心跳,突然,他听见远处传来了一个金属的声音,像是门锁的吱嘎作响。他把这个声响当作是刮风导致的屋架摇晃。是有人在开那扇门?他从双臂之间稍稍探起头,发现他这一摔已经摔到了这一小段楼梯的第一个台阶上。这不是安慰。这样劝诱他迈出最后几步,更像是一种极致的侮辱,他已经在地上为自己掘坑了。就在这时,门"吱嘎"一声打开了,尽管他离得远,还是闻到了外面湿润、冰冷的空气。"我没有合适的钥匙,"他对自己说,"没有必要的工具,我怎么能完成我作为侍者的任务呢?我实在没什么好自责的。"门没再关上,于是他想,年轻女人没有离开房间,她正在犹豫要不要跨出门去。还能继续提出几个猜想:也许她不打算出去,只是想要给房间通通风;或者,她很想把刚才敲门的那个不速之客打发走,以此显示自己坚守着与托马之间的承诺。他这样想着,这时,不出意料地听见了一阵人声。谈判开始了,而且还会持续一会儿。这个前景鼓励了托马,他试图趁着这段时间抓住台阶的边缘再挪几厘米。他先伸出手臂,扯住了一块布,把它用尽全力地拉向自己。在不懈的努力下,他的脑袋终于挨上了一个毛茸茸的小圆毯,毯子散发出一股又浓又呛的气味,像是胡椒粉的味道。他把脸靠在上面,由于不用再接触坚硬、冰冷的地板,他感到了欣慰。"谈得怎么样了?"他心里一边想着这个,一边不由得去想那个年轻女人。他一直能听见那些声音,一个男人苛刻、含糊的声音，以及露西那鲜明的低音。这其中大概是有一些重要的利害关系，他仔细听着一轮又一轮你来我往的对话，它们仿佛是大风混乱的呼号。像是要强迫托马加入谈话，年轻女人对他喊道：

"是找您的。"

然而她迅速回来了，身后不出几步就是那个来访者，他因为要关门，所以慢了些。托马等着她站到自己身边，还没有为这件不寻常的新闻感到焦虑。可她先是叫了她身后的那个男人，然后勾着那个男人的手臂回到了书桌前。托马费了好大的劲儿想看清楚那个来得不是时候的男人。他是个年轻人，体格强壮，仪表堂堂，他高昂着头，似乎知道自己的尊贵。

"我是您之前的伙伴。"他说话了，这让托马来不及从那一番观察里得出什么结论。

"是的，"年轻女人打断他说道，"他过来是为了确认一切的进展是否符合规则。"她赶在提出异议之前补充道："这是惯例。"

托马请他蹲到自己面前，这样就能更轻松地看到他的样子，也方便和他说话。要达到这个目的，还需要大量的谈判。年轻男人以为托马在要求他离开，考虑到自己的身份，他不容拒绝地摇了摇头，告诉他"不行"。等他终于明白那个要求和他自身的职责可以一致的时候，他就表现出了一种夸张的殷情，好弥补刚才的怠慢。俯下身子还不够，他干脆整个人趴到了地上。托马惊讶地看了他一会儿。

"您觉得我变了?"年轻男人一脸不自然地问他。然后,为了不让这个问题一直落空,他继续说道,"这很自然。当您遇见我的时候,我大病初愈,人还没有完全恢复。现在,那都是记也记不起来的老故事了。""再说,"他用讨好的口吻说道,"您的变化不是也和我一样大嘛。"

托马顾不上这些解释,继续打量着他。托马眼中的他,简直经历了迟来的身体发育,也许他立志有朝一日成为健壮、勇敢的男人,在这不断的向往中,他蜕变了。说话时,他的嘴巴便微微扬起,咧向耳朵的方向,除了这嘴巴周围,在他的身上再也看不到过去的疤痕。托马莫名其妙地联想起来,他想到了人们在露西身边看见的那个女人,那个独自与他们交谈的女人。

年轻男人说:"您此刻如果想弄清楚我们在长相上是不是真的有些相似,您可就要出错了,我必须提醒您,这种幻想会让您上当。谁都知道,人们在一起生活久了,最后都会形成一些相同的举止和表情。但相似度也就局限于此了。我建议您不要在这些事上纠结,这种肤浅的观察经不起认真的考量。"

"您现在住哪里?"托马问。

"我还住在之前那个地下一层的房间里。"他说,"暂时这样分配。等房客重新集合的时候再变动。"

托马又问了一个问题,声音很虚弱,年轻男人没听明白,于是露西只好蹲下来听托马说。

"这是惯例?"托马重复道。

"不只是惯例,"露西说,"这是义务。我们之间商量好的那些私人层面的协议,需要有第三方来监督执行。这种监督必不可少,因为我们对彼此带着感情,无法用足够严格的方式监督对方,这会导致一些混乱,而这些混乱是必须规避的。这位年轻人的介入就是一个很好的征兆,很快就再也没有什么能阻止我们在一起了。"

年轻人觉得有必要补充一下,他说:

"我的角色非常重要。当您虚弱得再也说不出话来,而您又有非常重要的东西要告诉大家的时候,我将担任您的发言人。并且,我还会帮助您了解那些您无法直接了解到的事件,或者为您解释那些您容易弄错的事情。正因为这房子里没有人比我更熟悉您的生活,所以由我来负责这件事再合适不过了,希望我履行职责的方式能完全符合您的心意。""现在,"他转身面向露西继续说,"我想一切都说得清楚明白了,如果您能记下我说的话,那就太好了。""简单的手续。"他为了托马大声说道。

"我再说一句。"看见年轻男人正准备起身,托马说,"我从来没想过要和您做比较,我觉得我们没有任何地方相像。您对我来说就是一个曾经陪过我的人。"

"真的?"年轻男人一脸怀疑地说,"这就再好不过了。我们现在完全没有分歧了。"

他连忙站起来,就好像害怕托马还有话要说似的。他碰了碰露西的肩膀,指了指前厅,那里有什么他希望露西留意的东西。他们俩就停在那儿看着。托马在沉默中感到局促,他也想要看看,是什么激发了他们那么强烈的好奇心,可他没能看见,还惊动了年轻男人。

"黑夜来了。"年轻男人说,"马上就是点灯的时候了。当地板和家具褪去最后几道光泽,我们就可以认为,白天结束了。耐心些,也就一会儿的工夫。"

托马觉得自己的劳动没有完全白费,因为那些被他仔仔细细上过蜡的家具仍旧吸引着光线,白天因此被延长了。他一边打量书桌的每一个侧面,一边想:"如果他们以为很快就要结束了,那他们就错了。"然而,那两位观察者大概没耐心等到天色完全变暗。似乎还不到眨眼的工夫,托马就发现楼梯的台阶上亮起了几盏灯,那种红色的灯光和夕阳的余晖大不相同。灯罩是用球形的玻璃做的,每一个都刻着一句简短的句子,被火光照得通亮。其中有三句令托马印象深刻。第一句用哥特字体写着这样的话:"情爱之灯是火焰之灯。"第二句龙飞凤舞地写着:"我点亮了他的无知。"至于第三句,它太长了,看到的似乎也只是那句话中的一小段,不过能辨认出来的这一小段不缺少任何成分。托马是这样读的:"白昼颂白昼以赞歌,黑夜教黑夜以沉默。"灯盏里透出的光令人舒服,他没有要求把它们移走,其实在他看来,他完全有理由这么做,因为他仍然相信它们亮早了。然而他发现,在玻璃罩朝向卧房的那一面上,刻着他刚刚看到的那些铭文的下文,或者说后续,它们很可能重要得多,于是他请求年轻男人替他去认一认。对方用眼神问了问露西的意思,然后说:

"穹顶上面肯定有些玻璃破了,让光漏了进来,因为到了这个时候,我们这里应该是一片黑暗才对,现在却只有前厅暗下来了。这现象很奇怪,但我们也不能否认它。只要黑夜没有完全降临,您就有权待在这房间里,您可以在这里继续留一会儿,或者不管这意料之外的延迟,现在就离开,这随便您。您怎么决定都行。只不过,夜幕降临的准确时刻不总是那么容易确定,不要等到最后一分钟,这肯定错不了,不然到时候我可能会手忙脚乱,来不及给您一些必不可少的关照。"

托马很高兴看到自己没有预测错,白天确实没有结束。为了强调这一点,他说:

"我想把权利行使到最后。"

"这是当然,"年轻男人说,"我不会违背您的意愿。"

露西向灯走去,倾下颀长的身子,托马以为她是要把那些玻璃罩转过来,好让托马看见其他句子,然而,要么是灯罩太烫了,要么是她根本没有这个打算,她忽略了他提出的愿望,走出照明区域进入了第三个房间。年轻人不想留在前面,他比划了几下表示自己不对这个决定负责,并且一脚就跨出了

两级台阶。不过,缺席是短暂的。如果他们离开是为了打点房间,他们做得一定不太细致。托马把这个看法告诉了年轻人,接着又说:

"为什么恰巧派了您来?"

年轻男人在这个问题上沉思了片刻,然后把手伸到托马的双臂下面,猛地一架,托马就重重地倚着他站了起来。他们就保持着这样别扭的姿势双双上了楼梯。托马和他的领路人胸贴着胸,肩挨着肩,他是向后退着走的,眼前只有渐渐远去的前厅和房间。"很明显,"他心想,"现在还是大白天。"于是他竭力挣扎着抗议对方滥用了职权。令他大吃一惊的是,对手比他想象的要弱,被他紧紧贴住之后就动弹不得了。两人的个头差不多,肩膀也几乎一样宽,他只要牢牢地踩住地面,对方就无法移动了。趁着纠缠之际,他不紧不慢地把他的老同伴打量了一番,他想找出他们之间可能存在的相似之处。如果说这相似存在,那也是平淡无奇的。尽管眼睛的颜色相同,正脸的轮廓也算得上相似,但是长在皮肤各处的斑点让他们不可能被混淆。然而,他还是为某些五官上的相似感到沮丧,他不再抵抗,任凭年轻男人的摆布,只见对方立刻把他放平到床上。

"现在,"对方说,"安静休息吧。我会替您守着,一旦发生了什么重要的事,我会通知您。"

他拉上帘子,只在边上留了一道窄窄的缝隙,视线可以穿过它看到房间里面。然后，他坐着从口袋里掏出一块面包，贪婪地吃了起来。能躺在一张真正的床上，托马起初感到很满足，但他很快就难受起来。床又窄又短，虽然这尺寸配他的身材刚刚好，可他觉得，这床是给更矮小的人睡的。此外，床中央还有一个巨大的凹陷，多半是成千上万个人睡过之后弄出来的，托马要费好大的劲儿才不至于陷进去。年轻男人非但没有注意到这个不舒服的姿势，还把它变得更难受了，因为他把床垫的整个宽度都坐满了，还把他的同伴一点一点地挤向那个大洞，他的同伴可不想掉到那里去。嘴里还在吃着，可能是出于客套，他说道：

"我会好好记住我们共同经历的那些时刻。您的陪伴令我愉快，我欣赏您的生活方式。我只有一件事要批评，那就是没有完全听从我的建议。在我看来，这个住处不适合您，您天生适合室外生活，长期蜗居在通风不足的、闷热的、被来来往往的病人污染的房间里，您的机体只能勉强支撑下去。在探索的过程中，是您糟糕的身体状况影响了您，它和您的失败绝对脱不了干系。"

托马淡然答道：

"可我成功了。"

"当然，"年轻男人接着说，"您是成功了。我不是在这儿质疑您。您很清楚，人总会成功，而且这并不是重要之处。我要直接向您指出，您选择了一条糟糕的路，待在适合您体质的环境里会更合您的意。您所获得的成功,即便值得赞许,也不会留下什么深刻的印迹。它是不会被记入年册的,真的。"

"我知道。"托马低声说。

"不过,您欠缺的不是优秀的品质。"年轻男人继续说,"您勤劳,坚韧,深思熟虑。您付出了巨大的努力,这本该足够将您摆上第一位,获得众人的瞩目。我很遗憾,这一切的努力都付诸东流了。"

"那我欠缺什么呢?"托马问。

"认清您的路。"年轻男人说,"每当您需要的时候,我都在您的身旁给您指引。我就像另一个您。房子里的路线我都熟悉,我知道哪条是您应该走的。您问我就够了。可您偏偏喜欢听从一些只会导致失败的建议。"

托马思考了一下,想弄明白他是否好几次求助于多姆,却从未得到一个合理的回答。然而,这都是太久以前的事了,而且他太累了,于是他说:

"是什么样的路?"

"您和它背道而驰。"年轻男人回答道,波澜不惊的表情里带着一丝得意,"您的野心是抵达高处,是穿过一个又一个楼层,是一寸一寸地前进,好像只要一直走,就肯定能通到房顶上,能再次看见美丽的大自然。这把您害惨了的幼稚的野心哟。您不得不艰苦成什么样子!在一个恶臭的环境里多么疲惫!还要听到那些又虚假又让人消沉的话,遇到一个个已经被恶习腐化的人！您的处境，换作谁都会崩溃的。然而真正的道路早就划好了，它坡度缓和，走起来既不费劲也不用求人。而且，它将把您带去一个地方，您在那儿过的日子会值得这一番辛苦。真的，在那里，您就像回到了家一样。"

"那么，是在哪儿呢？"托马问，他的眼睛都快睁不开了。

"在地下。"年轻男人动情地说，"关于那里，我怎么说都是不够的，光靠语言也无法让人体会到那些洞穴和地道的错综复杂之美。这只能由您亲身去见证。您来自乡野，您很快就会明白人们在这土下挖掘出的世界里活得多么踏实。人们在那儿闻着闷热、强烈的气味，这气味让那些封闭的房间变得恶心。那里的地图非常古怪：数条走廊交错成网状，岔路频出，跟着路头晕脑涨地绕一圈又回到了前面，尽管如此，在那儿却绝不会迷路，人们无论何时都能准确无误地辨认出自己所在的确切位置。人们自以为会迷失在这迷宫之中，然而每隔十米就有一个巨大的路牌，用一套箭头和虚线的符号指出接下来的路。如果向右转，人们就在房子的地基下面越走越深；如果向左转，人们就会走向地下室和入口。就这一条规则，其他都是随意的。"

"随意的？"托马重复道。

"对，随意的。"年轻男人说，"您想象不到这和房子里的生活有多么惊人的反差。它们是两种截然相反的生存方式，一种可以媲美生，而另一种不见得好过死。在那里，房客们不再受制于规章制度,人们靠近大门时,它的效力就已经弱化了,人们一跨过门槛,它就会完全失效。这扇大门,并不像名字看上去的那样,它不过是由几块木头和几根栅栏组成的一个木障。然而碰上它,规矩的力量会撞个粉碎,在房客们的想象中,它是一道可以走马车的巨门,门两侧树着塔楼和吊桥,由一个被叫作亚米拿达的人守着。其实,要通过它非常简单,而且,只有一个突然的斜坡能提示那些想要过去的人:他们在地底下了。"

"您刚刚是说,地底下?"托马问,他试图直起身听清楚些,"这真的很怪。"

"一个字都没错。"年轻男人得意地看着他说道,"您就从没想想生活在地下的好处吗?好处可多了。首先,您不必再屈从于昼夜的轮替,它造成了种种实际的困难,也是我们不安情绪的主要源头。借助一种花费不多的装置,您就能随心所欲地长期待在舒适的光线下,还有一种更好的选择,就是待在柔和的黑暗里,那样您的任何行为都不会受到拘束。我等不及要告诉您,人们对于地下的昏暗有许许多多荒唐的成见。那里的夜晚黑得彻彻底底,叫人难以忍受,这样的说法完全错了。只要稍作适应,人就能清楚地看见一种光亮,它从黑暗各处散发出来,对眼睛有一种美妙的吸引力。有些人说,这种光亮是物体的本真,盯着看太久会有危险。千万别信,原因很显然,人们决心定居在那片区域的时候,就没打算在那里找回那些吓人的房子，以及构成住宅生活困扰之一的杂乱成堆的物品和用具。这反倒是另一个好处，这里没有那些被人们认为有其功能，却终究弄不明白它们是什么、有什么用、意味着什么的奇怪物件。土地是一个提供食物的介质，这是众所周知的，每具肉体都能在其中找到它的给养，呼吸也是一种养料，这个介质使闻所未闻的发育和寿命成为可能。当您进入到土地下面，您被脑海中的印象惊得发呆，就像结束了一场糟糕的梦。直到那时，您都一直盼望着逃离生存的烦恼和责任，可您缺乏勇气，放弃不了进一步的渴望。当您深入这些穿透了地下几十米的狭长隧道，您就立刻感到自己清醒了。首先，您自由了。那个您以为无法再跨出的房间消失了，在您所处的某个地方，就如同在自己家里，不用担心会违反那些您不知道的规定。然后，您很快发现，土地渴望与您建立一种深层的联结，它并不是用一项您无法承受的律法的效力来毁灭您的努力，而是一面不慌不忙、不露声色地去迁就您的方式，一面企图诱导您，让您的呼吸任由它摆布。您所感受到的是那么温和、那么舒适，简直就是梦幻。可您不在做梦。没什么比这更加真实。您转而开始起身去探索还从未见过的地下世界，您停在那里，笔直地站住，对着土墙伸直双臂。您的目光穿过一层又一层泥土，它们一起形成了一个巨大的尘土堆，您惊讶地发现，您的视野变了，因为您的目光——当人们在这样的高度上谈起它，这是一件怪诞甚至有些丢脸的事情，但在那里，它更容易被理解——让人联想到一些结晶状的细长的植物,它们像是会在您双眼望着的那块土壤里迅速地生长。在那里,这不是奇迹,和头脑简单的人们的看法正好相反。不过,这也不是一个毫无意义的现象。这些树状物一点都不像——如果要我说——不像真正的灌木,它们仍是由您和塑造您生活的那个环境之间的联结所孕育出的形态。正如黑夜让目光闪烁明亮,从而可以勾勒出真实的夜间景象,同样的,土地让目光以能够传播的唯一的形态结出果实,在这些形态里,土地投入了爱。有些人打了一个比方来解释这个现象,他们说,您脚下的这片土地就是凝固的夜,从您的眼睛里生出植物和伞形的花,这样,大自然就能更好地享受在它身上发生的事情,正如学习过法律的男人,有时会从他疼爱的女人的眼中看出审判和裁决。这倒不重要。事实摆在那里,而您从中感受到了一种巨大的满足。您认为这样的变化宣告着一个完全过去的时期又回来了,您甚至没有保留那个时期的记忆,任由它失落在传说中的远方。您的愿望,就是这些轻盈的植物形态能存活下去,繁盛下去。它们现在仍是那么纤弱,大部分时候都在枯萎和消散。不过您有耐心。您从自己的气息里预留出食物、睡眠,还有属于您的物资中的一小部分,这是您为了供养幼芽所做的万分慷慨的奉献,尽管它命若游丝,您却能感应到它内部的一种力量,那是顽固的记忆正在扩张。通常对这里的人来说,由于一直生活在急促和躁动中,等待似乎极为漫长。对您,情况却不是这样。您时常会有一些激动人心的发现,它们就够您忙的了。就这样,您发现您的指甲盖从中间裂开了,在这种轻微的撕裂感中,记忆里曾经消逝的某种东西又被唤醒,回复了生机。当然,这太细微了,您还不能确定自己是不是弄错了,但您对它还是抱有很大的希望,您没完没了地检查这粒遇上一口气就能被吹散的微尘。这段时间,您的眼睛也经历了改变,穿过泥土慢慢生长、分出枝杈的模糊的视线不会再让它们难受了,因为它们变得更大、更深邃,它们的根在颈背上一直延伸到肩膀开始的地方。发现这意想不到的变化时,您首先有些惊慌,然后您感到力量剧增,不久,您以为能永远藏身的那个洞就再也无法容纳你了。因为现在,您的指甲张开了,在指尖,您能看见一些几乎难以发现的花,它们已经成形,很像天芥菜的花苞。它们从哪里来?它们的种子是如何做到足够坚韧,在指甲盖底下发芽的呢?这只是一个小小的谜,但您热切地关注着它,最后您相信,您是在了不起的游历过程中把一点花粉留在了指甲里。这多半只是一个臆想,您自己也提出了一些反驳,因为您很清楚,过去的生活已经彻底完结,尽管如此,您还是忍不住观看这些幼小的叶子在摇摇晃晃中慢慢地生长。它们的成长比您预期的快了许多,这有些叫人在意,由于它们的根非常脆弱,渗透的距离还没有超出指尖——它们怎么做到的呢?——您不得不时刻照看这些娇弱的小苗。有时候,它们似乎都死了,看来您高估了自己的力量,泥土也硬了,仿佛之前的猜测又冒了出来。不过,失败只是一时的,在所有严肃的事业里都是如此。某天,您觉察到一件稀奇的事情:有时候,植物们会疯狂地摇晃,就好像泥土不再能满足它们,又像是在远方,比遥远还要遥远的地方发生了一件事,令它们想要开出一条前往那里的路。您看见那些细小的花瓣在颤动,于是您暗暗寻思,是不是在地下的安静中遗漏了什么消息,哪怕是消息的回声。也许这只是无关紧要的杂音,也许一番尝试是值得的。您立刻下定决心,找回您的铲子,大胆地在土地里挖开一个小口。这是一项浩大工程的开始。您要挖很长的时间,挖出的淤泥在您的两侧一路堆积成山。幸运的是,您变得很强壮。那些植物没有受到工程震动的影响,它们一刻不停地长大,长成小树的样子,只是,竟然没有颜色。它们扭转着钻进土层,自作主张,不由您去选择方向。您只能等着它们前进到深处,不管怎么样,这条路相当长了,您感觉您的目光经年累月地穿刺这浓密的黑夜,为您照亮接下来要走的路。可您为什么会不安呢?您遵从了召唤,即便困难巨大,它们也不会比人们在平凡生活里遇到的那些更难克服,而且肯定没有那么琐碎无聊。于是您继续前行,泥土完全盖住了您的脸,几乎把您整个裹了起来。您只有一只手还能动弹,所有的手指都用力地嵌进厚厚的地壳,疯狂地扒动泥土来打开通路。尽管这只手没有支援,干起活儿来却比任何一台挖土设备更加利落。有了这样一个助力,您离事情完成的那一步也不远了。有一天,土地塌陷,在您周围的土堆里,您发现一束微光,它浸耀着目光的尽头。大概是注定好的,那一天快到了。虽然迈入新生活的念头让您有些害怕,您还是骄傲地回过身去,现在,那里终于被土掩埋,您确定出口是存在的,您成功逃过了那不可逃避的,万中唯一,您明白到真正的路并不通向高处,反而深深地沉往地下。现在,一层薄薄的地壳把您和噩梦的终点隔开,只剩下一个问题了:上面会发生什么事呢?您肯定不禁去想您原来穿戴的样子,您原先养成的习惯,您不会不清楚,人在地下游历这么多年是不可能不付出代价的。就留在现在这个地方,愉快地等待空气和阳光来萌发您的记忆,将您引向新的生活,难道不是更好吗?这就是眼下提出的问题,该由您来回答。"

托马从床上坐起来,好像真的要回答这个问题似的。他看了看年轻男人,发觉对方在逼问他,那种压迫感由不得他有丝毫逃避和拖延。交谈中,他这位老朋友陌生的神采已经令他震惊。为了让自己的讲述更加生动,对方一直站着,还给他讲到的各种场景配上了表情和动作。当然了,他的动作相当含蓄,而他常常会说到一些难以呈现的事件。这时,他会晃动身体,或者像是要抹掉五官似的,把手飞快地挥过脸前,又或者把手指靠近眼睛做出狡猾的表情。一个不太细心的人不一定能体会得到这些细节里带着多么令人恐慌的力量,还有许多其他的动作,琐碎却含义丰富,它们让听众心力交瘁,不得不对这番话全盘接受。令托马同样不舒服的是,他这位同伴在设法掩盖他们两人的相似。对方小心地避开了所有属于托马的惯用姿势,这反而让他们的相似更加突出了,还使得这相似更伤人了,他的僵硬本身就是一种批评,一下羞辱了他们两个人。

托马盯着他又看了好一会儿,突然想起了露西,于是对他说:

"请您见谅,我现在不能回答您的问题,我必须为一次重要的拜访做些准备,我需要保持冷静。"

年轻男人靠近帘子,向外面心不在焉地看了一眼。他很可能不高兴了。

为了缓解他的失望,托马说:"我很乐意向您表示我的感谢,因为您的介绍很吸引我。但您要理解,以我现在的处境,我根本无法好好考虑,去按照您的建议彻底改换另一种生活。这恐怕实在太晚了。"

"我明白,"年轻男人说,"这我明白。"

接着,他喊了露西,那粗鲁的声音让托马厌烦极了。年轻女人来了,带着一盏灯,是从刚才在台阶上发亮的那些灯中拿来的。进来时,她把灯灭了。帘子里仍然照进了一大片日光。托马试图弄清楚,这光亮是否来自其他的灯或者附近的窗户,然而片刻之后,托马就惊讶地听到,他的同伴正以他的名义说话,而且语气很悲伤:

"我一直期待这次见面。但不幸的是,我似乎不可能在其中投入很多精力,因为我没有力气了,我很难继续说下去。您到我身边来吧。"

露西走到托马身边。

"我比您想象的还要虚弱得多。"年轻男人接着说,"一开始您忽略了我,现在我刚好还够清醒,可以听您说话了。我的结局不值得羡慕。"

这最后几句让托马一惊,他立刻说:

"我对这话不满意。我想要自己表达我的想法。"

多姆转过身,惊讶中还有些生气。

"这不可能。"他忙甩出一句。

年轻女人加入了。

"你别急着怪他。"她用久违了的亲昵语气对托马说道,"他的本意是好的。那你想要另外再告诉我们什么呢?"

"很明显,"托马说,"我的结局不应该被说得这么惨。我倒觉得很幸福,我完成了自己的任务,还活到了与你相见的时候。"

"可他是对的。"她指着年轻男人说,"你现在只看到了次要的东西,你最后的时光确实惹人怜悯。"

"可是,"托马说,"我做了你叫我做的一切。我相信你,我等待着我的努力换来回报。尽管许多事都不如意,我还是会觉得满足。"

"别犯下最后的错误。"年轻女人说。

"我会犯什么错呢?"托马问。

"我要给你提个建议。"年轻女人说,好像这就是她的回答似的,"我非常迷恋你,我不忍心看到你倒霉地惹上那么多事。你侧着躺好,抬起头看看帘子外面。那里有一扇窗户,墙上的窗框是显眼的黑色,尽管被帘幔遮着,还是能透进一点外面的空气。你能看到吗?"

托马艰难地翻了个身。年轻女人就站在他面前。由于床很低,她看起来有一种前所未有的强势,挺拔的身姿简直一直延伸到高处。他费了好大的力气,发现了两道明亮的光线。

露西说:"这扇窗会让你了解黑暗,我们相聚的那一刻一旦到来,黑暗就会弥漫整个房间。你的眼睛目前还能分辨出从缝隙里漏出的阴影,但很快,黑暗就会侵袭你的感官,你就会变得什么也看不见了。"

"窗户?"托马说,"这太稀奇了。你能不能走到窗边,抬一抬手,就像你要招呼外面的什么人并且请他进来那样?这会宽慰我的。"

"不能,"露西说,"我没有权利在这时候离开你。"

"那么,"托马又说,"那就让那个年轻人去。他也有他的角色。"

"你总要求做不到的事。"露西耐心地说,"还是听我说吧。"

托马还在朝窗户看,他又一次被照进房间的亮光惊住了。帘幔虽然是用厚厚的天鹅绒做的,却似乎不能阻挡日光从外面透进来。

"就是这样。"年轻女人说,"别泄气,勇敢地看着黑夜来临吧。我说着说着,你就会更用力地盯着黑暗,这黑暗会帮助你了解我。其实我有一个不愉快的消息要告诉你。和你以为的正好相反,我并不认识你,我从来没有对你打过招呼,也没有传给你什么消息。多亏了这房子里上上下下的疏漏,你才能来到这里。可是没有一条指令是给你的,人们等待的是另一个人。当然,既然你在这儿了,我就必须承认你的存在,我不想用我不认识你这个理由把你赶走。所以你愿意留就留吧,只是我有权力不让你继续误会下去。"

托马听着年轻女人的话,好像她肯定会反悔似的。

"我无法相信你。"他说,"我认识你。"

"别固执了。"露西说,"你错了,我不是你要找的人,你也不是该来的人。这让我非常困扰,但我也不能改变事实。"

"我还是不能相信。"托马说,"你也是,很多事情你都不知道。我一直在找你,你都想象不到那是多久,我不可能轻易就放弃我一路上得到的那些证据。之前——这一点你总无法否认吧——我在一栋大房子里遇到了你,你就住在我隔壁的房间。你敲我的门,我开了门,由于时间不早了,而我还有重要的工作要完成,你就坐到桌前,我在那儿写字,我还给你报了好几个字母。我们都全神贯注,你只来得及捕捉我的话,再根据你所记住的把它们写下来。所以你可能没有时间仔细看我,我模糊不清的五官也就从你的记忆里消失了。可我呢,我忘不掉你。我认得你,就是你。"

托马在最后几个字上用尽了力气,他似乎觉得,把它们说出来之后,就再没有其他什么能让他相信的了。他的话太斩钉截铁了。

"我不想让你因为我而痛苦。"年轻女人难过地说,"走过了这么长的路,没能站到那个你想再次见到的人的面前,这对你来说太痛苦了。这是个残酷的误会。"

"不,"托马摇头说道,"我没弄错。你们那么像。只是发生了什么我无法理解的事情而已,我也没有时间去弄清楚了。你怪我之前对你不够好?工作缠住了我们。我们没有时间注视彼此。这是失误。现在,生活都会是我们的了。"

"你为什么冥顽不灵呢?"年轻女人说,"你现在就在浪费宝贵的时间。还是看看聚集在帘子后面的越来越浓的黑暗吧。黑夜要来了,我们要重逢了。当黑暗到来,世上还会有什么?抛开你的念头吧。"

"不,"托马坚持说,"现在还是白天,而且这白天对我的痛苦而言还不够长。我要你知道,自从你离开我,我就开始到处找你。在途中,我有时会见到一些长得像你的年轻女人,我看着她们,触摸她们,可都不是你。所以我继续走得更远,虽然累，可我寻遍了所有的街道、所有的房子，没人见过你。后来，我就不敢再提起你了，我多么担心我提的问题会让你逃走。我低垂着双眼往前走，眼里只有路上的石头。我问自己：'我应该找谁呢？'甚至连这也不必知道。疲惫让我只剩下了往前走的力气。可我在途中看见了你，你正向我示意，我就走进了这栋房子，一路跌跌撞撞地去找你。这也许是疯了。在这世上，人可能重新找到某个人吗？但我仍然寻找你，而且现在，你就在我身边。"

"不，"年轻女人说，"你认错人了。在你到这儿来之前，我从没见过你这张脸，我也没有任何记忆能证明你说的话。如果换作其他人，我也许会有些不确定，在记忆里深挖一下，也许就会找到一点能让我恍然大悟的印象。但对你不是这样，我不需要询问自己来确定我们是否真的从未有过照面。"

"这太可怕了。"托马说着就动了一下，他想要翻个身背对窗户，想看着年轻女人。对方却抚摸着他的头发，打消了他的念头。"你还能记得什么人呢？我们一直都是独处的，你认识的人只有我。什么都不会动摇我的想法。"

"算了。"年轻女人说，"既然你对你的说法这么肯定，我就接受它们。你说服我了。"

接着，她转向多姆，用一种严厉的声音对他说话，像是在指责他插嘴：

"你现在可以说了。"

"再等会儿，"托马请求道，"我还有最后一个细节想问清楚。尽管你相貌的所有特征都是我记忆中的那样，但就是有什么和我记得的不同：你的声音变了。"

"我的声音？"露西重复了一遍。

"是的。"托马说，"你不记得你的声音原来很细弱吗？几乎都听不见。现在，它仍然保有一些非常绵软的音调，可有时它变得那么响亮，简直让人承受不了。这只是个小小的细节，但它让我很纠结。"

"我说话可以不那么大声。"露西说完就小声嘀咕了几个字。

"你在对谁说话？"托马问。

"对你。"年轻女人说，"这是你要的吗？"

"是的。"他回答。然而，他继续侧耳倾听了一会儿，好像还期待着露西用更令人满意的方式再试一次。就在她犹豫之际，托马对年轻男人说话了。"也许，"他说，"是疾病改变了我的器官，令那些声音在我听来有些反常。您也说几句吧？"

年轻人迟疑了一下，然后有些不高兴地说：

"关于我们之前进行的那番交谈，恐怕您的结论下得太快了。在我看来，我的建议会让您感兴趣的，而且还不算太迟。"

"是吗？"托马说。他想了想，又说："我听到的完全就是你的声音。我觉得即便是以前，我听到的也不会不同。这弄得我不太确定了。"

他猛地抬起头，盯着年轻女人的脸，比起仔细辨认她脸上的特征，他更想为自己的希望找到一份佐证。他似乎不能平静了。

"我把你的五官一个一个地过了一遍，"他终于说道，"我只能保持我原来的印象。它们和我认识的那个人的五官完全吻合。至于相像，这也是非常明显的，尽管人们对一个简单的相似不会那么有把握。但我对一处地方有所保留，那就是眼神。你看我的眼神和以前不同了。我感觉当你看着我的时候，你不是我看到的那个人。于是我也不知道我的视线在谁的身上了，我怕我看错了。""我不得不，"似乎是为了让年轻女人原谅他言语上的冒犯，他补充说，"我不得不注意这个发现。"

他等待着回应，然而露西没有做出任何评价，他问她：

"你生我的气了？可这对我非常重要。"

年轻女人继续沉默。

"我只是把我的感觉说了出来，"托马继续说，"你也许有话要说。"

可是不见任何回应。

"我不是想歪曲事实。"托马说。

这时，年轻女人凑过来对他大声说道：

"你其实不想了解任何事，你无可救药了。"

她用两只手狠狠抱住他的头，硬是把它转向那扇窗户。

托马试图重新看到什么可以解释她这个行为的东西,就在这时,她偷偷对他说:

"你要等待缓缓降临的黑夜。我不知道是否有人提醒过你,但那些影子会轻易地被驱散出房子。虽然太阳不直接照耀这栋房子,但是光明刚一离开就已经重新归来,在一个昏沉的世界上闭着的那只眼睛将在刺眼的光亮中重新睁开。只有在这最后一个房间里,在整栋房子的最高处,黑夜才会完完整整地发生。它总是那么美丽,带给人平静。可以不需要闭上眼睛就舒服地释去白天无处安放的倦意。同样令人着迷的,是从外部的黑暗中发现自己内心长久以来用死亡叩击真相的那相同的黑暗。这黑夜有些特殊之处。它既不伴随着睡梦,也不见预兆般的念头来偶尔取代幻想。它自己就是一场辽阔的梦,非它所覆之物所能及。当它将要笼罩你的床时,我们就拉上帘子把床围起来,各种物件将会显露出光辉,这光辉足以宽慰那最不幸的人。到那时,我也会真正变得美丽。现在,这虚假的白天夺走了我不少美貌,但我会在那美好的时刻展现出我真正的样子。我会一直看着你,我会躺在离你不远的地方,你也将无须问我,我会回答你一切的问题。另外,你一直想看那些灯上的铭文,到那时,那些灯会正好转到对的一面,那些能让你明白一切的句子将不再难以辨读。所以不要急躁。响应着你的呼唤,黑夜将给予你公正,你也会忘记你的痛苦与疲惫。"

"还有一个问题。"听得津津有味的托马说,"那些灯会亮着吗?"

"当然不。"年轻女人说,"多么愚蠢的问题!一切都会沉入黑夜。"

"黑夜。"托马神情恍惚地说,"那么,我会看不见你吧?"

"大概吧。"年轻女人说,"你到底在想什么?正因为你无论如何都会迷失在黑暗里,你通过自己将再也看不到任何东西,所以我才要马上告诉你。你不能期望自己既听又看,同时还能休息。所以我提醒你,当黑夜向你展露它的真相,当你完全得到放松,会有什么事情发生。在一段时间里,你渴望了解的一切都会以几个简简单单的文字展现在墙上、我的脸上、我的唇间,知道这个,你难道不会非常欣喜吗?如果这种揭示没有发生在你身上,这其实是一种缺陷,但重要的是坚信人们的辛苦没有白费。你现在想象一下这个场景:我把你抱在怀里,我在你耳旁低语,那些话重要得超乎寻常,以至于你一旦听到就会被改变。我的脸,我希望你能看见它。因为就在那时,在那时而不是在过去,你会看清我,你会知道你是否找到了那个你一路以来想要寻找的人,那个你为之奇迹般地进入这里,结果却仍未可知的人。想一想那会是怎样的快乐吧。你曾经极度地渴望再次见到她,当你进入了这栋如此难进的房子,你告诉自己你终于接近目标了,你已经克服了最难的部分。谁能对记忆表现出这样的固执?这让我钦佩,你很了不起。其他所有人,在他们踏入这里的那一刻起,就忘了自己在那之前所过的生活,可你还留存了些许记忆,你没有放过这微弱的痕迹。显然,正如你无法阻止许许多多的记忆日渐淡薄一样,你对我而言,仍像是隔着千里之遥。要认出你,这太难了,我也实在想象不到有一天我会知道你是谁。但不一会儿我们就真的要相聚了。我要张开双臂,我要紧抱着你,我要和你在一个又一个巨大的秘密之间放肆地翻滚。我们会失去彼此,然后又重逢。不会再有什么能把我们分开。如果你不能体会这种幸福,那会多么遗憾!"

露西停了一秒,像是要给托马留下时间思考,接着,她继续说道:

"你满意吗?"

在回答之前,托马想先看看她。他惊讶地看见她已经不完全是之前的样子了。她似乎更加高大、更加健壮。这时多姆靠了过来,怯怯地说:

"不,我一点儿也不满意。黑夜来得很快,我透不过气。再过一会儿,我甚至都找不到词来表达我的沮丧。又有谁能给我安慰呢?"

托马想了想这些话,然后又继续打量年轻女人。真是奇怪,她现在和这房子很像。

"我为什么要对我不想要的黑夜感到满意呢?"年轻男人继续说道,"我反而愿意永远醒着,当天地万物睡了,当一切都在这万能的午夜里休憩,我要醒着,甚至当我想要知道的种种真相都在悄无声息地改变,我也要醒着。我难道真的无法走出这栋房子吗?"

"问也没用。"托马这么想着,眼前的年轻女人越来越像这房子安静、沉默的正面了,她习惯了这石头和水泥的约束,这倒没有改变她的外表,而是让她变得更内敛、更疏离。他早就该察觉到的,这年轻女人在房子里住了这么久,已经沾染了这房子的面貌,某些时候,人们能清楚地看见她真正的样子,那是这栋建筑凄凉的、谜一般的身躯,仿佛与她的身躯融为了一体。就在他思考着这种变化的时候,他的同伴可能继续说了起来,因为当他回过神,他发现谈话又有了转折。

"我感谢你让我离开,"年轻男人在说,"可我的任务还没有完全结束,我还有几句话要说。""奇怪的黑暗。"他又说,"它无比深邃,又空空荡荡。如果我不相信你,我就会依然试着起身,会试图折回我的老路,嘴里说着:'村庄在哪里?也许黑夜还没有完全到来,就不能把我的床朝外面转过去,让我接收到最后一道阳光吗?'帮帮我,我不想犯下最后的错误。"

这时,年轻男人靠近了露西,对她作出了几个糟糕的礼貌性动作。他以一种怪异的方式紧紧地搂住了她的腰,仿佛想要与她合为一体。在这动作里,有一种让人讨厌的坚定。确切地说,他不在乎这年轻女人真正的本质,但他知道她是谁,他还向托马展示了,人如何能凭借自己的决心与某种自负心,揭开那些其他人磕磕碰碰仍无法窥见的秘密。托马悲伤地看着那一对。就看他能不能也像这样紧紧地抱住这个"住所"了,她美丽、冷漠,高耸入云端,现在,她比过去任何时候都更靠近他。巨大的沉默像往常一样笼罩着周围,然而这一次,这沉默是平静、亲切的,只有在看着她的时候,人才会感觉到一种出乎寻常的解脱感。

托马用了一个不易察觉的手势求她过来。因为他们一直紧紧抱着对方,所以他们两个人一起往前挪了挪。

"你是对的,"年轻男人说,"是时候离开了。这次,在这些枝繁叶茂的大树之间,在这个像荒原一样展现在我眼前的地方,不会再有人过来向我解释我为什么孤独一人了。我只好放弃这栋房子,我要走了。"

托马明白这些话是对他说的。他不得不服从。他把自己的角色坚持到底了,他不能在最后一刻还不屈服。然而,他抬起手,想要再拖延一些时间。年轻女人肯定有什么话要对他说,他只需要好好求她一次。于是,他向前一扑,可就在这时,阳光反射的最后一抹光泽也消逝了。他睁大了眼睛,探出双臂。他的两只手微微张开,在黑夜里摸索。这时他想,该有一个解释了。

"你们是谁?"他用平静而自信的声音说道,好像这个问题将会帮他弄清楚一切。

图书在版编目(CIP)数据

亚米拿达 / (法)布朗肖著;郁梦非译.—南京:
南京大学出版社,2016.1(2021.3重印)
(布朗肖作品集)
ISBN 978-7-305-16153-7

Ⅰ.①亚… Ⅱ.①布…②郁… Ⅲ.①长篇小说-法国-现代 Ⅳ.①I565.45

中国版本图书馆 CIP 数据核字(2015)第 267571 号

Aminadab
de Maurice Blanchot
Copyright © Editions GALLIMARD, Paris, 1942.
Simplified Chinese translation rights © 2016 NJUP
All rights reserved

江苏省版权局著作权合同登记 图字:10-2011-124 号

出版发行 南京大学出版社
社　　址 南京市汉口路 22 号　　邮　编 210093
出 版 人 金鑫荣

丛 书 名 布朗肖作品集
书　　名 亚米拿达
著　　者 (法)莫里斯·布朗肖
译　　者 郁梦非
责任编辑 沈卫娟

照　　排 南京紫藤制版印务中心
印　　刷 南京爱德印刷有限公司
开　　本 850×1168 1/32 印张 8.875 字数 160 千
版　　次 2016 年 1 月第 1 版 2021 年 3 月第 2 次印刷
ISBN 978-7-305-16153-7
定　　价 45.00 元

网　　址:http://www.njupco.com
官方微博:http://weibo.com/njupco
官方微信:njupress
销售咨询:(025)83594756

* 版权所有,侵权必究
* 凡购买南大版图书,如有印装质量问题,请与所购
 图书销售部门联系调换